廣州話
方言字字典

周無忌　饒秉才　歐陽覺亞　編著

商務印書館

廣州話方言字字典

編　　著：周無忌　饒秉才　歐陽覺亞

責任編輯：鄒淑樺

封面設計：張　毅

出　　版：商務印書館（香港）有限公司

香港筲箕灣耀興道 3 號東滙廣場 8 樓

http://www.commercialpress.com.hk

發　　行：香港聯合書刊物流有限公司

香港新界荃灣德士古道 220-248 號荃灣工業中心 16 樓

印　　刷：中華商務彩色印刷有限公司

香港新界大埔汀麗路 36 號中華商務印刷大廈

版　　次：2024 年 5 月第 1 版第 2 次印刷

ISBN 978 962 07 0529 8

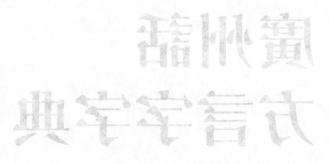

Printed in Hong Kong

目　　錄

前　言

一

很早就想編寫這本粵方言字典，到今天總算了了夙願。

算起來，已是40年前的事了。當時，我們三人初次合作編寫《廣州話方言詞典》，由於沒有經驗可借鑒，碰到問題不少。其中較為突出的一個，就是廣州話方言詞語中的方言字該怎樣使用才好。例如表示煩躁、暴躁意思的 meng^{2}zeng^{2} 一詞，該用“猛瘤”還是“艷艶”，抑或“瞌灯”、“抆憎”？這同一個詞的幾組不同的用字，都各有依據，似乎用哪個都可以。又如表示全部、通通意思的 hem^{6}bang^{6}lang^{6} 一詞，翻翻資料就可以見到有“冚唪呤”、“冚巴郎”、“冚辦爛”、“撼唪呤”、“鹹唪呤”、“鹹包攬”、“鹹朋呤”、“嵌湴爛”、“合磅硠”等等寫法，使人無所適從。後來我們進一步發現，甚至在同一本著作上、同一部電影的字幕裏，有時同一個粵方言詞前後的寫法也不一致。還有，就是同一個字表示着不同的意思，例如“冚”既讀 hem^{6} 作形容詞表示嚴密或全部的意思，又讀 kem^{2} 作動詞表示蓋上的意思。如果遇上“冚冚”（蓋嚴）這麼一個詞，人們就會覺得難辦。又有的詞本來就有合適的方言用字，人們卻隨意使用一些同音字或近音字來表示。廣州話是粵方言的代表，廣州話這種一詞多形、一字多義的現象，說明粵方言在用字上的混亂。這一情況，我們在1981年由商務印書館（香港）有限公司出版的《廣州話方言詞典》的“後記”裏就指出過。

作為漢語的一種方言，粵方言大量的詞語和用字與漢語共同語是一致的，只是在表達方言詞意時有時要使用方言字。然而，粵方言的流傳，主要是靠口耳相傳，其書面表現形式在過去是相當的薄弱。到現在，我們能看到的用粵方言寫作的古代作品並不多，主要是木魚、龍舟、南音、粵謳、咸水歌等曲藝唱本，粵劇劇本，以及一些方言詩等。由於“粵中語少正音，書多俗字”（清・鈕秀《觚賸・粵觚・語字之異》），這些作品的作者，在使用方言字時幾乎無所遵從，隨意性較大，造成社會上用字混亂也就必然了。

在編寫《廣州話方言詞典》的時候，我們還碰到有音無字的問題。廣州話有一些讀音比較特別的詞，包括一些外語音譯詞、象聲詞以及某些形容詞的詞尾，很難找到合適的字來表達，有的甚至連同音字也沒有。在最初的詞典裏，我們採用最簡便也是最原始的辦法，就是用“□”來代替。這對於編者來説是簡便了，但讀者卻不一定簡便。例如“硬□□”，它同時表示着 $ngang^{6}bang^{1}bang^{1}$（東西硬或態度生硬）、$ngang^{6}gueg^{6}gueg^{6}$（硬邦邦，形容堅硬結實）、$ngang^{6}gog^{6}gog^{6}$（硬邦邦，多指食物堅硬），在某個地方出現時該怎樣念，意思是甚麼，讀者要猜測一番。

因此我們覺得，爭取把不完全統一的粵方言字統一起來，是必要的。我們期待着一本粵方言字字典的誕生。當時我們手頭上已積累有一定的粵方言字的資料。在《廣州話方言詞典》最初的書稿裏，我們對其中有源可尋的方言古字都作了附注，説明該字的來源。後來考慮到可能不夠全面，怕挂一漏萬，就取消了這些説明，準備到適當時候再來解決這一問題。

可是，從我們有這個感覺開始，一晃 20 多年過去了。儘管這段時間學者們和有關的人士對粵方言的研究活動空前活躍，論文和著作，包括方言詞典在內的研究成果也很豐碩，但是對粵方言字作較為全面、系統的研究，似乎還比較薄弱，編寫粵方言字典的事看來還沒有人顧得上。於是，在 2000 年在澳門召開的第九屆國際粵方言研討會上，我們中的一位在會上發表了論文，就粵方言用字混亂情況，提出了有必要“規範”粵方言用字的問題，呼籲權威機構或有關部門出面牽頭辦這件事。

當時確有不少學者有同感。但是又一個將近 20 年過去了，事情似乎還沒有突破性的進展。現在我們三個人都已是耄耋之年了，儘管精力有限、水準有限，還是冒昧地決定在已經合作編寫、出版了幾本粵方言詞典的基礎上，再試着做做這一工作。我們的目標有兩個：一是經過查證、對比和考慮之後，提出我們認為比較合適的方言字來，供大家參考使用；二是通過借用、新創等辦法，為原來有音無字的音節暫時確定一個“字”，免除有音寫不出的尷尬。

經過一年多的努力，終於弄成這本小冊子，考慮到與前面幾本詞典配套，也稱之為“字典”。這本小冊子就作為供大家討論、批評的基礎，以求將來能有一本更科學更實用的粵方言字字典面世。

二

要編寫一本粵方言字典，首先要確定它的收字範圍，即哪些字算是粵方言字。在這本字典裏，我們劃分了五個收字範圍：

(一) 粵方言地區傳統使用的方言字。這類字一般不見於古代字書，但很早就在方言區內使用、流行，往往出現在最早的粵方言書寫文本中，這是典型的方言字。例如：嫲（祖母）、乸（母的，雌的）、瘻（突出的痣）、鈪（鐲子）、煲（直壁平底的鍋）、乜（甚麼）、冇（沒有）、嬲（惱怒）、哆（撒嬌）、啲（一點兒）、嘅（的）、啱（剛剛）等。

(二) 採用古字表示方言意義的字。這類字多是“本字”，是現代普通話基本上不使用（起碼口語不用）而廣州話還在使用的古字。例如：湴（爛泥）、髀（大腿）、畀（給）、擙（敲打）、髆（肩膀）、菢（孵）、滯（水下滴）、扰（捶砸）、泚（水聲）、笪（粗竹席）、燂（燒、烤）、爩（簡化作焗，熏）、趯（逃走、驅趕）等。

(三) 借用現行漢字表示方言音義的字，這類借用字多為同音替代字。由於原字或生僻、或難寫、或有音無字，人們就借用一個較為簡單易認易寫的同音字來替代。這類字數量比較多，有的歷史也很長，例如：呢（這）、車（胡扯，閒聊）、矛（野蠻）、親（助詞）、點（怎麼）、扯（走，離去）、邊（哪）、啖（量詞）、椗（蒂，把兒）、歎（享受）、吼（盯、守候）等。

有的借用字與所替代的字並不同音，但人們習慣了一些形聲字"有邊讀邊"的做法，把一些不同音義的形聲字也借用了。例如"篸"字，竹形參聲，人們便以為此字就是表示簸箕的 cam^2 的本字。誰知它的本義為綴，縫的意思（《廣韻》作紺切，"以針篸物"。《集韻》："篸，綴也"），讀平聲，只是個借用字罷了。

還有少數"訓讀字"，例如孖、歪、跛、靚、鎅等，本來各自另有讀音，現在在方言區裏大家都按方言讀音用來表示方言意義，這些字也應該屬於借用字一類。

（四）粵方言借用漢字的音、不借義的字。例如：晒（全，都）、埋（表擴大範圍等）、衰（倒霉，缺德）、篤（底部）、督（刺，戳）、呃（騙）、啖（量詞，口）、執（撿，拾）等。

（五）新創的方言字。主要用以填補那些有音無字或沒有本字的"空位"，讓其有一個書面的表現形式。前人創造的，例如幔（帆）、脷（舌）、膶（肝）、艔（無動力客船，渡船）等，使用年代已久，可視為傳統方言字。近年出現的，例如搲（蓋上）、抾（丢棄）等，則屬於新創字範圍。還有一些是至今仍然無字、需要填補的，我們經過反復查找、對比，在使用古字、生僻字或前人使用過的自創字來代替都無法解決的情況下，只好按照語言文字本身的規律自造一些方言字，例如：𨈆（$pé^5$，歪着身子）、䄻（fid^1，符䄻，辦法、法寶）、𠯹（mui^2，用牙牀嚼食）、𢗺（mug^1，猜測）、䌫（nan^3，粗粗地縫）等。

給方言字劃了個範圍之後，就有個選字的問題，即如何從幾個音義相同的字選取最理想的字。例如表示第三人稱的

kêu[5]，常見的就有“佢、渠、倮”等幾個。這幾個字都有人使用，也都可找到依據，該選哪個作為標準字好呢？又依據甚麼來選擇呢？為此，我們確定了幾條規則：

1. 有古字本字的，使用本字。

2. 還沒找到古字，或古字生僻，但有傳統方言字的，使用傳統方言字。

3. 傳統方言字生僻，群眾早已採用同音字替代的，使用群眾熟悉的同音借用字。如表示蛋的 cên[1]，傳統方言字是“𧕟”，但因其字形冷僻、怪異，群眾早已普遍使用同音而熟知的“春”，我們便選擇“春”，而把“𧕟”加括號（ ）附在字頭後面。

4. 幾個字都有依據、都可選擇的，選擇群眾使用多而又易寫易認的。如上述表示第三人稱的 kêu[5]，我們就選擇“佢”字。

5. 有音無字的，使用創新字，包括已有的創新字和我們的自創字。

字頭所用的字，就是編著者要推薦使用的方言字，即希望作為方言字“正字”的字。為了避免混亂現象再次出現，我們主張字頭只推薦一個字。如果因古字、傳統方言用字生僻而改用借用字的，該古字或傳統方言用字加括號（ ）放在字頭後面。至於同一音義而有人使用過的別的字，我們就將它作為異體字放在釋義之後說明。

總的來説，我們是在充分尊重傳統、尊重科學的基礎上，貫徹“從俗從眾”的原則。力求做到有音就有字，大多數字一字一音。

三

對於粵方言字典以及它的編寫，可能有人會提出一些問題。下面想就幾個問題談談我們的看法。

現在有必要編寫粵方言字典嗎？

有必要。一方面是客觀需要。現在方言字還有它的用場。我們推廣普通話並不是消滅方言，只要方言在，方言字就會存在。當前，我們記錄和創作地方戲曲、曲藝唱詞要用到方言字，記錄方言中生動有趣而又帶着濃厚地氣的詞語也往往要用到方言字，方言廣播、電視有時也會用上方言字，市場裏更是隨處可見方言字，甚至報紙的標題有時也見到方言字。如果方言字不統一，勢必影響人們的生活和工作。另方面是方言本身的需要。一種方言如果其書面形式不完整的話，那麼它也是有缺陷的。粵方言是漢語一大方言，使用人口在一億以上，除集中於我國廣東中、西部，廣西東南部外，還隨着華僑、旅居者遍佈世界各地。這麼一種有一定影響的漢語方言，應該是音、義、形都完整的，應該有全面記錄其書面形式的文本典籍。

編寫方言字典會不會造成漢字的混亂？

方言字應該是漢字的補充。它的使用人群只是共同語的一小部分；這部分使用者也僅僅是在本地區在要用書面形式使用方言的時候才會用到。總體而言其使用範圍、使用機率都不大。

顧慮方言字典的編寫會造成漢字的混亂，可能是因為方言裏有較多的借用字，使得被借的漢字平添了方言意義，加重了其負擔。不過，方言區內的人，知道這是方言字，就會想到它的方言義；方言區外的人，也會知道這是方言字，而不會用常義去理解它。所以方言字典是不會造成漢字混亂的。

目前某些粵方言字帶着它的方言義已經超出了方言區進入到共同語中去，例如仔、靚、嗲、煲、焗、褸等，這是普通話從方言中吸取營養，更說明方言字只會使漢字更加豐富，而不會造成文字的混亂。

其實，編寫方言字典正是為了梳理方言用字的混亂，而不是相反。

編寫方言字典是不是提倡方言寫作？

這是一種誤解。編寫這部粵方言字典的動機和目的，前面已經說過了，並沒有提倡方言寫作的意思。港澳地區有不少書報雜誌經常刊登用粵方言寫作的文字，顯示着地域文化的特色，但是比較正式、莊重的文字，還是用“國語”（普通話）的。我們認為，在內地來說，除了物件為本地讀者的通俗文藝，一般來說用方言寫作是不適宜的，起碼這會影響文章的傳播，削弱作品的效果。不過為了增添地方色彩或趣味，寫作時偶爾使用一下方言詞語還是可以的。

如何看待“本字”？

所謂“本字”是指本來就表示某一意義的那個“字”，是人們最早使用它來表示某一特定意思的字。本字是需要有古代的字書或權威的資料證明的。已經有不少的專家學者在粵方言本字考究上花了很多工夫，也取得不少成果。不過，到目前為止，爭議還不少，原因是對有些字的考究、解釋過於牽強附會，所以分歧仍很多，看樣子短期內難以一致。

我們總不能等到專家學者取得一致意見後才使用方言字吧？所以，本書編著者先把這些爭議、分歧撇在一邊，作如下處理：已確定本字的，用本字；本字太冷僻深奧的，借用通俗易懂的同音字代替它，同時注出本字。找不到或還不能確定本字的，使用借用字或新創字，待以後找到或確定本字後再作處理。

如何看待“新創字”？

漢字不斷在增加。我國第一部字書、東漢許慎所著的《說文解字》，收字 9353 個；到 20 世紀 80 年代成書的《漢語大字典》，收字就達到約 56000 個，是《說文解字》收字的 6 倍。當然，其中包含着很大一部分已經“死去”了的字。顯然，所增加的46000多字，就是這不到2000年時間內陸續“新創”的。不可否認，“新創字”在不斷地湧現，“新創”是一個客觀規律。共同語是這樣，其方言、次方言也是這樣。社會在發展，反映它的語言文字也要發展，這是必然的。

其實，前人已為粵方言創造了不少方言字。例如，在音譯外來詞時，廣州話現有有字的音節不夠用，人們便創造了嘜、噏、袖、袜等字；在表述花樣繁多的粵菜烹調技術時，現有漢字沒有恰當的可供使用，人們便創造了炆、焗、煀、火 等字；在最能顯示南音粵調的語氣詞中，人們又創造了吖、嚅、嘅、咩等字；等等。

但是，新創不是亂創。新創的方言字必須得到社會的認可，更要經得起實踐和歷史的檢驗。這首先要求要創得合理。我們自創的方言字，大多是按照漢語六書造字的形聲法和會意法創造的。用形聲法的，例如：揗（摔）、嚤（噘嘴）、犮（狗咬人）、讕（舔）等；用會意法的，只有躽（歪着身子）、㮟（未曾）兩個字。還有一些是用同音字或近音字加上“口”字旁組成，“口”是作為方言字的標識而添加的。例如：嚨（氣味）、吣（隨意放下）、啹（甘心）、啣（涮、漱）等。

或許有人會顧慮，新創字毫無根基，是否會割斷與古漢語的關係？我們認為新創字就當作漢字大家庭新增加的成員，只要它在今天能起傳情達意、交流資訊、記錄保存的作用，我們就沒必要去追查它“與古漢語的關係”了。

在我們編寫的幾本詞典裏，為甚麼有那麼幾個方言字各本用字不一致？

確實存在這個問題。我們三人合作編寫、出版了《廣州話方言詞典》及其修訂版、《廣州話詞典》、《廣州話俗語詞典》、《廣州話普通話同形詞對比詞典》、《普通話廣州話用法對比詞典》、《廣州話、客家話、潮汕話與普通話對照詞典》(本書編者還有周耀文)、《廣州話標準音字彙》(周、饒合編) 等書。在這幾本粵方言詞典、字典 (包括本書) 中，確實有那麼幾個粵方言字用字不一致。這幾本書編寫 (包括修訂) 的時間跨度長達 40 年，這期間我們對廣州話的認識有所加深，有時也會有新的發現和領悟。這些發現和領悟，包括粵方言字的用字，我們認為有必要的使用到新的著作上來，用新的替代舊的，這樣就造成前後著作個別用字上的不完全一致。幸好這樣的情況並不多，建議讀者以出版時間在後的為準，或者說以本書所用的粵方言字為準就是了。

編著者

2017 年 10 月

凡 例

一、收字範圍

1. 粵方言地區傳統使用的方言字；

2. 採用古字表示粵方言意義的字；

3. 借用現在常用漢字表示粵方言音義的字；

4. 粵方言借用漢字音而不借義的字；

5. 新創的粵方言字。

以上共937字。

二、字頭

字頭表示我們建議使用該字。“或用字”附在字頭後面，外加圓括號（ ），表示其為本字。有部分人讚同使用的異體字，則附在釋義後説明。

字頭有多個讀音的，分別按音列為多個字頭。

三、注音

字頭後注廣州話讀音。如有兩讀且使用者相當的，以“又音”注出另一音，例如：掹 meng¹（又音 meng³），啲 di¹（又音 did¹）。一字如有讀音與話音區別的，其讀音隨後注出，例如：嗅 hung³（讀音 ceo³），莢 hab³（讀音 gab³）。借用字中，如該字的本來讀音與廣州話口語讀音不同，亦用“讀音”注出其本音，例如：竇（窩）deo³（讀音 deo⁶），吼（盯，看）heo¹（讀音 heo³）。

釋文中有破音字容易產生歧義者，適當注出該字在該處的讀音。

凡普通話注音使用《中文拼音方案》，廣州話注音使用根據 1960 年廣東省教育廳行政部門公佈的《廣州話拼音方案》修訂的拼音方案。

四、釋義

所列出的詞性，是指該字作詞用時所屬的詞性。所解釋的意義為廣州話方言義，與普通話相同的含義一般不予列出及注釋。字頭的方言義不止一項的，分條注解，用 ❶❷❸ 等分別表示。

釋義後一般舉出廣州話例詞或例句。舉例後用 [ ] 譯出普通話說法。舉例中用“～”代替所釋的字；例子和例子中間用“|”隔開。

釋義中適當收有含該字頭的複音詞或詞組。意義上有聯繫的，放在相關義項之下；意義上聯繫不明確的，視為詞素，放在本字釋義最後。每個複音詞或詞組都加有廣州話注音，並有釋義，多數有舉例及普通話翻譯。意義不止一項的用 1.2.3. 等分別表示；舉例中用“～”代替所釋的複音詞或詞組；例子和例子中間用“|”隔開。

五、字源

字源查證部分附在釋義後面，用楷體字排印，包括古音、古義、例句和必要的說明。引用古字書的反切和釋義，一律用原書使用的漢字。唯“皃”改用現今流行的“貌”字。

從字源的角度，把廣州話方言字分為本字、傳統方言字、借用字、新創字等幾類，分別在各字的字源部分列出。

六、排列

正文字頭按音序排列。

為方便查檢，正文前編有“部首檢字表”，按部首、筆劃排列。

部首檢字表

本檢字表按部首排列，收入本字典所有字頭，包括或用字（加括號表示）。其分部、歸部、順序，除個別字外，悉依《商務新詞典》（縮印本），附形部首（如亻、氵）放在主部首（如人、水）或其位置後面。根據方言字的需要，新增未部。字典未收的字則分別按例插入適當位置。字頭後的數字為頁碼。

部首目錄

部首檢字表

A

吖 a¹

語氣詞。

❶ 表示同意：好～，就噉定［好吧，就這麼定了］｜係～，你講得啱～［對啊，你說得沒錯呀］！❷ 表示追問或疑問：噉，嗰啲係乜嘢～［那麼，那些是甚麼呀］？｜你同意唔同意～［你到底同意還是不同意］？｜我都唔知去好～定唔去好［我都不知道去好呢還是不去好］。❸ 表示申辯：你話我錯喺邊度～［你說我錯在哪兒］？❹ 表示教訓：走囉，有乜好睇～［走吧，有甚麼好看的］！

【吖嗎】（吖嘛）a¹ ma³ 語氣詞。表示說理：人心肉做～［人心是肉做的呀］。

傳統方言字。粵劇《十五貫》第七場："老鼠最喜歡偷油吖嗎。"

吖，在古漢語裏是個嘆詞，相當於現代漢語的"呵"。

亞（阿）a³

詞頭。❶ 用於親屬稱謂之前。使用"亞"的親屬一般為單音稱謂的長輩或平輩中年紀比自己大的：～爸｜～媽｜～伯｜～姑｜～哥｜～姐。但伯娘、舅父等雙音的親屬稱謂，不用加"亞"。

【亞爺】a³ yé⁴ 1. 祖父，爺爺。2. 戲稱公家、國家：唔好以為係～嘅就隨便浪費［不要以為是公家的就隨便浪費］。

【亞姐】a³ zé² 1. 庶母：佢係我～［她是我的庶母］。2. 對聲望很高或正在走紅的女藝人的俗稱：佢係～級人物［她是頂尖的女演員］。（讀 a³ zé²⁻¹ 時指姐姐。）

❷ 用於朋友、熟人間的稱呼。從對方的姓氏或名字中抽取一個字，前面再加上"亞"組成：～陳｜～曾｜～雄｜～強｜～冰｜～珍。❸ 用於謔稱身體有胖瘦高矮等特徵或有某些殘疾的人（不尊敬的稱呼）：～肥（féi⁴⁻²）［胖子］｜～奀［瘦子］｜～崩［缺齒的人］｜～單［瞎了一

隻眼睛的人]｜～駝[駝背的人，羅鍋兒]。❹ 用於稱呼愚蠢、無能或好吃懶做的人：～斗官[生活奢侈、庸碌無能的“富二代”，敗家子]｜～福[傻頭傻腦，容易被捉弄、被欺騙的人]｜～茂[傻瓜，傻子]｜～丁[既無知識又無本事的人]。❺ 用於指某些人：～燦[香港有人謔稱新從內地來定居的人]｜～初哥[第一次幹某一事的人；生手]｜～頭[首領，頭頭]｜～蛇[先生；警察；尊稱老師（“蛇”為英語 sir 的音譯）]。❻ 用於泛指任何人：～乜人[誰人；（不管）甚麼人]｜～誰（sêu⁴⁻²）[誰人，甚麼人（並無疑問意思）]。

【亞保亞勝】a³ bou² a³ xing³ 張三李四。泛指任何一個人。

傳統方言字。本作“阿”，由於廣州話“阿”原讀 o¹，讀音與實際有差異，很多人便改用讀音相同的“亞”。清·屈大均《廣東新語》卷十一：“廣州謂父又曰爸，母曰嬭。或以‘阿’先之，亦曰‘亞’。兒女排行亦先之以‘亞’。”

用“亞”的原字“阿”稱呼親屬由來已久。南北朝時期的《木蘭詩》就有“阿爺無大兒，木蘭無長兄”、“阿姊聞妹來，當户理紅妝”句。

呀 a³

語氣詞。❶ 表疑問：係唔係～[是不是呀]？｜裏面有冇人～[裏邊有人嗎]？❷ 表感歎：嗰齣戲幾好睇～[那齣戲多好看啊]！❸ 表囑咐：記得鎖門～[別忘了鎖門啊]！❹ 表申辯：我冇講過～[我沒有説過啊]！

另見“呀 a⁴”。

呀 a⁴

語氣詞。❶ 表疑問（對事情略有所知，作進一步發問）：真係嚟～[真是這樣嗎]？｜肯定唔係佢～[肯定不是他嗎]？❷ 表反詰：唔通淨係你至得～[難道只有你才行嗎]？｜你以為你好叻～[你以為你很行嗎]？

現代漢語也是作語氣詞。老舍《駱駝祥子》十二：“祥子，怎麼回事呀？”

另見“呀 a³”。

呃 ag³

語氣詞。表同意，肯定：係～［對呀；當然是了］｜好～［好啊］。

現代漢語裏“呃”多作嘆詞用，一般單獨用在句子前面，表示招呼、提醒或感歎。廣州話與之有差異。

另見“呃 ngag¹”條。

B

廹 bag¹

象聲詞。表示摁紐扣、電器開關、打火機等的聲音。

【廹紐】bag¹ neo⁵⁻² 摁扣兒，子母扣兒。

另見“廹 big¹”。

板（辦）ban²

名詞。樣板：米～｜布～｜酒～｜攞個～嚟睇下［拿個樣板來看看］。

【相板】sêng³ ban² 過去照相館在正式洗出照片之前試洗給客人看的樣板。

【照板煮碗】jiu³ ban² ju² wun² 熟語。照樣子做一碗。相當於“依樣畫葫蘆”。又説“照板煮糊 jiu³ ban² ju² wu⁴⁻²”。

板，是“樣板”的省稱。也有不少人寫作“辦”。

扮（搬）ban³（讀音 ban⁶）

動詞。用較長的棍打：用棍～個果落嚟［用棍子把果子打下來]｜用扁擔～佢[拿扁擔打他]。

扮，本義為裝束、打扮。《廣韻》晡幻切，"打扮"。廣州話為借用字。本字應為"扮"。扮，《集韻》博幻切，"絆也，引擊也"。

湴 ban⁶

❶ 名詞。爛泥：泥～[爛泥]｜爛～[爛泥]｜～氹[爛泥坑]。❷ 形容詞。泥濘：呢段路真～[這段路真泥濘]。

方言傳統用字。《廣韻》蒲鑑切，"深泥也"。《集韻》薄鑑切，"泥淖也"。

嘭 bang⁴

象聲詞。❶ 槍聲：嗰邊"～～"噉響咗兩槍[那邊"砰砰"的響了兩槍]。❷ 大力打門聲；關門聲：打門打到～～聲都冇人應[把門打得嘭嘭響都沒人應答]｜佢嬲爆爆噉翻入房，～聲關實度門[她氣鼓鼓地回房間去，砰的一聲關上門]。

新創字。

另見"嘭 bang⁶"條。

嘭 bang⁶

【冚嘭唥】hem⁶ bang⁶ lang⁶ 見"冚 hem⁶"條。

【橫嘭嘭】wang⁴ bang⁶⁻¹ bang⁶（東西）橫着放礙事：張枱～噉放好揾堤[桌子橫着放很佔地方]。又形容人蠻橫不講理：個嘢～嘅，根本就唔講理[那傢伙很橫(hèng)，沒道理可説]。

新創字。

另見"嘭 bang⁴"條。

骲 bao⁶（又音 biu⁶）

動詞。❶（豬用嘴）拱：豬～爛埲牆咯[豬把牆拱壞了]。❷ 用身體推擠：佢～開其他人，逼到前面[他擠開其他人，擠到前面]｜兩隻手捧住電視機，用身～開門入去。

本指用手打擊。《廣韻》防教切，"手擊"。《玉篇》蒲校切，

"骲擊也"。廣州話與之略有差別。

齙 bao6

動詞。從平面上凸出，拱出：個行李袋擠得太滿，兩邊都～晒出嚟咯［行李袋塞得太滿，兩邊都拱出來了］｜埲牆有兩塊磚～咗出嚟［牆壁有兩塊磚拱出來了］。

【齙牙】bao6 nga4 從齒間橫生出來的牙齒。

《集韻》蒲交切。《玉篇》："露齒。"與現代廣州話所指略有不同，廣州話齒露在唇外叫"哨牙"。

啤 bé1

❶ 名詞。一種民間響器，一小截竹子插入薄膜，吹之能響；也有用草葉、樹葉或稻莖做的。❷ 名詞。喇叭，汽笛：火車響～咯［火車鳴笛了］。

【啤把】bé1 ba2 喇叭（市區已少用）。

❸ 動詞。焊接：將兩塊鋼板～實佢［把兩塊鋼板焊接起來］。

❹ 譯音用字。

【啤梨】bé1 léi4-2 洋梨。"啤"是英語 pear 的音譯。

【啤令】bé1 ling2 滾珠軸承。英語 bearing 的音譯。

傳統方言字。

另見"啤 bi1"條。

嚊 bé4

助詞。❶ 用在句中表示停頓（現已少用）：排前排後～，都無所謂［（至於）排前排後呢，都無所謂］。❷ 用在句末表示勉強或無可奈何：去就去～［去就去吧］。❸【腍嚊嚊】nem4 bé4 bé4 見"腍 nem4"條。

本指喘息聲。《廣韻》匹備切，"喘聲"。《玉篇·口部》："嚊，喘息聲。"廣州話為借用字。夢餘生《新粵謳解心·人唔係易做》："知心嚊唔得幾個。"

揮 bed1

動詞。❶ 舀；盛（chéng）：～水｜～粥。❷ 撮：～垃圾。

傳統方言字。捙，本義為牽。《集韻》匹蔑切，“牽也。”廣州話為借用字。

B

跛 bei¹（讀音 po²）

瘸：佢有啲～［他有點瘸］｜行路～～下［走路一拐一瘸的］｜跌～腳［摔瘸了腿］｜～手佬［胳臂有傷殘的人］。

訓讀字。普通話的“跛”一般只用於腿腳；廣州話的“跛”既可用於下肢，又能用於上肢。

嘢 bei⁶

糟糕，糟：～，唔記得帶鎖匙添［糟糕，忘了帶鑰匙了］！｜重唔落雨就～咯［還不下雨就糟了］。又說“嘢傢伙 bei⁶ ga¹ fo²”。

【嘢嘢冇咁嘢】bei⁶⁻² bei⁶ mou⁵ gem⁵ bei⁶ 俗語。沒有比這更糟糕的了。

傳統方言字。舊時有寫作“弊”。

¹ **畀** béi²

動詞。給：～張紙我［給我一張紙］｜用完記得～翻我［用完記得還給我］｜你講～佢聽［你告訴他］。

【畀面】béi² mian⁶⁻² 賞臉，給面子。

本義為賜予。《廣韻》必至切，“與也”。《爾雅》：“賜也。”《左傳·僖公二十八年》：“分曹衛之田以畀宋人。”廣州話含義有所延伸。

² **畀（俾）** béi²

❶ 動詞。允許，讓：冇票唔～入［沒票不讓進］｜應唔應該～佢去呢［應不應該讓他去呢］？｜居然～佢估中咗［居然讓他猜中了］！

【畀都唔…】béi² dou¹ m⁴… 後面填上動詞，表示堅決不做這動作：～要｜～做｜～去。

❷ 介詞。被：～老闆鬧咗一餐［被老闆罵了一頓］｜～狗咬親［被狗咬了］｜～佢問到冇聲出［被他問到說不出話

來]。❸ 介詞。相當於“用”“以”：～桶裝[用桶裝]｜～手寫｜度門係～鋼板造嘅[這門是用鋼板造的]。

【畀眼睇】béi² ngan⁵ tei² 字面上是“用眼睛看”意思，實際的含義是“等着瞧，拭目以待”：佢咁壞肯定冇好下場，～啦[他這麼壞肯定沒有好下場，等着瞧吧]！

【畀心機】béi² sem¹ géi¹ 用心，認真：你要～做好[你要用心做好]｜～讀書。

《廣韻》必至切，“與也”。清·招子庸《粵謳·除卻了阿九》：“最怕畀大石壓親就唔得了賴”。

有作“俾”。俾，《廣韻》並弭切，“使也，從也”。廣州話與之近似。

髀 béi²

名詞。大腿：大～[大腿，下肢]｜田雞～。

【禾杈髀】wo⁴ ca¹ béi² 叔伯兄弟姐妹的關係：佢兩個係～嚟㗎[他倆是叔伯兄弟]｜佢係我嘅～大佬[他是我的堂兄]。

《廣韻》卑履切，“股也”。

擯 ben³

動詞。編繩狀的東西：～辮｜～麻繩。

擯，《廣韻》必刃切。《玉篇·手部》：“擯，相排斥也。”廣州話為借用字。

蝂 beng¹

【蝂蚆】beng¹ sa¹ 1. 一種大蝴蝶。2. 一種用精麵粉製作經油炸而成的小吃，是佛山順德大良特產。

傳統方言字。

偋 béng³

動詞。❶ 收藏：唔知佢將啲嘢～埋邊度[不知他把東西藏在哪裏]。

【收收偋偋】seo¹ seo¹ béng³ béng³ 把財物收藏起來。形容人吝嗇的樣子：佢乜嘢都～怕畀人知[他甚麼東西都偷偷的藏起來，生怕人家知道］。

❷ 收拾：～好自己嘅房間［把自己的房間收拾好］。

《廣韻》防正切，"併，隱僻也，無人處"。廣州話為借用字。

焙 beo6

【㾺焙】leo6 beo6 見"㾺 leo6"條。

《廣韻》蒲口切，"婦人貌"。《集韻》普後切，"焙㛹，婦人肥貌。㛹，乃後切。"廣州話與之有差異。

啤 bi1

【啤啤】bi1-4 bi1 嬰兒。

【啤啤仔】bi1-4 bi1 zei2 嬰兒（不分性別）。

傳統方言字。"啤啤"現多寫作"BB"。

另見"啤 bé1"。

咇 bid1

動詞。液體被擠壓噴出。

本義為説話不明白。《廣韻》毗必切，"言不了"。《集韻》："言不明。"廣州話為借用字。也有用"滭"字。

逼 big1

❶ 動詞。擠：用力～入去［使勁擠進去］｜～冚晒人［人擠得滿滿的］。

【逼車】big1 cé1 擠車，乘搭擁擠的公共交通車。

❷ 形容詞。擁擠：裏面好～［裏頭擠得很］｜遊樂園～到鬼噉［遊樂園擠得要命］｜～人［擁擠］。❸ 形容詞。（空間）狹小；（時間）緊迫：～窄［地方窄小］｜呢間鋪位～咗啲［這間鋪位窄了點］｜三日完工，時間太～喇［三天要完工，時間太緊了］。

【逼腳】big1 gêg3 鞋小擠腳。又叫"趷腳 gug1 gêg3"。

這裏的"逼"其實應該用"偪"，但方言區人們已習慣用"逼"。也有用"偪"。

另見"逼 bag1"。

B

熚 big¹

動詞。用猛火煮：加猛火～牕啲牛腩［加猛火把牛腩煮爛］｜～乾水［（用大火）把水煮乾］。

《廣韻》符逼切，"火乾肉也"。

邊 bin¹

疑問代詞。❶ 哪：～處［哪裏］｜～日［哪天］｜～種［哪樣］｜～啲［哪些］。

【邊度】bin¹ dou⁶ 1. 哪裏（問處所）：去～？｜呢處係～［這裏是哪裏］？ 2. 哪裏，到處（泛指處所）：～都有得賣［哪裏都買不到］｜～都要講道理［哪裏都要講理］。

【邊個】bin¹ go³ 1. 哪個，誰：你係～［你是誰］？｜冇～唔服佢［沒有誰不服他］。2. 無論是誰，哪一個：～都唔准入［無論是誰都不給進去］｜～都唔信［誰也不相信］。

❷ 哪裏，哪兒：唔知佢去咗～［不知他到哪裏去了］｜你而家想去～［你現在想去哪兒］？｜～有噉嘅好事［哪兒有這樣的好事］！

傳統方言用字。明·佚名木魚書《花箋記》卷三："借問桃源邊處係？"清·招子庸《粵謳·傷春》："唔知邊一個多情，邊一個薄幸。"

飆 biu¹

動詞。❶ 噴射：水～得好遠。❷ 冒出：～冷汗［冒冷汗］｜佢驚到尿都～［他慌得尿褲子了］。❸ 竄：條蛇～咗入窿［蛇竄進洞裏了］。❹ 長高，尤指迅速長高：佢～高咗好多［他長高了很多］｜"寒露過三朝，遲早一齊～"［農諺。寒露過幾天，不管甚麼時候插的禾苗都要一起抽穗］。❺ 出芽兒：～芽。

本義為從地面直上的旋風，泛指暴風。《集韻》卑遙切。《說文》："扶搖風也。"《玉篇》："暴風也。"廣州話方言義是引申義。南音《大鬧梅知府》："梅知府聽見冷汗掂飆，乜佢咁多人馬在當朝？"《三灶民歌》："竹筍飆高長短面，長短面生來會安慰人。”

有作“標”、“摽”。標，《廣韻》甫遙切。《玉篇》：“木末也。”摽，《廣韻》撫招切，“擊也”。廣州話俱與之不合，故不採用。

¹ **波** bo¹

名詞。球：打～｜～枱［球桌］｜執～［撿球］。

【波鉢】bo¹ bud³ 球鞋，運動鞋。英語 ball boot 的音譯。

【波子】bo¹ ji² 1. 滾珠。2. 玻璃球兒，彈（dàn）子，彈（tán）球兒。又叫“波珠 bo¹ ju¹”。

【波牛】bo¹ ngeo⁴ 沉迷於打球而身體健壯的人（含貶義）。

【波衪】bo¹ sêd¹ 絨衣，因打球的人常穿而得名。英語 ball、shirt 兩詞音譯的合成詞。

“波”是英語 ball 的音譯。

籃球、排球、足球、乒乓球、皮球等圓形的球叫“波”；羽毛球、康樂球等不叫“波”。

² **波** bo¹

名詞。排擋，變速擋：二～｜空～｜～棍［換擋杆，變速杆］｜換～［換擋］。

“波”是英語 gear 的音譯。

嚤 bo³

語氣詞。❶ 表提醒：聽日個會你唔好遲到～［明天的會議你別遲到啊］。❷ 表勸告：噉做好危險嘅～［這樣做很危險的呀］。❸ 表轉告：大家要你講清楚～｜主任交帶噉做嘅～［主任交代要這樣做的］。❹ 表讚歎：幾靚～［確實漂亮呀］｜係幾好～［是不錯呀］。

傳統方言字。粵劇《十五貫》第一場：“煩勞秦老哥明天一早你去揾我嚤。”第二場：“你唔好含血噴人嚤。”

㩧 bog¹

❶ 動詞。用棍子敲打：～佢兩下［（用棍子）敲他兩下］。

【㩧㩧齋】bog¹ bog¹ zai¹ 私塾（詼諧的說法）：讀過兩年～。

【攥濕】bog¹ seb¹ 打出血，引申指狠狠地打：一於～佢 [堅決揍瘤他] ｜畀人～ [被人打傷了]。

❷ 形容詞。土，土裏土氣：呢個款式～到死 [這種款式土得要命] ｜着起件衫好～ [穿起這件衣服土得很]。

【攥佬】bog¹ lou² 舊時對農民不尊重的稱呼。

本義為擊、打。《廣韻》蒲角切。《廣雅．釋詁三》："攥，擊也。"《隋書．李景傳》："帝大怒，令左右攥之。"

駁 bog³

❶ 動詞。辯駁，反駁：～嘴 [頂嘴] ｜～到佢服 [辯駁到他服氣]。

【駁秤】bog³ qing³ 顧客認為所購東西不足秤時要求複秤。

❷ 動詞。接，連接，接續：～骨 [接骨] ｜～長｜～水喉 [接水管] ｜～通電話｜～腳 [接力搬運或遞送東西]。❸ 動詞。套（一種私人間的匯兑）：～錢翻屋企係唔合法嘅 [套錢回家是不合法的]。❹ 動詞。接枝（一種無性的繁殖果木辦法）：～枝。❺ 量詞。一段時間，一般指若干天：呢～ [這段時間，最近] ｜先嗰～ [前段時間，前些日子]。

傳統方言字，屬於借用字。中山咸水歌："琴弦斷線有相駁，阿妹斷情冇得連。"（引自吳競龍《水上情歌》）

髆（膊） bog³

名詞。肩：～頭 [肩膀] ｜縮～ [聳肩膀] ｜起～ [上肩（用肩膀把東西挑、抬或托起來）]。

髆，本義是肩膀。《廣韻》補各切。《説文》："髆，肩甲也。"又作"膊"。膊，《集韻》伯各切。《正字通》："肩膊也。"順德咸水歌．擔傘調："膊頭擔傘傘頭低，問娘（女方）邊處探親嚟。"

餺 bog³

名詞。餺鑤，一種薄餅，多用糯米粉烙成。

《廣韻》傍各切，"薄餅"。《集韻》伯各切，"餺飥，餅也"。

B

壆 bog³

名詞。❶ 堤壩：河～。❷ 塘埂子：塘～。❸ 園圍子（圍着園子的土埂，上面多密栽荊棘）。

傳統方言字。壆，本義為土堅，又指器物的裂縫。廣州話為借用字。

煲 bou¹

❶ 名詞。平底有壁的鍋：瓦～［沙鍋］｜水～［燒水鍋］｜企身～［形狀較高的沙鍋］｜～仔飯［沙鍋飯（用沙鍋燜的帶菜肉的飯）］。

【吊煲】diu³ bou¹ 指斷炊，轉指失業。

【箍煲】ku¹ bou¹ 採取措施彌補已有裂痕的關係，尤指夫妻或情侶之間的關係。

❷ 名詞。連沙鍋一起端上桌的菜肴：豆腐～｜羊肉～｜牛腩～。❸ 動詞。1. 煮（不一定用"煲"煮）：～飯｜～水。2. 熬：～茶［熬藥］｜～豬骨湯。【煲冇米粥】bou¹ mou⁵ mei⁵ zug¹ 煮沒有米的粥，比喻做沒有成果的事情。❹ 動詞。引申指較長時間地做某一件事：～煙［抽煙，多指長時間不停地抽煙］｜～碟［長時間不斷地看光碟］｜～電話粥［謔稱長時間地打電話，用電話聊天。省稱"煲粥"］。❺ 動詞。打擊，多指暗害：諗計～佢［想辦法揍他］｜小心畀人～［當心被人暗害］。❻ 量詞。用於打擊：呢～夠佢受［這下（打擊）夠他受］。❼【煲呔】bou¹ tai¹ 領結，蝴蝶領帶。

傳統方言字。近年已被普通話吸收。《新華字典》："〈方〉1. 壁較陡直的鍋。2. 用煲煮或熬。"廣州話仍保留着自己特有的義項。

菢 bou⁶

動詞。孵：～雞仔［孵小雞］｜～竇［（雞）抱窩］。

《廣韻》薄報切，"鳥伏卵也"。《農政全書》有介紹"養雞不菢法"，使雞"常生卵不菢"。

埗（埠）bou⁶

名詞。❶ 碼頭：～頭［碼頭。多指小碼頭］。❷ 借指目的地：到～打個電話翻嚟［到了目的地打個電話回來］。

傳統方言字。本作"埠"（讀音 feo⁶）。

㗋 bud¹

象聲詞。汽車喇叭聲：～～車［汽車（小孩語）］。

新創字。

卜 bug¹

動詞。預訂：～位［預訂座位］。

是英語 book 的音譯。

¹ 伏 bug⁶（讀音 fug⁶）

藏，匿：～匿匿［捉迷藏］｜～兒人（bug⁶ yi⁴⁻¹ yen⁴⁻¹）［捉迷藏］。

《廣韻》房六切，"匿藏也"。

² 伏 bug⁶（讀音 fug⁶）

動詞。趴，俯伏：～低［趴下］。

借用字。本字為"匐"，《集韻》步木切，"匍匐也"。

¹ 焙 bui⁶⁻²

名詞。烘荔枝乾、龍眼乾等的作坊。

本義為用微火烤烘。《集韻》蒲味切。唐·白居易《題施山人野居詩》："春泥秧稻暖，夜火焙茶香。"廣州話動詞轉作名詞。

另見"焙 bui⁶"。

² 焙 bui⁶⁻²

名詞。䴵面（做麵食或粉食時，防止粉面粘連的乾粉）。

《集韻》蒲味切。本義為用微火烤烘。廣州話為借用字。

B

焙 bui⁶

動詞。用微火烘烤：～乾件衫［把衣服烘乾］｜～火爐［圍爐烤火］。

《集韻》蒲味切。

普通話"焙"一般用於烘烤用器皿盛着的藥物、食物等，廣州話"焙"則泛指直接用火烤烘東西。

另見"焙 bui⁶⁻²"。

埲 bung⁶

量詞。❶ 堵（用於牆）：一～牆｜用一～板障隔開［用一堵板牆隔開］｜兩～牆中間有條窄窄嘅通道［兩堵牆中間有一條窄窄的通道］。❷ 股（用於塵土）：好大～泥塵［好大一股塵土］。

本義為塵土飛揚。《廣韻》蒲蠓切，"塕埲，塵起"。廣州話與之略有不同。

颷（馩） bung⁶

量詞。股、陣（用於氣味）：一～香味｜一～唔知乜嘢味［一股不知甚麼味道］｜好大一～味［氣味好大］。

颷，《集韻》蒲蠓切，"風起貌"。廣州話方言義與之略有不同。有用"馩"字。馩，《集韻》蒲蠓切，"香氣盛也"。廣州話方言義與之亦不同。

C

踩 ca¹

動詞。誤踩，亂踏：一腳～咗落去［一腳踏下去］｜～落水氹度［踩到水坑裏］｜咪亂～［別亂踩］。

【踩錯腳】ca¹ co³ gêg³ 1. 失足，踏空：唔小心～，碌咗落山坑度［不小心踩錯腳，掉到山溝裏］｜落樓梯～，屈親條腰

[下樓梯踩空了，扭傷了腰]。2. 比喻走錯路、犯錯誤：～就要認真汲取教訓。

踩，《集韻》楚嫁切。《玉篇》："踩，踩踏也。"《五燈會元》卷十八，子陵自瑜禪師："赤腳踩泥冷似冰。"《西遊記》第三十八回："行者先舉步踩入"。

又作"蹅"。蹅，現代漢語是"在泥水裏走"的意思，廣州話與此有區別，故不採用。

扠 ca5

動詞。❶ 塗抹，塗改：寫錯咗就～咗佢[寫錯了就塗掉它]｜寫好啲嚟，咪亂～[寫好點，別亂塗亂抹]。❷ 搗亂：～亂[搗亂，攪局]｜～膉（膉，讀音lo4）[弄壞（事情），搞黃]。

本義為用拳頭打。《廣韻》醜佳切，"以拳加人"。《集韻》："以拳加物。"廣州話為借用字。

擦 cad3

動詞。吃（粗俗說法）：請大家～翻餐[請大家撮一頓]。

同音借用字。

有作"餷"。餷，《康熙字典》："《字彙》初戛切，音察，添食也。"與廣州話含義有差異，不採用。

坼（皴） cag3

❶ 動詞。破裂，皸，裂開：爆～[（皮膚）皸裂]｜凍到手都～咯[手都凍皸了]｜旱到田都～喇[旱得田都開裂了]。❷ 形容詞。（嗓子）破，沙啞：聲喉～[嗓子沙啞]。

坼，《廣韻》醜格切。《說文》："坼，裂也。"

有用"皴"，皴應為本字，《廣韻》醜格切，"皸皴"。《集韻》恥格切，"皺也"。

篸 cam2

名詞。❶ 簸箕：垃圾～[撮垃圾的簸箕]。❷ 箕（不成圓形、有開口的指紋）。

傳統方言字。本義為用針連綴。《廣韻》作紺切，“以針篸物”。《集韻》：“綴也。”廣州話為借用字。

儳 cam^{4}

【岩儳】ngam^{4} cam^{4} 凹凸不平：條路好～［道路高低不平］｜頭髮飛得咁～［頭髮理得這麼不平整］。

《集韻》士減切，“不齊也”。《玉篇》士鹹切，“不齊”。《說文》：“互不齊也。”

巉 cam^{4}

動詞。巉眼，指（強光）晃眼，刺眼：太陽好～眼｜眼燈～眼，睇唔見［燈晃眼，看不見］。

本義為山勢高峻。《廣韻》鋤銜切，“險也”。《玉篇》士衫切，“高貌”。廣州話為借用字。

劖（攙） cam^{5}

動詞。扎（刺）；剮。一般指手腳被小而銳利的東西刺入：畀簕～親腳［給刺扎了腳］｜畀玻璃～親手［被玻璃剮傷了手］。

《廣韻》鋤銜切，“刺也”。《說文》：“斲也。”段玉裁注：“砭刺也。”有作“攙”。攙，《廣韻》士鹹切，“刺也”。《集韻》鋤鹹切，“刺也”。

鐺（鐺） cang^{1}

名詞。平底鍋（但炒菜鍋、煮水鍋不叫“鐺”）：瓦～［沙鍋］｜銻～［鋁鍋］｜飯～。

【架鐺】ga^{3} cang^{1} 工具，傢伙：帶齊～｜呢啲～唔係我嘅［這些工具不是我的］。又說“架生 ga^{3} sang^{1}”。

傳統方言字。有用“鐺”字。鐺，《廣韻》楚庚切。《集韻》：“釜屬。”《漢語大字典》：“鐺，溫器，似鍋，三足。如：酒鐺；茶鐺；藥鐺。”當是本字。

瞠 cang³

動詞。瞪眼，睜眼：～大雙眼睇下［瞪大眼睛看看］｜眼～唔開［眼睛睜不開］。

傳統方言字。

又見"瞠 cang⁴"。

蹿 cang³

動詞。❶ 蹬，踹：一腳～開度門［一腳把門踹開］。❷ 支撐：攞條棍嚟～實佢［拿根棍子來撐住它］｜而家鋪頭就靠佢～住［現在店裏就靠他支撐着］。❸ 死不承認：死～唔認［死頂住不承認］。

【死雞蹿硬腳】sei² gei¹ cang³ ngang⁶ gêg³ 形容人明知錯了仍堅持，或理虧還強辯。

新創字。

又見"蹿 yang³"。

棖 cang⁴

【棖雞】cang⁴ gei¹ 潑野。多指婦女：～婆［潑婦；潑辣貨］｜咪咁～啦［別撒野了］。

本義為木柱、斜柱。廣州話為借用字。

瞠 cang⁴

詞素。光瞠瞠，形容亮堂堂（指光線太強而刺眼）。

傳統方言字。

又見"瞠 cang³"。

犞 cao¹

動詞。頂（牛用角抵人）：嗰隻牛會～人［那頭牛會頂人］｜畀牛～親［給牛頂傷］。

《集韻》醜交切，"角挑也。"當是本字。

有用"觓"。觓，是"觸"的異體字。《龍龕手鑑·角部》："觓，觸的或體。"觸，本義為動物用角頂撞。廣州話與之義合音不合，故不採用。

抄 cao³

動詞。❶ 搜查：～身［搜身］。❷ 亂翻，翻動尋找：～櫃桶［翻抽屜］｜亂～一通［亂翻一氣］｜窿窿罅罅～勻都～唔到［角角落落都翻遍也沒找着］。

《廣韻》楚交切，又初教切。過去就有表示搜查意思，《紅樓夢》第一百五回："外頭王爺就進來抄家了！"廣州話的含義要廣一些。

巢 cao⁴

形容詞。❶ 皺：～皮［表皮起了皺紋］｜～嗌嗌［皺巴巴，皺皺的］｜浸到手都～［（水）泡得手皮都皺了］｜件衫咁～要熨一熨［這衣服太皺要熨一下］。❷ 蔫（多指植物）：𦧲菊花葉都～咯［菊花葉子都蔫了］。

同音借用字。

有用"瘷"字。瘷，《廣韻》側教切，"縮也，小也"。《集韻》子肖切，"病也"。廣州話與此不合，故不採用。

車 cé¹

❶ 動詞。軋，碾：開慢啲，小心～親人［開慢點，當心別軋了人］。❷ 動詞。用車載物運輸：～啲貨去火車站［把貨物（用車）送到火車站］｜今日～咗幾車［今天運了多少車（貨物）］？❸ 名詞。縫紉機：～針｜～油［縫紉機潤滑油］。❹ 動詞。用縫紉機縫製：～衫［用縫紉機縫製衣服］｜件衫幾時～得好呀［衣服甚麼時候能縫好呢］？❺ 動詞。吹噓；閒扯：～天～地［滿世界胡扯］｜咪聽佢亂～［別聽他胡扯］｜亂～廿四［胡說八道，胡扯亂侃］。

【車大炮】cé¹ dai⁶ pao³ 1、胡扯，吹牛皮。2、撒謊：係真㗎，唔係～㗎［是真的，不是騙你的］。

❻ 動詞。旋轉：～轉身［轉過身去；轉過身來］。

【車歪】cé¹ mé² 陀螺：～咁轉［像陀螺那樣旋轉］。

❼ 動詞。投擲（較大的物件）：搦起張凳就～過去［抄起凳子就擲過去］。❽ 動詞。用水車提水灌溉：～水上田。❾

名詞。機器：開～[啟動機器]｜～葉[螺旋槳]。現已少用。

【大車】dai⁶ cé¹ 大副，船上主管機器的人。又叫“大偈 dai⁶ gei²”。

廣州話為借用字。

唓 cé¹

嘆詞。一般單獨放在句首。

❶ 表不滿：～，噉都得嘅咩[嘿，這也成嗎]？❷ 表反對：～，邊係噉呀[嗨，哪裏是這樣]！❸ 表斥責：～，咪亂噏[呸，別胡說]！❹ 表不屑：～，我以為何方神聖，原嚟係佢[呸，我以為是何方神聖，原來是他]！

《字彙補》音車。《漢語大字典》：“傳說指守廟門的鬼。東邊的叫唓，西邊的叫嗻。”廣州話為借用字。

扯 cé²

動詞。❶ 拉：～風箱｜～衫尾[拉着衣服下擺]｜～大纜[拔河]。

【扯貓尾】cé² mao¹ méi⁵ 兩人串通互相呼應去欺騙別人。又叫“搖貓尾 meng³ mao¹ méi⁵”。

❷ 拉扯繩子，使所繫東西上升：～旗[升旗]｜～悝[升帆，起帆]。❸ 抽，吸：呢個煙通好～風[這個煙囱很抽風]｜地咁濕，灑啲石灰～乾佢[地太濕，灑點石灰吸乾它]。❹ 出氣兒：～鼻鼾[打鼾，打呼嚕]｜～㾓[哮喘]。❺ 回去，離開，走：～人[離去，走]｜翻～咯[回去吧]｜佢幾時～㗎[他甚麼時候走的]？

傳統方言用字。

呎 céd¹（又音 cég¹）

動詞。檢查，核查，覆核：～～條數[核對一下這數目]｜唔該同我～一～[請幫我覆核一下]。

英語 check 的音譯。“呎”是英尺的舊稱。廣州話方言義與此不同，為借用字。

C

赤（歡，刺）céĝ³

形容詞。❶ 刺痛，疼痛：頭～｜笑到肚都～［笑得肚子都疼了］。

【肉赤】yug⁶ céĝ³ 心疼：打爛個古董，真～。

❷ 手腳凍得發疼：手～腳～｜凍到對手好～［凍得雙手很疼］｜～到入心［冷得刺骨］。

同音借用字。

傳統有用"刺"字。刺，《廣韻》七賜切，"穿也"。《説文》："直傷也。"廣州話與之不合，故不採用。又有用"歡"。歡，《廣韻》醜歷切，"痛也"。應為本字。

卓 cêg³

形容詞。機靈，精明（帶貶義）：老～［處事精明、老到］。

【卓頭】cêg³ teo⁴ 噱頭：出～。

《廣韻》竹角切。《説文》："高也。"《漢語大字典》："高明；高超。"

¹ 砌 cei³

動詞。拼合：～圖［拼圖］｜～積木｜～翻好佢［拼回原來的樣子］。

【砌生豬肉】cei³ sang¹ ju¹ yug⁶ 誣陷：佢畀人～，真冤枉［他被人誣陷，真冤枉］。

《廣韻》七計切。本有拼合、堆積之意。宋·秦觀《踏莎行·郴州旅舍》："驛寄梅花，魚傳尺素，砌成此恨無重數。"

² 砌 cei³

動詞。揍，打：～佢［揍他］｜畀人～咗一餐［給人揍了一頓］。

同音借用字。

𩜺 cei⁴

名詞。糍粑。

傳統方言字。

摻 cem^{1}

動詞。❶ 添加：～水｜～油。❷ 讓參加，參加：～佢玩 [讓他參加一塊兒玩]｜佢夾硬～埋嚟 [他硬要參加進來]。

《集韻》倉含切。《漢語大字典》："用同'攙'。攙雜；拌和。"

譖 cem^{3}

形容詞。嘮叨，囉唆：乜你咁～㗎 [你怎麼老是嘮叨呀]?｜佢好～嘅，真怕接佢電話 [他很囉唆，真怕接他的電話]。

【譖氣】cem^{3} héi^{3} 嘮叨。又說"譖趙 cem^{3} jiu^{6}"、"譖醉 cem^{3} zêu^{3}"。

本義為說壞話詆毀、誣陷別人。《廣韻》莊蔭切。《說文》："愬也。"《廣雅》："諻也。"《玉篇》："讒也。"廣州話為借用字。

尋 cem^{4}

詞素。昨：～晚 [昨天晚上]｜～日 [昨天]｜～日朝 [昨天早上]。又說"琴 kem^{4}"，如"尋晚"又說"琴晚"等。

傳統方言字，為借用字。

親 cen^{1}

助詞。❶ 表示遭受：冷～ [受涼]｜屈～腳 [扭傷腳]。❷ 表示動作一發生馬上會產生某種反應，相當於"一……(就……)"或"每逢……(都……)"：嘟～都痛 [一動就疼]｜坐～船都暈浪 [每次乘船都暈船]｜叫～佢都幫忙 [每次叫他他都願意幫忙]｜去～圖書館都碰到佢 [每逢去圖書館都碰見他]。

傳統方言字，為借用字。

襯 cen^{3}

【幫襯】bong^{1} cen^{3} 光顧。

【老襯】lou^{5} cen^{3} 笨，傻，傻瓜：冇人咁～嘅 [沒人這麼傻的]｜真係～，畀人呃咗都唔知 [真笨，給人家騙了還不知道]。

借用字。

春（櫄）cên¹

名詞。蛋，卵：雞～｜魚～｜蝦～｜魚散～[魚排卵]｜～袋[陰囊]｜石～[卵石]。

同音借用字。清·屈大均《廣東新語》卷十一："廣州謂卵曰春。曰魚春，曰蝦春，曰鵝春，曰雞春、鴨春。"夢餘生《新粵謳解心·頗靚仔》："唇紅齒白，點止剝殼雞春。"

傳統用"櫄"字。

唱 cêng³

動詞。貶損；宣揚：周圍～[到處說（某人的壞話）]。

【唱好】cêng³ hou² 看好，讚揚，作肯定性的宣揚。

【唱衰】cêng³ sêu¹ 看差，批評甚至詆毀，作負面宣揚。

廣州話的"唱"本來是到處說某人壞話的意思，近年才增加讚揚的用法。不過"唱"原來就有稱讚、讚揚的意思，《後漢書·儒林傳·孔僖》："齊桓公親揚其先君之惡以唱管仲，然後群臣得盡其心。"

熗 cêng³

動詞。灼，燎：因住畀火～親[小心被火灼傷]。

本指一種烹飪方法。廣州話為借用字。

暢 cêng³

動詞。破開（把大鈔票破成零幣）：～十文散紙[破十塊錢零票]｜冇散紙～[沒零錢破]｜～唔開[破不開]。

同音借用字。

熽 ceo¹

動詞。煙薰火燎或水蒸氣灼：煙～得我矇唔開眼[煙熏得我睜不開眼睛]｜只手畀滾水啲氣～親[手給水蒸氣灼傷了]。

《廣韻》自秋切。《玉篇》："熽，燋也。""燋，燒也；爛也。"

籌 ceo⁴⁻²

名詞。號兒，牌兒：派～[發號兒]｜攞～掛號[拿牌兒掛號]。

C

《廣韻》直由切。《説文》:"籌，壺矢也。"即古代投壺遊戲所用的籤子。作"號兒、牌兒"用由此轉化而來。夢餘生《新粵謳解心·上街好》:"怕你眼前錯過，點重再揀得第二條籌。"

又見"籌 ceo4"。

溱 ceo3

❶ 動詞。照料，帶（嬰兒或小孩）：～細蚊仔［照料小孩］｜～大兩個仔［帶大兩個兒子］｜～仔乸［帶孩子的母親］。❷ 連詞或介詞。和，跟，與：我～你一齊去［我和你一起去］｜你～佢玩啦［你跟他玩吧］。❸ 與"嚟"連用，有決定、處理、做意思：做嚟～［邊做邊看（再決定怎麼辦）］｜睇嚟～［看着辦（看事情發展情況再決定怎樣行動）］。❹ 形容詞詞素。碰，趕。

【溱蹺】ceo3 kiu2 碰巧，趕巧：～碰到佢［碰巧遇見他］。

【溱啱】ceo3 ngam1 恰巧，剛好：～嗰幾日佢唔喺度［恰巧那幾天他不在這裏］。

本義為聚集。廣州話為借用字。《粵謳·留客》(陳寂整理)："唉！真正累世，溱着你我都有人拘制。"《嬉笑集·古事雜詠·赤壁懷古》:"有位蘇生真識歎，溱埋和尚去游河。"

籌 ceo4

量詞。次，回，遍：做過兩～｜呢本書我一～都未睇完［這本書我一遍都沒看完］｜去過唔知幾多～［去過不知多少回］。

"籌"古代也作量詞，但只用以指人。《水滸全傳》第四十一回："九籌好漢……前來接應。"《古今小說·臨安里錢婆留發跡》:"十三籌好漢一齊上前進發。"

又見"籌 ceo4-2"。

𡁵 cêu4

名詞。氣味，多指不好聞的氣味：房間裏面有飂煙～［屋子裏有股煙味兒］｜呢飂餲～好難聞［這股臊臭味兒真難聞］。

新創字。

有作“喺”。

剒 cog³

動詞。❶ 扽（突然用力拉）：～斷條繩［把繩子扽斷］。❷ 從對方口中逗引出自己想知道的東西，套：佢唔肯講，～佢會講出嚟嘅［他不願意説，套他可以套出來的］。

本指斬、割。《廣韻》倉各切。《後漢書·董卓傳論》：“剢肝剒趾。”廣州話為借用字。

啋 coi¹

嘆詞。表斥責或嫌棄。婦女多用：～，講埋啲噉嘅衰嘢［呸，淨説這些下流的東西］！｜～，冇人有你咁衰［呸，你比誰都討厭］！

【啋過你】coi¹ guo³ néi⁵ 去你的！（意思是把對方所説的不吉利、不中聽的東西通通打回去。）

明·木魚書《二荷花史·閨閣談心》：“二嬌同道‘啋’，隨着映娘接語罵聲忙”。

“啋”古漢語也作嘆詞。明·佚名雜劇《村樂堂》第三折：“啋，咱兩人好生的説話。”但含義與現代廣州話有區別。

儲 cou⁵（讀音 qu⁵）

動詞。積蓄，攢：～錢｜～郵票｜～埋咁多爛鬼嘢做乜呀［攢着這麼多破爛東西幹嗎］？｜～～埋埋［積積攢攢；長期積攢］｜我～埋～埋至同你算賬［我攢着攢着再跟你算賬］。

《廣韻》直魚切。唐·玄應《一切經音義》：“儲，貯也。儲亦備也，謂蓄物以為備曰儲也。”

涌 cung¹

名詞。❶ 小河溝，河汊子：屋前有條～［房子前面有條小河溝］｜去～邊洗衫［去小河邊洗衣服］。❷ 珠江三角洲地名用字：大～口（在廣州）｜麻～（在東莞）｜沙～（在中山）。

傳統方言字。清·屈大均《廣東新語》卷十一：“（廣州）謂港曰涌。涌，衝也。音沖。"(《新華字典》：港，"江河的支流。")《三灶民歌》："遠遠望見花雍雍，阿妹呀！無橋無船怎過涌？"

涌，本義為水往上冒。《廣韻》餘隴切。《説文》："滕也。"段玉裁注："滕，水超踴也。"廣州話為借用字。

㧤（揰）cung³

動詞。❶ 捅：～咗個黃蜂竇落嚟［把馬蜂窩捅下來］。❷ 碰撞：畀人～跌倒［被人撞倒］｜畀佢手踭～親［被他的手肘撞傷］。

㧤，《改併四聲篇海》引《奚韻》充仲切。原有撞擊義，《古代兒歌資料．孺子歌圖》："開不開，鐵棍打。打不開，石頭㧤。㧤不開，希拉花拉關城來。"

有用"揰"字。揰，《集韻》昌用切："推擊也。"

D

吖 da³

【啲吖】di¹ da³ 嗩吶：～佬［嗩吶手］。

傳統方言字。

嗒 dab¹

❶ 動詞。1、咂：～出味道咯［咂出味道來了］。2、品味：～下，睇係乜嘢味［咂一下，看看是甚麼味兒］。❷ 象聲詞。1、嗒味聲。2、吧嗒（嚼食聲）：食到～～聲［吃得吧嗒吧嗒響］。

《廣韻》都合切，"舐嗒"。《玉篇》多臘切，"舐也"。順德藝人尤鎮發龍舟《賣欖歌》："核都有味嗒多陣，名貴品，越食越有癮。"

古代也用作象聲詞，明．王錂《春蕪記．定計》："口裏嗒嗒，腰裏撒撒，是一樁好生意來了。"

傝 dab³

【冇傝儑】mou⁵ dab³ sab³ 形容人做事不正經、不經心、隨意、馬虎：佢咁～點叫得佢做呢啲事呀［他這麼不正經怎麼能讓他幹這些事呢］！｜佢講話都～嘅，千祈咪信佢［他說話沒準兒的，千萬別信他］。

《廣韻》吐盍切。《集韻》：傝，托盍切；"儑，傝儑，不謹貌。"《玉篇》："傝儑，惡也；一曰不謹貌。"

沓 dab⁶

❶ 量詞。疊，摞：一～銀紙［一疊鈔票］｜一～書［一摞書］。❷ 動詞。疊，摞：將啲磚～起身嚟［把磚摞起來］｜佢寫嘅書～埋有成尺高［他寫的書摞起來有一尺來高］。

【唔入沓】m⁴ yeb⁶ dab⁶ 1. 指不合群的人。2. 指另類，與大家不一致的人。

❸ 量詞。座，幢：一～樓［一幢樓房］。❹ 動詞。指鐘錶的長針指在某一個數字上：兩點～七［兩點三十五分］｜四點～四［四點二十分］。

【沓正】dab⁶ zéng³ 鐘錶的時針指着正點：而家～八點［現在八點整］｜火車～九點開［火車九點整開］。

《廣韻》徒合切。《玉篇》："沓，重疊也。"

笪 dad³

❶ 名詞。粗竹席，圍起來可以囤放糧食等，伸展開可以墊曬穀物等。又叫"竹笪"。❷ 量詞。塊，用於地方等：呢～地方幾好［這塊地方不錯］｜搵～地方坐下［找個地方坐坐］｜枱布有～水印［桌布上有一塊水跡］。❸ 詞素。

【爛笪笪】lan⁶ dad³ dad³ 1. 稀巴爛。2. 形容人放肆，無所顧忌。

【軟笪笪】yün⁵ dad³ dad³ 軟軟的，軟弱無力。

《廣韻》當割切，"竹簸"。《方言》："簞，其粗者謂之籧篨。"晉·郭璞注："江東呼籧篨為簸。"《說文》："籧，籧篨，粗竹席也。"作量詞是廣州話引申義，《嬉笑集·古事雜詠·金陵懷古》："咁好六朝金粉地，變成一笪瓦渣堆。"

撻 dad³

動詞。❶ 用力往下摔（軟的東西）：～生魚 [摔黑魚]｜～低佢 [摔倒他]。❷ 從高處墜下：擒咁高，因住～落嚟 [爬那麼高，小心摔下來]｜咁高～落去，實死冇生 [這麼高掉下去，肯定沒命]。❸ 無力地倒下：一～落牀就瞓着 [一躺到牀上就睡着了]。

新創字。

有用"撻"。《嬉笑集·漢書人物雜詠·楊雄》："閣上高高跳落嚟，幾乎撻死隻田雞。"撻，《廣韻》他達切。《玉篇》："笞也。"廣州話與之音義有差別，故不採用。

擔 dam¹

動詞。❶ 搬動（桌椅等）：～張椅嚟 [搬一張椅子來]｜～張枱入去 [把桌子搬進去]。❷ 扛：～鋤頭｜～遮 [扛傘]｜～梯。

【擔戴】dam¹ dai³ 擔待，承擔責任：呢件事邊個敢～ [這件事誰敢擔待]？｜呢件事好大～嘅嗜 [這事要承擔很大責任的]。

❸ 叼：條魚畀貓～咗咯 [魚讓貓叼跑了]｜狗～住隻雞唔放 [狗叼住雞不放]。

【擔竇】dam¹ deo³（動物）做窩或挪窩：雀仔～ [小鳥築巢]｜貓兒～ [貓把幼仔叼走挪窩]。

擔，本義為用肩挑、扛。《廣韻》都甘切，"擔負"。漢·曹操《苦寒行》："擔囊行取薪，斧冰執作糜。"《三灶民歌·睇牛姑》："我擔張凳仔同娘（姑娘）坐，問娘同伴幾人來？"另，"擔"又有承當義。

眈（頕） dam¹

動詞。抬頭：～高個頭 [抬起頭來]｜～天望地 [東張西望]。

本義為虎視。《集韻》都感切，"虎視也"。廣州話為借用字。本字應為"頕"。頕，《集韻》都含切："緩頰也。一曰舉首。"

啖 dam⁶

量詞。口：嚟呢度揾～飯食［來這裏找口飯食］｜隨便呷咗兩～粥［隨便喝了兩口粥］｜冇～好食［形容日子過得艱難］。

《廣韻》徒濫切。在古漢語裏解釋作吃、給吃，引申為利誘，不作量詞。廣州話為借用字。《嬉笑集·漢書人物雜詠·李廣》："撞着醉貓吞啖氣，見親老虎剝層皮。"

嗲 dé²

❶ 動詞。撒嬌：佢最中意～亞媽嘅［她最喜歡在媽媽面前撒嬌］。❷ 形容詞。嬌聲嬌氣：嬌～［嬌氣；嬌縱］｜細路女係～啲嘅喇［小女孩是嬌氣一點的］。❸ 詞素。

【嗲嗲吊】dé² dé² diu³ 形容人做事拖沓、散漫：佢做嘢～嘅，冇人督促唔得㗎［他做事吊兒郎當的，沒人督促着是不成的］。

傳統方言字。

另見"嗲 dé⁴"條。

嗲 dé⁴

❶ 象聲詞。連續滴水聲：水喉～～流［水龍頭滴答滴答的流個不停］。

【口水嗲嗲渧】heo² sêu² dé⁴ dé⁴⁻² dei³ 口水不停地往下流。形容人非常喜愛或渴望得到某樣東西。

❷ 引申指較長時間的說話：呢個電話足足～咗半個鐘頭［這個電話整整聊了半個小時］。

傳統方言字。

另見"嗲 dé²"條。

哆 dê¹

形容詞。"多"的變音，表示少：就畀咁～～［就給這麼一點點］。

【啲哆】di¹ dê¹ 一丁點兒：要～就夠喇［要一點點就夠了］。

《廣韻》丁可切，"語聲"；又，昌者切，"唇下垂貌"。廣州話為借用字。

蛥 dê³

動詞。蜂蜇人：畀黃蜂～親［給馬蜂蜇了］。

《廣韻》食列切，"蛥蚗，蟪蛄別名"。《漢語大字典》："蛥蚗，蟬名。"廣州話為借用字。

哚 dê⁴

【圓吮哚】yün⁴ dem⁴ dê⁴ 見"吮 dem⁴"條。

借用字。

耷 deb¹

❶ 動詞。下垂，耷拉：～低頭［垂着頭］｜～尾［形容後勁不繼，虎頭蛇尾］｜啲禾都～晒頭咯［水稻都耷拉着頭了（黃熟了）］。❷ 詞素。

【耷濕】deb¹ seb¹ 簡陋，寒磣，不體面：地方好～［地方很簡陋］｜畀咁少過人哋，～啲嚁［給那麼少人家，寒磣點啊］。

【立耷】leb⁶ deb¹ 1. 雜亂：啲嘢要放企理啲，咪咁～［東西要放整齊點，別那麼雜亂］。2.（環境）髒亂潮濕：周圍咁～，快啲清理好［周圍又髒又濕，快點清理好］。3. 衣着不整潔：成日着得咁～［老是穿得這麼肋脦］。

《集韻》德盍切，"大耳曰耷"。現代漢語用"耷拉"表示下垂，"耷"的用法擴大了。

表示下垂有用"聕"。聕，《集韻》德合切，"犬垂耳貌"。

揼 deb⁶

❶ 動詞。砸：畀石頭～親腳［給石頭砸傷腳］｜～石仔［把大塊石頭砸成小塊］。

【揼金龜】deb⁶ gem¹ gui¹ 比喻向妻子要錢。

❷ 動詞。捶打，打：～佢［（用拳頭）打他］｜～鐵［打鐵］｜～骨［舊稱按摩］。

【揼腳骨】deb⁶ gêg³ gued¹ 1. 攔路搶劫。2. 敲竹槓。又說"打腳骨 da² gêg³ gued¹"。

❸ 動詞。掉下：～跤［跌跤］｜風吹～個花盆｜手機～咗落地［手機掉在地上］。❹ 動詞。（雨水）淋打：～到成身濕

晒 [淋到全身濕透]｜瓦簷水一滴一滴～落嚟 [屋簷水一滴滴地滴下來]。❺ 作形容詞的詞尾。

【重揞揞】cung^5 deb^6 deb^6 沉甸甸：書包～好難孭 [書包沉甸甸的很難背]｜菜刀～唔好使 [菜刀沉甸甸的不好用]。

【厚揞揞】heo^5 deb^6 deb^6 厚厚的：佢寫嘅書每本都係～嘅 [他寫的書每本都是厚厚的]。

新創字。

吔 ded^1

❶ 動詞。隨意放置：啲行李～喺度得咯 [行李隨便放在這裏就行了]｜個煲～喺風爐上面 [鍋放在爐子上面]。❷ 動詞。引申指亂坐或重重地坐下：佢聲都唔聲～喺處 [他一聲不吭坐在那裏]｜佢重成身水就～喺牀度 [他還滿身是水就坐在牀上]｜佢入嚟～一～就走咗 [他進來坐了一小會就走了]。❸ 動詞。堵塞，阻擋，蓋着：用嘢～實個埕口 [用東西堵緊甕口]｜你啲嘢咪～喺處，阻路 [你的東西別放在這裏，擋道]｜～到冚晒 [堵得嚴嚴的]。❹ 動詞。噎，用言詞頂撞：～到佢冇聲出 [噎得他說不出話來]｜人哋都未講完，佢就一句話～過嚟 [人家還沒講完，他就一句話噎過來]。❺ 指示代詞。比較粗俗的說法：呢～ [這裏]｜嗰～ [那裏]。❻ 作形容詞詞尾。

【肥吔吔】féi^4 ded^1 ded^1 胖嘟嘟，胖墩墩：細蚊仔～噉真得意 [小孩子胖嘟嘟真有趣]。

新創字。

特（樴）deg^6

名詞。橛子，短木樁：喺呢處打個～ [在這裏打個橛子]｜嗰度有個～可以綯牛 [那裏有個短木樁可以拴牛]。

特，本義為未閹割的牛。廣州話為借用字。

本字應為"樴"。樴，《廣韻》徒得切，"樴杙"。杙，與職切，"橜也"。

趯 dég^{3}（**讀音** tig^{1}）

動詞。❶ 逃跑：佢～咗咯［他跑了］｜睇你～得去邊［看你能跑哪兒去］！｜～得好快｜～更［逃跑，開小差］。❷ 跑，走動：唔知佢～咗去邊［不知他跑哪兒去了］。

【走趯】zeo^{2} dég^{3} 奔波，走動：兩頭～［兩邊走動］｜成日廣州、深圳嗰～［整天廣州、深圳兩地奔波］。

❸ 驅趕：將羊～去嗰邊［把羊趕到那邊去］｜～佢出去［趕他出去］。

方言傳統用字。清·屈大均《廣東新語》卷十一：“（廣州）走曰趯，取《詩》‘趯趯阜螽’之義。”《嬉笑集·漢書人物雜詠·田橫》：“趯到四圍都近海，任從兩個去捐窿。”

本義為跳躍。《廣韻》他歷切，“跳貌”。廣州話為借用字。

[1] **抵** dei^{2}

動詞。❶ 挨，遭受：～肚餓［挨餓］｜～冷［受凍］。❷ 忍受：惡～［難以忍受］｜～得痛［能忍受疼痛］｜～冷貪瀟湘［俗語。為了顯示身材苗條而忍受寒冷，少穿衣服］。

【抵諗】dei^{2} nem^{2} 形容人能忍讓，不怕吃虧，不計較利益。

❸ 耐：呢件衫～得冷［這件衣服耐寒］。

本義為擠、推。《廣韻》都禮切。《説文》：“擠也。”《廣雅》：“推也。”廣州話為借用字。夢餘生《新粵謳解心·明知到話要去》：“今晚你客路孤寒，都係同妹一樣咁惡抵。”

[2] **抵** dei^{2}

形容詞。❶ 值得：～食［值得吃］｜～買［值得買］｜～錢［值錢］。❷ 便宜：好～［很便宜］｜～到爛［太便宜了］｜咁～，買多啲［這麼便宜，多買點］。❸ 該，活該：～鬧［該罵］｜～打［該打］｜～，自作自受［活該，自作自受］！

本義為擠、推，也有值或相當之義。杜甫《春望》詩：“烽火連三月，家書抵萬金。”

諦 dei³

動詞。諷刺，挖苦：～到佢一文不值［把他諷刺得一文不值］｜有意見就提，咪喺度～生晒［有意見就提，別老是諷刺挖苦］。

本義為詳細地審察。《廣韻》都計切；《説文》："審也。"廣州話為借用字。

渧 dei³

動詞。（液體）下滴，瀝：魚要～乾水至煎［魚要瀝乾水才煎］｜啱洗嘅張被～下佢再晾開［剛洗的被子先瀝瀝水再晾開］。

本義為水往下滲。《廣韻》都計切，引《埤蒼》："渧，漉漉也。"《集韻》："滴水。"

第 dei⁶

❶ 詞素。不單用，與名詞組合表示"別的"、"下一次"、"以後"等意思，實際上是"第二 dei⁶ yi⁶"的合音：～啲［別的，其他的］｜～樣［另一樣，別樣］｜～時［以後］｜～日［以後］｜～世［來世，下輩子］。❷ 詞頭，表次序。用法與普通話相同，但下面的序數詞或是普通話沒有的，或是廣州話另有含義。

【第九】dei⁶ geo² 差勁，劣，次：考試又唔合格，真係～咯［考試又不及格，真差勁］｜呢批貨係～嘅［這批貨是最次的］。

【第尾】dei⁶ méi⁵⁻¹ 最末尾：排～［排在最後］｜考試考～［考試得了個倒數第一］｜坐喺～嗰排［坐在最後一排］。

【第二】dei⁶ yi⁶ 別的，另外的，下一個：～啲［別的，其他的］｜～個［下一個］。實際使用時往往因合音作用省去"二"字。

普通話無❶用法。

遞 dei⁶

動詞。舉起，抬起：～高手［舉起手來］｜～高隻腳［把腳抬起來］｜～起嚿石就掟過去［舉起石頭就扔過去］。

遞，本義為更替。《廣韻》徒禮切、特計切，“遞代也”。廣州話為借用字。

地 déi6-2

助詞，用在重疊的單音形容詞後面，表示程度上的輕微：紅紅～[有點兒紅]｜甜甜～[有點兒甜]｜高高～[還算高]｜怕怕～[有點兒怕]。

“疊音形容詞＋地”的形式普通話也有，但用法不同。普通話一般作狀語，廣州話卻作謂語或補語。

哋 déi6

❶ 人稱代詞複數詞尾：我～[我們；咱們]｜你～[你們]｜佢～[他們；她們]。❷ 用在人名或親屬稱謂之後，表示某某人等的意思（是“佢哋”的省說）：亞英哋翻嚟食飯嗎[亞英她們回來吃飯嗎]？｜亞姑哋重喺廣州做嘢[姑姑她們還在廣州做事]。❸【爹哋】die1 di3 爸爸。英語 daddy 的音譯。

傳統方言字。尤鎮發龍舟《賣欖歌》：“你哋食欖就不可連核吞，哎呀核都有味喈多陣。”中山咸水歌：“岸邊柳樹青又靜，綠柳樹下好談情，若然有人睇我哋，兩人當做拔草根。”（引自吳競龍《水上情歌》）

也有用“地”。

揼 dem1

動詞。拖延，磨（時間）：～時間｜～咗幾日[延誤了幾天]｜～工[費工夫；磨洋工]。

新創字。

髧 dem1

【肚髧】tou5 dem1 小肚子。

【酸髧髧】xun1 dem1 dem1 酸溜溜，酸不溜丢。

《廣韻》他感切。《說文》：“肉汁滓也。”廣州話為借用字。

抌 dem²

動詞。❶ 用拳頭或石塊等捶打、砸：～佢一捶 [打他一拳] ｜執嚿石～門 [撿塊石頭砸門] ｜～𦡆佢 [揍扁他]。

【抌心口】dem² sem¹ heo² 1. 捶胸：激到～ [氣得捶胸]。2. 敲詐勒索：畀人～ [給人勒索]。

【抌印】dem² yen³ 蓋章。又説 "扱印 keb¹ yen³"。

❷ 扔：唔要就～咗佢 [不要就扔掉] ｜～遠啲 [扔遠點]。❸ 隨便放置：～低就得咯 [放下就行了] ｜就～喺嗰處啦 [就放在那裏吧]。

《廣韻》都感切，"擊也"。《集韻》都感切，"刺也，擊也"。《説文》："深擊也。"

㓻 dem²

象聲詞。東西落水聲：～聲跌落水 [咕咚一聲掉水裏去了]。

《集韻》丁紺切，"㓻㓻，水聲"。

髧 dem³（**讀音** dam⁶）

動詞。❶ 垂下：頭髮～落嚟遮住眼 [頭髮垂下來擋着眼睛] ｜～條繩落去 [垂一條繩子下去]。❷ 引申作釣：～蛤乸 [釣青蛙] ｜～蟛蜞 [釣小螃蟹]。❸ 詞素。

【當髧】dong¹ dem³ 剛巧碰上倒霉事：呢回真係～咯 [這回真倒霉啊]！

【黃泡髧熟】wong⁴ pao¹ dem³ sug⁶ 形容人臉色萎黃、浮腫的樣子。

《廣韻》徒感切，"髮垂"。《詩經·鄘風·柏舟》："髧彼兩髦，實維我儀。" 廣州話擴大指其他東西垂下，《嬉笑集·古事雜詠·老子騎青牛出函谷關》："滿嘴髭鬚髧肚臍，唔知騎隻乜東西。"

吰 dem⁴

❶ 形容詞。吰吰。1. 形容圓圓的樣子：圓～～ [圓鼓鼓，圓溜溜] ｜～～𨋢 [繞圈子]。2. 形容東西厚實：厚～～ [厚

厚的，厚墩墩]。形容懶懶散散的樣子：～～測[慢條斯理地，懶懶散散地（幹活）]。❷ 詞素。

【圓吺哚】yün⁴ dem⁴ dê⁴ 形容球狀東西很圓，圓溜溜：湯丸梗係～嘅喇[湯丸當然是圓溜溜的呀]。

《集韻》都感切。原意為鳥叫聲或高聲。廣州話為借用字。

氹 dem⁴

❶ 名詞。水塘，坑。❷ 廣東地名用字：～濱（在羅定）｜～煲（在雲浮）｜～龍（在德慶）｜～汶（在封開）。

傳統方言字。來自壯語"池塘"。廣州話的"氹"屬於古越語底層詞。

趻（踸）dem⁶

動詞。跺：～腳｜～地[跺腳]｜～死隻老鼠。

【趻蹄趻爪】dem⁶ tei⁴ dem⁶ zao² 連連跺腳，形容人情緒激動的樣子：激到佢～[氣得他直跺腳]。

趻，古用於"趻踔"一詞，指瘸腿走路的樣子，又指跳躍。《集韻》丑甚切。又作"踸"。《集韻》："踸，《說文》：'踸踔，行無常貌。'或作趻。"《莊子·秋水》："吾以一足趻踔而行。"廣州話為借用字。

墩 den¹（讀音 dên¹）

名詞。人身體上某些多肉凸出部分：面珠～[臉蛋兒]｜屎窟～[屁股蛋兒]。

《廣韻》都昆切。《集韻》："平地有堆者。"

躉 den²

❶ 名詞。座兒，墩子：柱～｜橋～。❷ 名詞。引申指某些人：擁～[崇拜者]｜監～[長期坐牢的人]｜債～[欠債多的人]。

【香爐躉】hêng¹ lou⁴ den² 香爐座兒，比喻獨生子。

❸ 動詞。放置，放：～喺嗰便[放在那邊]｜～埋啲嘢[放好那些東西]｜～落地下[放在地上]｜～低[放下]。❹

動詞。囤積，儲存：～貨。❺ 量詞。用於建築物等：一～樓 [一幢樓房] ｜一～磚 [一摞磚]。

躉，《字彙補》東本切。清·張慎儀《蜀方言》："貨有成數曰躉。"

D

扽 den³

❶ 動詞。蹾 (用力猛放)：成個人～咗落地 [整個人蹾在地上]。❷ 動詞。抖動，振動：～乾淨鞋裏面嘅沙 [抖乾淨鞋裏的沙子]。❸ 形容詞。(車) 顛簸：路唔平，部車好～ [路不平，車很顛簸]。❹ 動詞。磕打，使器物中的東西掉乾淨：～乾淨個煙灰缸 [把煙灰缸磕乾淨]。

【扽蝦籠】den³ ha¹ lung⁴ 1. 比喻掏光了口袋裏的錢。2. 指被人掏了錢包。

【扽氣】den³ héi³ 出氣，發洩怨氣：佢畀主任揩咗一餐，就攞我哋嚟～ [他被主任罵了一頓，就拿我們出氣]。

❺ 動詞。撞擊：畀人～咗一下手踭 [被人用胳膊肘撞了一下] ｜一掌～開佢 [一掌把他打到一邊去]。❻ 動詞。戚：～齊沓紙 [把那沓紙戚齊]。

本義為用力猛拉。《廣韻》都困切，"撼扽"。《廣雅》："扽，引也。"《玉篇》："扽，引也，撼也。" 廣州話與此有差異，為借用字。

戥 (𣝗) deng⁶

❶ 動詞。使平衡：兩頭唔～，要～勻啲 [兩端不平衡，要弄平衡些]。

【戥稱】deng⁶ qing³ 相稱，般配，對稱：你兩個夠晒～ [你倆十分般配] ｜門口兩樖樹，一樖高一樖矮，都唔～嘅 [門口兩棵樹，一棵高一棵低，不對稱]。

❷ 動詞。助 (興)：大家去～下高興 [大家去助助興]。

【戥興】deng⁶ hing³ 湊熱鬧：我哋嚟係～嘅嗻 [我們是來湊熱鬧罷了]。

❸ 副詞。替，為 (多表示與別人在情感上一致)：取得咁好

成績，真～你開心［取得這麼好的成績，真替你高興］｜場波噉輸咗，我都～你啲唔抵［這場球賽這樣輸了，我都為你們可惜］｜你擒咁高，我都～你牙煙［你爬那麼高，我都為你感到危險］！｜你做出噉嘅醜事，我哋都～你面紅呀［你幹出這樣的醜事，我們都替你臉紅啊］！

本義指戥子，一種小秤。廣州話為借用字。

有作“縢”。縢，《玉篇》：“大亙切，囊也，兩頭有物謂之縢擔。”應為本字。

掟 déng³

動詞。扔，投擲，多指向目標或一定的方向投擲：執嚐石頭就～過去［撿塊石頭就扔過去］｜畀人～穿頭［給人家（用石頭）砸破頭］｜～唔遠［扔不遠］。

【掟煲】déng³ bou¹ 戲稱夫妻離婚或情侶分手。

【掟葫蘆】déng³ wu⁴ lou⁴⁻² 吹牛，説謊話：佢～嘅嗻，唔係真嘅［他吹牛罷了，不是真的］。又説“放葫蘆 fong³ wu⁴ lou⁴⁻²”。

傳統方言字。夢餘生《新粵謳解心·煲唔好亂掟》：“煲唔好亂掟，掟爛冇得箍番（翻）。”《嬉笑集·癸亥春明記事其一》：“墨盒掟穿成額血，茶杯打爛幾牙煙。”

《廣韻》徒徑切，“天掟，出《道書》”。廣州話為借用字。

埞 déng⁶

名詞。地方，地兒：唔夠～［地方不夠］｜冇～企［沒站的地方］。

【埞方】déng⁶fong¹ 地方，位置：呢度做服務台夠～［這裏做服務台夠地方］。

《字彙》：“埞，同隄。”廣州話為借用字。

有用“定”字。

啄 dêng¹

❶ 動詞。禽類取食（讀音 dêg³）：雞～米｜雀仔～咗條蟲［鳥兒把蟲啄了］。❷ 動詞。叮咬：呢啲蟲會唔會～人㗎［這些蟲會不會叮人啊］？❸ 動詞。針對：佢講話總係～住我

[他説話總是針對着我]。❹動詞。監督，緊盯：要搞清楚呢件事，~緊佢冇錯[要搞清楚這件事，盯着他沒錯]。❺名詞。小尖兒，小勾兒：鼻哥~[鼻子尖兒]｜番~[鶴嘴鋤]。❻名詞。指某些不良行為比較突出的人：是非~[喜愛撥弄是非的人]｜為食~[饞嘴的人]｜惡婆~[兇惡的女人]。

訓讀字。

D

[1] 兜 deo1

名詞。❶喂雞狗等用的器皿：雞~｜豬~。❷盛飯菜的大搪瓷碗：攞個~去打飯[拿個大搪瓷碗去打飯]。

本用於"兜鍪"一詞，義為頭盔。《廣韻》當侯切。《説文》："兜鍪，首鎧也。"廣州話為借用字。

本字當為"篼"。篼，《廣韻》當侯切，"飼馬籠也"。

[2] 兜 deo1

動詞。❶捧，掬：~水洗面[捧水洗臉]｜~條金魚上嚟[掬金魚上來]。❷從底下托起：~住張枱[托住桌子]。❸朝着，對着，迎着：~肚一腳[朝着肚子就是一腳（踢過去）]｜一盆水~頭潑過嚟[一盆水迎頭潑過來]。❹用鍋鏟翻動鍋裏的菜。❺繞路，拐：前面唔通，~嗰便去啦[前面不通，繞那邊去吧]｜半路又~翻轉頭[半道上又拐了回來]。

【兜篤將軍】deo1 dug1 zêng1 guen1 迂回到後面進行打擊。

傳統方言用字。《廣韻》當侯切。表示迎着意思，《警世通言·蘇知縣羅衫再合》："皂隸兜臉打一啐。"又表示繞、回轉意思，《文明小史》第四回："立刻齊集了二三十人，各執鋤頭釘耙，從屋後兜到前面。"這些詞義都保留在廣州話裏。

[3] 兜 deo1

【兜搭】deo1 dab3 理睬，招攬，招惹：~生意[招攬生意]｜千祈咪~佢[千萬別招他]。

【兜踎】deo¹ meo¹ 寒酸，寒磣：去賓館見朋友，唔好着得咁～[去賓館看望朋友，不要穿得那麼寒酸]｜"炸鬼白粥唔算兜踎"[油條白粥不算寒磣（龍舟《憶廣州》唱詞）]。
《廣韻》當侯切。《漢語大字典》："逗引；招致。如：兜售。"夢餘生《新粵謳解心·琉璃油》："佢就將個盞清油，搽到滿口，講出真情一片，把妹嚟兜。"

蔸 deo¹

量詞。❶ 棵，用於幼小的植物：一～草｜種咗兩～樹。❷ 叢，用於成叢的植株：一～白菜｜一～禾[一叢水稻]。❸ 條，用於長形的動物或所鄙視的人：一～金魚｜一～蛇｜嗰～友(yeo⁵⁻²)夠晒衰[那條漢子真糟糕]。
傳統方言用字。中山咸水歌："化鳥同哥一蔸樹，變魚和哥共江游。"（引自吳競龍《水上情歌》）

篼 deo¹

名詞。篼子，滑竿（走山路時供人乘坐的竹轎）。
《廣韻》當侯切。《正字通》："篼，竹輿也，筱之別名，俗謂之篼子。"

斗 deo²

【斗令】deo² ling⁶⁻² 舊時指半角錢，引申指很少的錢：得～咁多[就那麼一點錢]。
【反斗】fan² deo²（小孩）頑皮，淘氣：呢個仔好～嘅[這孩子很淘氣]。
【正斗】zéng³ deo² 1. 正牌，地道：呢啲係～嘅馬壩油粘[這是正牌的馬壩油粘米]。2. 引申作好、美：我哋嘅產品當然係～嘅[我們的產品當然是地道的]｜呢處嘅風景確實～[這裏的景色的確美]！
傳統方言用字。

¹鬥 deo³

動詞。❶ 觸，碰，摸：呢啲嘢咪亂～[這些東西別亂碰］｜～下都唔得［摸一下都不行］。❷ 逗（小孩）：細蚊仔咁得意，邊個都想～下［小孩兒那麼有趣，誰都想逗一逗］。

鬥，《廣韻》都豆切。《漢語大字典》：“用同‘逗’。引逗，招引。”清·李汝珍《鏡花緣》第七十四回：“紫芝走來，兩手撮了一捆箭，朝壺一投道：‘我是亂劈柴。’鬥的眾人好笑。”

另見“² 鬥 deo³”、“³ 鬥 deo³”。

D

² 鬥 deo³

動詞。❶ 比，比賽：～快｜～大膽［比比看誰的膽子大］｜～架勢［比威風；比排場；比闊氣］。

【鬥負氣】deo³ fu³ héi³（負，讀音 fu⁶）賭氣，鬧彆扭。又說“鬥氣 deo³ héi³”。

❷ 兑子（象棋術語）：同佢～馬［跟他兑馬］｜～咗佢只車［兑掉他的車］。

鬥，《廣韻》都豆切。《說文》：“鬥，兩士相對，兵杖在後。”段玉裁注：“當雲爭也。”又作“鬭”。《史記·項羽本紀》：“漢王笑謝曰：‘吾寧鬭智，不能鬭力。’”清·屈大均《廣東新語》卷十一：“（廣州）角勝曰鬭。”

另見“¹ 鬥 deo³”、“³ 鬥 deo³”。

³ 鬥 deo³

動詞。❶ 拼合（多指做木器）：～木［做木工活兒］｜～一張枱［做一張桌子］｜～櫃［打櫃子］｜～傢俬［打傢俱］。❷ 湊近：～埋去睇真啲［湊近去看清楚一點］。

鬥，《廣韻》都豆切。《新華字典》：“〈方〉拼合，湊近”。“鬥”應作“鬭”。《說文》：“遇也。”段玉裁註：“凡今人云鬭接者是遇之理也。”唐·李賀《梁臺古意》：“臺前鬭玉作蛟龍，綠粉掃天愁露濕。”鬭（dòu）玉，指用玉石鬭（dòu）合而成的欄杆。

“¹ 鬥 deo³”、“² 鬥 deo³”。

竇 deo³（**讀音** deo⁶）

❶ 名詞。窩，巢穴：雀仔～［鳥窩］｜蟻～［螞蟻窩］｜狗～｜賊～｜被～。

【高竇】gou¹ deo³ 傲慢：叫佢都唔睬，真～［叫他也不理，真傲慢］。

❷ 量詞。1. 窩：一～豬仔［一窩小豬］。2. 家：成～人都指望佢［一家子都指望着他］｜佢要養好大～人［他要養活很大的一家子］。

【竇嘍】deo³ leo³ 量詞。窩：生埋一～咁多仔，點養嚁［生了一窩小孩，怎麼養活呀］！

傳統方言字。《嬉笑集·癸亥春明記事其三》："豬仔也曾搬過竇，馬騮咪又甩埋繩。"《嬉笑集·漢書人物雜詠·酈食其》："一架馬車嚟代步，四圍賊竇去招搖。"

本義指孔穴、洞。《廣韻》田候切。《說文》："空也。"段玉裁注："空、孔，古今語，凡孔皆謂之竇。"廣州話方言義與之不相合。

有用"鬭"。清·屈大均《廣東新語》卷十一："禽之窠曰鬭。"另見"竇 deo⁶"。

豆 deo⁶

【豆泥】deo⁶ nei⁴（東西）品質差，次，劣：～嘢［劣質貨，次貨］｜呢個首飾盒講工藝就～啲［這個首飾盒說工藝就差了些］。

【老豆】lou⁵ deo⁶ 父親。本來用於背稱，現也用於面稱。又作"老竇 lou⁵ deo⁶"。

同音借用字。

哣 deo⁶

見"吽 ngeo⁶"條【吽哣】。

哣，同"音"。《集韻》："音，或作哣。"音，《廣韻》他候切；《集韻》普後切。《說文》："相與語唾而不受也。"廣州話為借用字。

拉 deo⁶

動詞。❶ 輕輕地捧，托，兜着：～起張枱［托起桌子］｜攞個網絡～住佢［拿個網兜兜着它］。❷ 索取，拿，掙（錢）：～利市［要紅包；拿紅包］｜分乜嘢都照～［分甚麼東西都照取］｜呢度嘅銀紙唔係咁好～㗎［這裏的錢不是那麼好掙的呀］。

本為古量詞，四捧為一拉。《集韻》大透切，"四匊（掬）曰拉。"廣州話捧、托的含義當是從這衍生。

竇 deo⁶

名詞。堤圍或田埂上的小水閘：水～。

《廣韻》田候切。《說文》："空也"。段玉裁注："空、孔，古今語，凡孔皆謂之竇。"廣州話方言義當從其衍生。

另見"竇 deo³"。

䭔 dêu¹

【煎䭔】jin¹ dêu¹ 一種油炸食物，圓球形，一般春節時吃。

《廣韻》都回切，"餅也。"《集韻》都回切，"丸餅也。"

㨃 dêu²

動詞。❶ 捅，杵：～穿個窿［捅了個洞］｜一條棍～過嚟［一根棍子杵過來］｜～佢一下［捅他一下］。❷ 頂，撐：～住度門［頂着門］。

【㨃鬼】dêu² gui² 慫恿：你咪～佢去［你別慫恿他去］｜係邊個～你做嘅［是誰慫恿你幹的］？

本義為推擠。《集韻》睹猥切，"排也"。廣州話為借用字。有作"搥"。搥，《廣韻》都回切。《廣雅》："搥，擿也。"廣州話與此不合，故不採用。

脂 dêu³

動詞。浮腫，膀（pāng）：頭腫面～｜腳有啲～～地［腿有點兒膀］｜佢喊到眼都～晒［她哭得眼都腫了］。

《集韻》都回切，"腫也"。

有作“腿”。腿，《廣韻》馳偽切，《集韻》：“足腫也。”

啲 di¹（又音 did¹）

數量詞。❶ 些，表示不定的數量：有～人［有些人］｜嗰～比呢～好［那些比這些好］。❷ 極少的量，一點兒，一些：我要～就夠咯［我要一點兒就夠了］｜呢隻荔枝好食，就係貴～［這種荔枝好吃，就是貴一些］。

【啲啲】di¹ di¹ 1. 一點點兒：整呢味餸要落～糖［做這個菜要下一點點糖］。2. 所有的，通通，一切：呢度嘅書，～佢都睇過［這裏的書，通通他都看過］｜呢間鋪頭嘅嘢～兩文一件［這間店的東西通通兩元一件］。

【啲哆】di¹ dê¹ 1. 一點點兒：剩翻～［剩下一點點］｜我要～就夠嘞［我要一丁點兒就夠了］。又說“啲咁哆 di¹ gem³ dê¹”。2. 說話多，多嘴：唔使你喺度咁～［用不着你在這裏多嘴］。

【得啲】deg¹ di¹ 動不動：～就喊［動不動就哭］｜～就鬧人［動不動就罵人］。

【遲啲】qi⁴ di¹ 1. 待會兒，晚些時候：～佢就翻嚟嘅嘞［待會兒他就回來的］。2. 過些時候，過些日子：我打算～去旅遊［我打算過些日子去旅遊］。

❸ 放在名詞前，前頭不加任何成分，表示這些或那些：～書係我嘅［這些書是我的］｜～人去晒邊處呢［那些人都去哪兒哪］？❹ 放在形容詞後面，表示有變化但不大或相比較略微有差距：佢嘅病好翻～咯［他的病好點了］｜重係佢高～［還是他高一點］｜行快～［走快點］｜大聲～［聲音大點］。

傳統方言字。清·招子庸《粵謳·揀心》：“我想人客萬千，真嘅都冇一分，嗰啲真情撒散，重慘過大海撈針。”

啑 di⁴

【啑啑震】di⁴ di⁴⁻² zen³ 不停地發抖，直打哆嗦：嚇到佢～［嚇得他直打哆嗦］。

《集韻》田黎切，"嗁，或作啼、啼"。《正字通》："啼，俗嗁字。"廣州話為借用字。

的 dig¹

動詞。❶提，拿：佢～住個皮喼入嚟［他拿着一個皮箱進來］｜一隻手就～起佢喇［一隻手就把它提起來了］。

【的起心肝】dig¹ héi² sem¹ gon¹ 立下決心，發奮努力：～做好佢［立下決心做好它］｜～去讀書［發奮努力去讀書］。

❷（用手指）按，摁：～實佢［摁緊它］｜～邊個掣［按哪個按鈕］？

【的式】dig¹ xig¹ 精緻，輕巧，小巧玲瓏：隻錶好～［這個錶很精巧］。

《廣韻》都歷切。《廣雅》："白也。"《玉篇》："射質也。"廣州話為借用字。

D

點 dim²

❶疑問代詞。怎麼，怎麼樣：～算至好［怎麼辦才好］？｜呢個字～讀［這個字怎麼念］？｜你話～就～啦［你說怎麼樣就怎麼樣吧］。

【點解】dim² gai² 1. 怎麼解答：呢道題～［這道題目怎麼解答］？2. 為甚麼：～會噉嘅［為甚麼會這樣］？

【點係】dim² hei⁶ 客套話。怎麼行，哪能行。在對方表示好意時作感謝回應，有"不好意思"、"真難為情"、"不敢當"等意：咁麻煩您，～呀［這麼麻煩您，怎麼行］｜拎咁多嘢嚟，～呀［拿這麼多東西來，哪能行］｜～呀，要你斟茶［哪能行，要您來倒茶］！

❷動詞。蘸：～豉油［蘸醬油］。❸【點知】dim² ji¹ 誰知道，沒想到：～會噉㗎［誰知會這樣啊］！｜～佢過後又唔認賬［沒想到過後他不認賬］。又說"點不知 dim² bed¹ ji¹"。

傳統方言字。明·木魚書《二荷花史·閨閣談心》："聚散人生知點樣？好似風剪輕雲碎碧蒼"。清·招子庸《粵謳·聽春鶯》："點得鳥呀你替我講句真言，言過個薄幸。"

玷 dim³

動詞。輕輕觸碰、摸：枱上面啲嘢唔好～［桌子上面的東西不要碰］｜～咗一下細路仔隻手［摸了一下小孩的手］｜～～都唔得［摸一下都不行］。

本義為玉上斑瑕。《廣韻》多忝切，"玉瑕"。《集韻》都念切。《玉篇》："缺也。"廣州話為借用字。《嬉笑集·古事雜詠·題諸葛武侯後出師表》："成晚唔曾玷到牀，五更雞咳就蒙光。"

掂 dim⁶

形容詞。❶ 直：～紋［直紋］｜打～放［直着放］｜條路好～［這條路很直］。

【掂筆甩】dim⁶ bed¹ led¹ 筆直。

❷ 妥當，弄好，說服：乜都安排～咯［甚麼都安排妥當了］｜同佢講～咯［跟他說好了］｜講佢唔～［說不服他］｜～晒［全弄好了；全解決了］。

【搞掂】gao² dim⁶ 辦妥，弄好，搞清楚，處理好：嗰單嘢我～咯［那件事我辦妥了］｜我會～嘅喇［我會處理好的］｜感冒食呢種藥，一次～［感冒服這種藥，一次就好］。

❸ 順利：嗰單嘢～唔～［那事兒順利嗎］？｜嗰便唔～嚐［那邊出問題了］。❹ 通順，清楚：寫幾隻字都寫唔～［寫幾個字都寫不通順］。

本義為用手托着東西上下晃動來估量輕重。《字彙》丁廉切，"手掂也"。廣州話為借用字。龍舟《碧容祭監》（省港漢華書局）："有等唔知頭橫兼凳掂。"南音《大鬧梅知府》："梅知府聽見冷汗掂飆。"

有作"啱"。《漢語大字典》："念；念叨。"廣州話方言義與之不合，故不採用。

抌 din²

動詞。打滾，掙扎：打到佢喺地下猛咁～［打得他滿地翻滾］｜條魚～幾下就唔郁喇［魚掙扎幾下就不動了］。

【抌牀抌席】din² cong⁴ din² zég⁶ 在牀上滾來滾去，形容十分痛楚的樣子：痛到佢～［痛得他在牀上直打滾］。

【抌地】din² déi⁶⁻² 在地上打滾。又說“抌地沙 din² déi⁶ sa¹”。

《集韻》他典切。《漢語大字典》：“撐；推”，“扭；撥弄”。廣州話為借用字。

椗 ding³

❶ 名詞。蒂，柄：瓜～｜梨～｜慈姑～｜馬蹄～［荸薺蒂］。

【喉嚨椗】heo⁴ lung⁴ ding³ 小舌，兼指咽喉：我飽到上～咯［我飽得東西都上喉頭了］。

❷ 動詞。懸掛：啲濕衫就～喺外便啦［濕衣服就掛在外面吧］。❸ 動詞。提：佢買菜翻嚟，兩隻手～住好多嘢［她買菜回來，兩隻手提着很多東西］。

傳統方言字。夢餘生《新粵謳解心·人真正系惡做》：“累到七零八落，慘過甩椗番瓜。”

另見“椗 ding⁴”。

椗 ding⁴

【椗呤鄧掕】ding⁴ ling¹ deng⁶ leng³ 一串串的東西不整齊地懸掛着：門口兩邊～掛住好多辣椒同蒜頭［門口兩邊高高低低地掛着很多辣椒和蒜頭］。

《漢語大字典》：“同‘碇’。系船的石墩或鐵錨。”廣州話為借用字。

另見“椗 ding³”。

¹定 ding⁶

形容詞。❶ 平穩：架車開得好～［車子開得很穩］｜放～啲腳步［腳步踩穩點］。❷ 鎮定：～啲，咪怕［鎮定點，別怕］｜～過抬油［十分平穩，形容人鎮定自若］。❸ 放心：～啲，冇人要你嘅［放心吧，沒人要你的］。❹ 靜止不動：企～，咪郁［站穩，別動］｜眼～～噉睇住佢［定着眼睛看着他；呆呆地看着他］｜～晒形［發愣，發呆，一動不動］。

【定當】ding⁶ dong³ 1. 穩重，穩：事情咁急佢重咁～[事情那麼急他還那麼穩]。2. 停當：準備～｜安排～。

【定性】ding⁶ xing³ 1. 性格文靜，不好動：女仔點都比男仔～啲嘅[女孩總比男孩文靜點的]。2. 指人長大變得沉穩、成熟：佢呢幾年～咗，冇咁貪玩咯[他這幾年沉穩多了，不那麼貪玩了]。

本義為安定、平安。《廣韻》徒徑切。《説文》："安也。"《字彙》："靜也，凝也。"

D

²定 ding⁶

連詞。又説"定係 ding⁶ hei⁶"。

❶ 還是，用在問句裏，表示請對方二者選其一：你要呢個～嗰個[你要這個還是那個]？｜你想食粥～食飯？｜呢隻係羊仔～牛仔[這是小羊還是小牛]？｜真～假㗎[真的還是假的]？❷ 或者，用在陳述句裏，表示二者選其一：去～唔去到時睇情況定[去還是不去到時候看情況再定]｜排先～排後都無所謂。

方言傳統用字。招子庸《粵謳·聽春鶯》："你估人難如鳥，定是鳥不如人？"

³定 ding⁶

助詞。用在動詞之後，表示動作進行的程度。

❶ 預先準備：擺～盤棋等佢嚟[擺好棋子等他來]｜放～喺度[預先放在這裏]。❷ 妥當，好：執～行李準備出發｜你哋商量～嘞重嚟揾我做乜[你們都商量好了還來找我幹嘛]！

《廣韻》徒徑切。張相《詩詞曲語辭彙釋》卷三："定，語助辭，猶了也；得也；着也；住也。"宋·朱敦儒《清平樂·木犀》："冷澹仙人偏得道，買定西風一笑。"

屌 diu²

罵人用的下流話，指男子性交動作。

本指男性外生殖器，《字彙》丁了切，“男子陰名”。《新華字典》：“男子陰莖的俗稱。”廣州話含義有所改變。

掉 diu6

動詞。扔，丢，抛棄：唔要就～咗佢 [不要就丢掉] ｜唔好隨地～垃圾 [不要隨地丢垃圾]。

本義為搖動、擺動。《廣韻》徒吊切。《説文》：“搖也。”又有抛棄、丢下義。宋·黄庭堅《贈別劉翁頌》之二：“艱難常向途中覓，掉卻甜桃摘醋梨。”

墮 do6

動詞。墜，多指平放的東西部分往下垂：帆布牀中間～晒落去 [帆布牀中間墜了下去] ｜衫尾～咗出嚟 [衣服下擺垂了下來]。

【墮角】do6 gog3 偏僻，偏遠：佢屋企～啲 [他家住得比較偏僻] ｜嗰度～啲，冇咁旺 [那裏偏僻些，沒那麼繁華]。

《廣韻》他果切，徒果切。《説文》落也。《史記·賈誼傳》：“懷王騎，墮馬而死。”

度 dog6

動詞。❶ 比量，量度：～下張枱有幾長 [量一下桌子有多長] ｜～下兩個邊個高 [兩個比一比看誰高] ｜～身定做 [量體裁衣。引申指按照某事物的具體要求進行策劃製作]。❷ 策劃，謀劃，想辦法：～蹺 [想計謀] ｜諗下～下睇有乜辦法 [想想看有甚麼辦法] ｜諗嚟～去 [仔細考慮，反復思量]。

【度水】dog6sêu2 向人借錢，要錢：問老竇～ [向老爸要錢]。

《廣韻》徒落切，“度量也”。《爾雅》：“謀也。”《字彙》：“算謀也，料也，忖也。”

又見“度 dou6-2”、“度 dou6”。

檔 dong3

❶ 名詞。小攤兒：生果～ [水果攤兒] ｜服裝～｜擺～｜

散～。❷ 量詞。攤（多用於所賣的東西）：有兩～豬肉［有兩攤賣豬肉的］｜呢幾～生意都係佢嘅［這幾攤生意都是他的］。

傳統方言字。屬借用字。

度 dou⁶⁻²

❶ 名詞。製成一定長度的東西：鞋～［按其長度買鞋的東西］｜蔥～［蔥段兒］。❷ 用於數量詞之後表示約數，相當於"上下，左右，大約"：三十斤～｜一米七～｜兩畝零地～［大約兩畝來地］｜佢走咗兩個字～［他走了有十分鐘］。

《廣韻》徒故切。《玉篇》："尺曰度。"《字彙》："法也，則也。"

又見"度 dog⁶"、"度 dou⁶"。

度 dou⁶

❶ 名詞。處所：去你～［去你那兒］｜唔喺我～［不在我這裏］｜鎖匙喺枱面度［鑰匙在桌子上］｜～～［處處，到處］。❷ 量詞。1. 用於門、橋等：一～門［一扇門］｜一～橋［一座橋］。2. 用於本領、能耐、功夫等：有翻兩～［有兩下子］｜佢就係呢三兩～嘢［他就是這三板斧］。

【一度】yed¹ dou⁶ 一次，一番：西裝～［穿一身西服］｜華爾滋～［跳一輪華爾滋］｜風流～［快活一陣子］。

《廣韻》徒故切。唐·王勃《滕王閣詩》："閑雲潭影日悠悠，物換星移幾度秋。"

又見"度 dog⁶"、"度 dou⁶⁻²"條。

艔 dou⁶⁻²

珠江水系中用機動船牽引前進的客船：江門～［開往江門的牽引客船］｜肇省～［來往於肇慶、廣州的牽引客船］。又叫"拖艔 to¹ dou⁶⁻²"、"花尾艔 fa¹ méi⁵ dou⁶⁻²"。

傳統方言字。

杜（毒） dou⁶

動詞。毒殺（隱藏着的魚、害蟲等）：～蟻｜～魚｜～老鼠｜～蟲［打蟲子，吃藥驅除肚子裏的寄生蟲］。

同音借用字。

有用"毒"字。"毒"為本字，《廣韻》徒沃切，《山海經·西山經》"山有白石，曰礜（yù），可以毒鼠。"

嘟 düd¹

噘嘴：～起個嘴［嘟起嘴巴］。

【肥嘟嘟】féi⁴ düd¹ düd¹ 胖乎乎：細蚊仔～好得意［小孩子胖嘟嘟的很有趣］。

新創字。

¹督 dug¹

動詞。監督：你要～實佢哋今日內完工［你要監督他們今天內完工］｜老師～住佢哋做功課［老師監督着他們做功課］。

《廣韻》冬毒切。《廣雅》："促也。"《漢書·蕭何傳》："何嘗為丞督事。"顏師古注："督，謂監視之也。"

²督（厾） dug¹

動詞。刺，戳，杵：一～就穿［一戳就破］｜用棍～咗一下［用棍子杵了一下］。

【督爆】dug¹ bao³ 捅破，戳穿，比喻揭穿：嗰件事卒之～咗［那件事終於被揭穿了］。

【督背脊】dug¹ bui³ zég³ 戳脊樑骨（在背後指責）：費事畀人～［免得給人家戳脊樑骨］。

同音借用字。

有作"厾"。厾，或為本字。《漢語大字典》："同'豛'。輕擊；輕點。"《新華字典》："用指頭、棍棒等輕擊輕點。"

¹篤 dug¹

❶ 名詞。器物的底兒：碗～｜盆～｜桶～。❷ 名詞。盡頭處：巷～［死胡同的盡頭處］｜櫃桶～［抽屜最裏處］｜一

直行到～[一直走到盡頭]。

【篤底】dug[1] dei[2] 1. 器物的底兒。2. 容器內最底的地方：桶～重有啲水[桶底還有一點兒水]。

《廣韻》冬毒切。《説文》："馬行頓遲。"在方言中，也有"底"的意思。《嬉笑集·漢書人物雜詠·范增》："明知屎計專兜篤，總想孤番再殺鋪。"《漢語大字典》："方言。底。〈中國諺語資料〉中：'問人問到篤，拆了田螺屋。'"

又作"尿"。尿，《集韻》都木切，"豚，《博雅》：'臀也。'或作尿"。

有作"𡰪"、"启"，因使用者不多，俱未採用。

[2] 篤 dug[1]

量詞。❶ 泡（用於屎、尿）：屙咗一～尿[拉了一泡尿]｜踩中一～牛屎。❷ 口（用於痰、唾沫）：一～痰｜一～口水[一口唾沫]。

同音借用字。

戙 dung[6]

❶ 名詞。木柱子：嗰處有條～[那裏有一條木柱子]。

【高戙戙】gou[1] dung[6] dung[6] 高高的，直直的，形容高、直而豎着的東西：突然，一個人～噉企喺面前，嚇我一跳[突然，一個高高的人直直的站在面前，嚇了我一跳]。

❷ 動詞。豎起：～起張梯[把梯子豎起來]｜～起隻腳[支起腿]。

【戙篤企】dung[6] dug[1] kéi[5] 1. 垂直放着，直立着放。2. 呆呆地直立着。

【戙起牀板】dung[6] héi[2] cong[4] ban[2] 不睡覺，指通宵加班幹活兒。

❸ 動詞。蹾：～齊啲書[把書蹾齊了]。❹ 名詞。漢字筆劃的"豎"："十"字先寫一橫再寫一～。❺ 量詞。摞：一～瓦｜一～磚｜一～牌。

【一戙都冇】yed[1] dung[6] dou[1] mou[5] 原意為打牌時全部輸光，轉指毫無辦法、一錢不值等意思：搞到我～[弄得我毫無辦法］｜畀佢鬧到～［給他罵得一錢不值］。

傳統方言字。《廣韻》徒弄切，"船纜所繫"。《玉篇》："船板木。"廣州話為借用字。

E

噦 êd⁶

❶ 名詞。飽嗝：打咗一個～［打了一個嗝］｜飽到打～［飽得打嗝］。❷ 象聲詞。打飽嗝的聲音。

噦，《廣韻》於月切。《說文》："氣啎也。"

F

揻 fag³

動詞。❶（用小棍子、竹條等）鞭打，抽打：攞住支竹仔亂咁～［拿着竹枝亂抽亂打］｜咪～只牛［別抽打耕牛］。❷ 搖動。一路行一路～旗仔［一邊走一邊搖着小旗］。❸（用筷子等）攪打：～雞蛋｜～勻啲［攪均勻一點］。

【揻水蛋】fag³ sêu² dan⁶⁻² 雞蛋羹。

本義為開裂。廣州話為借用字。

有作"擭"。擭，《廣韻》虛郭切，"盤手戲。"《集韻》："手反復也。"廣州話與此不合，不採用。

仮 fan²

動詞。玩耍，鬧：成班細路喺度～［一群小孩在玩兒］。

《集韻》扶泛切，"相輕薄貌"。《方言》："輕也，楚凡相輕薄謂之相仮。"

啡 fé⁴

❶ 象聲詞。噴氣、漏氣聲：車轆～～噉漏氣［軲轆刺刺地漏氣］。

【啡啡流】fé⁴ fé⁴ leo⁴ 吊兒郎當的樣子，形容人做事不認真、不負責任：佢都～嘅，叫佢做乜都唔放心［他那吊兒郎當的樣子，讓他幹甚麼都不放心］。

【屙啡啡】ngo¹ fé⁴ fé⁴⁻² 見"屙 ngo¹"條。

❷ 詞素。有不整潔，(衣服)不稱身意思。

【闊咧啡】fud³ lé⁴ fé⁴ (衣服) 過寬過大：件衫～，唔好睇［衣服肥肥大大的，不好看］。

【咧啡】lé⁴ fé⁴ (又音 lé⁵ fé⁵) 見"咧 lé⁴"條。

普通話中"啡"多作譯音用字。

捴 fed¹

動詞。舀：～水｜～湯｜～粥。

這詞廣州市外用得比較普遍，但老城區一般說"揖 bed¹"。

本義為擊打。《廣韻》苦骨切，"擊也"。廣州話為借用字。

窟 fed¹

❶ 名詞。地方，處所(多用於疑問句)：住喺邊一～［住在哪裏］？｜匿埋邊～［躲在哪裏］？

【灶窟】zou³ fed¹ 灶膛。

【屎窟】xi² fed¹ 屁股。

❷ 量詞。1. 小塊：一～布｜一～牆｜一～地。2. 用於整體中的一部分：張枱面崩咗一～［桌子面缺了一塊］｜好似挖佢一～肉噉［就像挖了他一塊肉那樣］。

本義為洞穴。《廣韻》苦骨切。《玉篇》："穴也。"廣州話為借用字。

"屎窟"的"窟"本字當為"朏"。朏，《廣韻》苦骨切。《玉篇》："臀也。"《正字通》："朏，俗謂髀之近竅者為髀窟。"

廢 fei³

形容詞。❶傻，癲：顛顛～～[傻裏傻氣]｜～戇[瘋瘋傻傻的樣子]。❷窩囊：噉都唔會，真係～嘅[這樣都不會，真是個窩囊廢]。

傳統方言用字。清·屈大均《廣東新語》卷十一："廣州謂美曰靚，顛者曰廢。"

飛 féi¹

❶名詞。票：戲～｜車～｜買～｜撲～[到處找票]。是英語 fare 的音譯。❷形容詞。指人既精明又厲害，不好對付(含貶義)：個嘢好～[那傢伙很厲害]。

【飛利】féi¹ léi⁶ 犀利，厲害(含貶義)：太～嘅人好難來往[太厲害的人很難來往]。

❸動詞。把東西的邊緣去掉一部分：～邊[把邊緣去掉一點]｜呢條邊要～減半公分[這條邊要去掉半厘米]。

【飛髮】féi¹ fad³ 理髮。

為借用字。

瞓 fen³

動詞。❶睡：～覺｜～着眼[睡着了]｜～醒｜反～[睡覺不老實]｜～過龍[睡過了頭]｜～捩頸[落枕]。

❷躺：～低[躺下]｜一～落牀就瞓着[一躺在牀上就睡着]。

傳統方言字。夢餘生《新粵謳解心·海棠花》："唔關事醉酒，你瞓極都唔曾夠"。龍舟《打地氣》："咁好高牀暖枕你都唔瞓，迷頭迷腦好似失了三魂。"《三灶民歌·眼仔瞓》："阿哥，你眼仔瞓呀眼仔瞓，眼仔跌落娘(指女方)身邊。"

揈 feng⁴

動詞。用拳頭或棍子使勁打：～佢一捶[打他一拳]｜一棍～過去[一棍掃過去]。

【大揈】dai⁶ feng⁴ (人)塊頭大；(東西)體積大：個仔夠晒～[這

孩子塊頭真大]｜呢個包裹咁～，唔知能唔能夠托運[這個包裹這麼大，不知能不能托運]？

《集韻》呼宏切，"揮也"；又乎萌切，"擊也"。

埠 feo⁶

名詞。❶ 港口，引申為城市(多指外國的)：出～｜過～[舊指華僑出洋]。

【埠頭】feo⁶ teo⁴ 外國的商埠。

❷ 堆棧：米～。

傳統方言字。《篇海類編》薄故切。《正字通》："埠，船船埠頭。《通雅》曰：'埠頭，水瀕也。'"

拂 fid¹（讀音 fed¹）

❶ 動詞。用細條狀東西輕抽：～咗佢一下[抽了他一鞭]。

❷ 象聲詞。揮動鞭子或樹枝等的聲音。

本義為掠過並擊打。《廣韻》敷勿切。《說文》："過擊也。"徐鍇繫傳："擊而過之也。"

咈 fid¹

詞素。有花哨、輕浮意思。

【花花咈】fa¹ fa¹ fid¹ 輕浮，輕佻的樣子：睇佢～噉，唔知可唔可靠[看他那輕浮的樣子，不知可靠不可靠]。

【花咈】fa¹ fid¹ 花俏，愛打扮：佢都幾～嘅嚿[她也挺花俏的]。

《廣韻》符弗切。《說文》："咈，違也。"廣州話是借用字。

袚 fid¹

【符袚】fu⁴ fid¹ 辦法，法寶：冇乜～[沒有甚麼辦法]｜出盡～[出盡法寶]。

【揸袚】za¹ fid¹ 管事，掌管決斷權：呢度邊個～[這裏誰說了算]？｜唔係佢～[不是他管事]。

"袚"是新創字。

嚶 fing³

【吊吊嚶】diu³⁻⁴ diu³⁻¹ fing³ 形容詞。1. 形容懸掛着的東西搖來晃去，悠蕩：風吹燈籠～［風把燈籠吹得搖來晃去］。2. 形容事情還在掛着，未有結果：嗰件事到而家重係～，未有着落［那件事到現在還在掛着，沒有着落］。

"嚶"是新創字。

㧒 fing⁶（又音 wing⁶）

動詞。甩，揮：畀佢～甩咗［給他甩掉了］｜～乾樽裏頭啲水［把瓶子裏的水甩乾］。

"㧒"是新創字。

有作"㨮"。夢餘生《新粵謳解心·春花秋月》："千祈咪當妹係明日黃花，好似秋後扇咁（噉）㨮。"（明日：原文如此。）

咴 fiu¹

【咴士】fiu¹ xi² 保險絲。是英語 fuse 的音譯。

新創字。

伙 fo²

❶ 名詞。家，居所：入～［搬進新家］。❷ 量詞。家，戶：呢處住三～人［這裏住着三戶人家］｜一梯兩～［一道樓梯上去，每層只有兩家人］。

本義為夥伴、同伴。吳趼人《二十年目睹之怪現狀》第二十八回："繼之先已有信來知照過，於是同眾伙友相見。"廣州話方言義為引申義。

普通話也作量詞，但用於人群，廣州話與之不同。

夫 fu¹

量詞。塊，丘（用於田地）：一～田｜呢～地準備種番薯［這塊地準備種甘薯］。

同音借用字。

芙 fu⁴

【芙翅】fu⁴ qi³ 膌肝。又作"芙脭"。

同音借用字。

G

傢 ga¹

【傢俬】ga¹ xi¹ 傢俱。

【傢俬什物】ga¹ xi¹ zab⁶ med⁶（什，本讀 seb⁶）家什（shi），傢俱。

傳統方言字。

㗎 ga³

語氣詞。❶ 相當於"的"：係我～[是我的]｜佢好叻～[他很能幹的]｜邊個～[誰的]？

【㗎喇】ga³ la³ 1. 表示肯定或語氣加強：係咁多～[就這麼多了]｜佢改咗好多～[他已經改了很多了]。2. 表示提醒：再唔走就嚟唔切～[再不走就來不及了]｜考埋呢項就唔使考～[考完這一項就不用考了]。

【㗎啦】ga¹ la⁴（啦，本讀 la¹）表示疑問：噉就算做好～[這個樣子就算做好了 嗎]？｜放工～[下班了嗎]？

❷ 表疑問或反詰（帶責備語氣）：點會打爛～[為甚麼會打破的呀]？｜噉點得～[這怎麼行]？❸ 表教導：噉做至啱～[這樣做才對呀]｜唔係噉～[不是這樣的]。

傳統方言字。

另見"㗎" ga⁴。

㗎 ga⁴

語氣詞。❶ 表疑問：係你～[是你的嗎]？｜我哋～[我們的嗎]？❷ 表反詰：唔通係你～[難道是你的嗎]？❸ 表感歎：原來噉～[原來是這樣的]！

傳統方言字。

另見"㗎" ga³。

袷 gab³

名詞。裉（衣服腋下前後相連的部分）：埋～[殺裉（把裉縫上）]。

傳統方言字。《廣韻》古洽切，“複衣”。袷，普通話指雙層的（衣被等），已簡化為“夾”。廣州話方言義與此不同。

曱 gad⁶

【曱甴】gad⁶ zad⁶（又音 ged⁶ zed⁶）蟑螂。

【曱甴屎】gad⁶ zad⁶ xi²（又音 ged⁶ zed⁶ xi²）雀斑。

傳統方言字。《字彙補》烏詭切，引《字學指南》：“取物也。”廣州話為借用字。

咯 gag³

語氣詞。❶ 表肯定：佢親口同我講～[他親口對我說的] | 畀嚟至得～[拿來才行嘛]。❷ 表申辯：你當時唔係噉講～[你當時可不是這樣說的]。

新創字。

鎅 gai³

動詞。鋸，裁，割：～板 [把木材鋸成板] | ～紙 [裁紙] | ～刀 [裁紙或切割其他薄的物體用的刀]。

傳統方言字。

梘 gan²

名詞。肥皂：洗衫～[洗衣皂] | 香～ | ～粉 [洗衣粉]。又說“番梘 fan¹ gan²”。

傳統方言字。《廣韻》吉典切；《集韻》：“筧，通水器，或從木。”廣州話屬借用字。

浭 gang³

動詞。蹚，涉水：～水 | 河好淺，～得過去 [河很淺，能蹚過去]。

《廣韻》古行切，“水名，出北平。”廣州話為借用字。

掕 gang³

動詞。❶ 攪拌：顆粒溶唔快，～下佢啦［顆粒化得不快，攪拌一下它吧］｜煲粥要～下煲底至唔會燶［煮粥要攪拌一下鍋底才不會煳］。❷ 從容器內底部撈取：～渣。❸ 較量，比試：兩個～過［兩個來較量一下］｜唔夠佢～［比不過他］。

《廣韻》古杏切。《集韻》：捘，攪也，或作掕。" 夢餘生《新粵謳解心·盲公竹》："路上行客咁多，唔好立亂咁掕。"

踁 gang⁶

動詞。妨礙，阻礙：咪喺度～住晒［別在這裏妨礙着］｜～手～腳［諸多妨礙］。

原指小腿，泛指腿。《廣韻》胡定切。《玉篇》："踁，腳踁，與脛同。"廣州話為借用字。

鉸 gao³

名詞。❶ 關節：腳～［膝關節］｜手～［肘關節］｜牙～［下頜骨關節］。

【打牙鉸】da² nga⁴ gao³ 閒聊：得閒無事～［有空就跟人閒聊］。

❷ 合頁，鉸鏈：門～｜窗～｜釘好個～［把合頁釘好］。

【鉸剪】gao³ jin² 剪刀，剪子。

《廣韻》古巧切，"鉸刀"。廣州話鉸剪的"鉸"為本字，表示關節、合頁為其意義延伸。

滘 gao³

名詞。❶ 水道相通的地方；小河拐彎的地方：涌～。❷ 廣東省地名用字：新～（在廣州芳村）｜道～（在東莞）｜橫～、池～（在廣州海珠區）｜倫～（在順德）。

傳統方言字。清·屈大均《廣東新語》卷十一："謂水通舟筏者曰江，不通舟筏者曰水，二水相通處曰滘。"

滶 gao³

同"滘"。多用於地名：東～、茶～（都在廣州芳村）。

滶、滘本相同，但作地名時不能相混，如道滘不能寫成"道滶"，東滶不能寫成"東滘"。

傳統方言字。《集韻》居效切，"水也"。

挍 gao⁶

【摎挍】lao² gao⁶ 見"摎 lao²"條。

《集韻》居肴切，"亂也"。

嘅 gé²

語氣詞。❶ 表反詰、疑問：真～［真的嗎］？｜邊會噉～［哪裏會這樣］？｜係佢做～［是他幹的嗎］？❷ 表同意：都好～［也好］。❸ 表肯定：佢會去～［他會去的］｜唔關佢事～［不關他事］。

傳統方言字。

另見"嘅 gé³"。

嘅 gé³

❶ 助詞。的（表示領有或修飾關係）：佢～車［他的車］｜支筆係你～［這筆是你的］｜我～睇法［我的看法］｜有噉～規定咩［有這樣的規定嗎］？❷ 語氣詞。用在句子末尾，表肯定：呢件事係真～［這件事是真的］｜佢係三日前嚟過～［他是三天前來過的］｜呢筆錢係佢寄嚟～［這筆錢是他寄來的］。❸ 語氣詞。用在句子末尾，表敘述：唔怕～［不怕的］｜嗰度好多人～［那裏人很多］｜佢好叻～［他很能幹的］。

傳統方言字。南音《大鬧梅知府》："呢個係我嘅小姑向你來告訴"。龍舟《孝順歌》："晨昏定省，正係做仔女嘅功夫。"粵劇《十五貫》第一場："你欠我嘅債重未還，又嚟偷我嘅錢。"

另見"嘅 gé²"。

呴 gê¹

動詞。噘嘴：～起個嘴［噘起嘴巴］。

《集韻》火羽切，“氣以温之也。”廣州話為借用字。

㖭 gê⁴

動詞。甘心，服氣。多用於否定句：呢次輸咗，大家都唔～［這次輸了，大家都不服氣］。

新創字。

蛤 geb¹

【蛤蚧】geb¹ gai³ 一種爬行動物，外形像壁虎而大。

《廣韻》古沓切，“蚌蛤”。現代漢語讀 ge², 指蛤蜊、文蛤等瓣鰓綱軟體動物；又用於“蛤蚧”一詞。

另見“蛤 geb³”。

蛤 geb³

名詞。青蛙，田雞。又説“蛤乸 geb³ na²”。

【蛤蜗】geb³ guai² 蛤蟆、青蛙、蟾蜍等蛙類的統稱。

唐·劉恂《嶺表錄異》：“有鄉墅小兒，因牧牛，聞田中有蛤鳴，牧童遂捕之。蛤躍入一穴。”原注：“蛤即蝦蟇（蛤蟆）。”《嬉笑集·錄舊·放白鴿》：“點知蛤乸隨街跳，整定龜公上當嚟。”

另見“蛤 geb¹”。

刉 ged¹

動詞。刺，扎：～個窿［扎一個眼兒］｜由呢度～過去［從這兒刺過去］｜因住～親手［小心扎破了手］。

《廣韻》恪八切。《集韻》：“剝也。”廣州話為借用字。

咭 ged¹

❶ 名詞。球隊後衛：我喺球隊打～［我在球隊充當後衛］。

❷ 轉作動詞，指緊釘着：～實佢［釘緊他］！

是英語 guard 的音譯。

另見“咭 ked¹”。

¹ 趷 ged⁶

動詞。❶ 一拐一拐地走路：佢腳傷一直未好，而家行路重～～下［他的腿傷一直沒好，現在走路還是一拐一拐的］。

【趷腳】ged⁶ gêg³ 一拐一拐地走路：佢行路有啲～［他走路有點瘸］。

❷ 翹起：～起個手指公［翹起大拇指］。❸ 踮起：～起腳都睇唔到［踮起腳都看不見］。❹ 單腳跳。

【趷跛跛】ged⁶ bei¹ bei¹ 一種兒童遊戲，單腿跳着走。

借用字。

² 趷（趌） ged⁶

❶ 動詞。走，帶貶義：唔知佢～咗去邊［不知他顛哪兒去了］？

【溜之趷之】liu¹ ji¹ ged⁶ ji¹ 離開；逃走：佢早就～咯［他早就溜走了］。

❷ 動詞。滾，滾蛋：～啦，你［你滾蛋吧］｜快啲～開［快點滾開］！

【躝屍趷路】lan¹ xi¹ ged⁶ lou⁶ 走開。罵人語，語氣稍重。

❸ 形容詞。不順，不麻利：～手～腳［笨手笨腳，幹活不麻利］｜口～～［結巴，口吃的樣子］。

借用字。

也作"趌"。趌，《廣韻》其訖切。《説文》："直行也。"《玉篇》："行貌。"《集韻》："直行貌。"

又有作"趷"。

齕 ged⁶（**讀音** hed⁶）

見"齮"(gi¹)條。

《廣韻》下沒切。《説文》："嚙也。"廣州話為借用字。

雞 gei¹

❶ 名詞。哨子：銀～［哨子］｜吹～集合。❷ 名詞。扳機：撳～［扣扳機］｜滑～［走火］。❸ 名詞。植物長在節上的

芽：竹～｜蔗～。❹ 名詞。妓女。❺ 詞素。所組的詞多帶諧謔意味。

【文雞】men1 gei1 量詞。用於數額不大的錢財，往往強調其少：得幾～［才幾塊錢］｜三幾～算得乜呀［三幾塊錢算得甚麼呀］｜百零～之嘛［百來塊錢罷了］。

【小學雞】xiu2 hog6 gei1 戲指小學生。戲指中學生時則稱“中學雞 zung1 hog6 gei1”。

同音借用字。

1 偈 gei6-2

名詞。話語：傾～［閒談，聊天］。

原指佛經中的唱詞。《廣韻》其憩切。《玉篇》：“句也。”《晉書・鳩摩羅什傳》：“羅什從師受經，日誦千偈。”方言轉指人們私下的談話、聊天。

2 偈 gei2

名詞詞素。指有關機械方面的：～油［機器潤滑油］。

【大偈】dai6 gei2 大副，船長的主要助手，負責駕駛、機械工作。

借用字。

噉 gem2

❶ 指示代詞。這樣，那樣：～做冇錯嘅［這樣做沒錯］｜～嘅機會實在難得［這樣的機會實在難得］。❷ 助詞。（像）……似的：佢瘦到隻馬騮乾～［他瘦得像猴子乾似的］｜細膽到乜～［膽小得像甚麼似的］｜打雀～眼［像打鳥那樣的眼睛。比喻聚精會神地盯着］。❸ 助詞。用在象聲詞、形容詞、短語或重疊的數量詞的後面，作為狀語的標誌，相當於普通話的“地”或“的”：風呼呼～吹｜雀仔吱吱喳喳～嘈［小鳥吱吱喳喳地鬧］｜佢面紅紅～認咗［他臉紅紅的承認了］｜揸住手～教佢［手把手地教他］。

傳統方言字。《廣韻》徒敢切。《說文》：“噍啖也。”廣州話為借用字。

過去有用“咁”，如明・木魚書《二荷花史・閨閣談心》：“咁

G

樣睇來還做得”；夢餘生《新粵謳解心·喜鵲》：“好似開籠雀咁樣子，道喜逢迎。”但是，為了不與表示這麼、那麼的“咁 gem³”相混，後來人們改用“噉”字。

咁 gem³

❶ 指示代詞。這麼，那麼：～熱嘅天［這麼熱的天氣］｜佢冇你～高［他沒你這麼高］｜做乜～開心呀［幹嘛那麼高興］？❷ 助詞。地，那樣。用在某些詞或短語後面共同作後面的動詞的狀語：猛～食［拼命地吃］｜定住眼～睇［定着眼睛看］｜冇停嘴～講［不停口地說］。

【咁滯】gem³ zei⁶ 用在動詞或形容詞後面，表示即將、快要、差不多等意思：佢到～咯［他快要到了］｜佢有四十～咯［他差不多有四十歲了］｜飯熟～咯［飯快要熟了］。

【幾咁】géi² gem³ 多麼：做得～好｜行得～快［走得多麼快］！

傳統方言字。明·木魚書《花箋記》卷一：“從來唔信懷人苦，果然今夜咁淒涼。”清·葉伯瑞南音《客途秋恨》：“幾度徘徊思往事，勸嬌何苦咁癡心。”

《玉篇》乎甘切，“乳也”。又《集韻》乎監切，“嗛，《說文》：‘口有所銜也’。或作咁。”廣州話為借用字。

揿（捦） gem⁶

動詞。按，摁，壓：～掣［按電鈕，摁開關］｜～釘［圖釘，摁釘］｜～沉［壓垮］｜～住張紙［把紙摁着］。

【揿鷓鴣】gem⁶ zé³ gu¹ 捕捉鷓鴣，往往用雌鳥誘捕雄鳥，比喻設圈套騙財：當心畀人～［小心被人設局騙錢］。

傳統方言字。《集韻》丘禁切，“按也”。夢餘生《新粵謳解心·你咁為命》：“但係牛唔飲水，你話點揿得低只牛。”

又作“捦”。捦，《集韻》丘禁切，“按也”。

有作“撳”。龍舟《菜籃歌》：“通菜帶鬚大家撳住爭，結果一半食時一半倒入垃圾篸。”撳，《廣韻》巨金切。同“捡”，即“擒”。音義與廣州話都不合，故不採用。

嚂 gém¹（**讀音** lam⁶）

❶ 量詞。球賽的局；21 分一～｜三～兩勝 [賽 3 局，先贏 2 局者勝]。❷ 動詞。輸一局：呢局佢～咗 [這局他輸了]。

借用作英語 game 的譯音。

艮 gen³

形容詞。身體接觸冰冷物的感覺：天冷瞓席好～肉 [冷天睡席子挺冰涼的]｜攞嚿冰嚟～下腫嘅地方 [拿塊冰塊來敷一下腫了的地方]。

同音借用字。本義為兩人怒目相瞪，互不相讓。《廣韻》古恨切。《説文》："艮，很也。從匕目。匕目，猶目相匕，不相下也。" 廣州話為借用字。

梗 geng²

❶ 形容詞。(機件轉動) 不靈活：水喉好～，擰唔啷 [水龍頭很緊，擰不動]｜寫到手都～晒 [寫得手都動不了了]。

【梗板】geng² ban² 1. 死板，機械，不會變通：佢好～嘅 [他很機械的]｜碰到特殊情況就要靈活啲，唔好太～ [遇到特殊情況就要靈活一點，不要太死板]。2. 固定不變的：個個月要完成咁多工係～嘅 [每個月要完成這麼多工那是固定不變的]。

【梗頸】geng² géng² 脾氣拗 (niù)，不聽勸告：佢好～嘅，邊個都講唔聽 [他脾氣很拗，誰説都不聽]。

❷ 形容詞。固定的，定死的：定～星期一上午開會 [鐵定星期一上午開會]｜定～係呢個價就唔好變喇 [定好是這個價位就不要變了]。❸ 副詞。當然：學咁耐～會啦 [學那麼長時間當然會了]｜成日冇食嘢，～餓啦 [整天沒吃東西，當然餓了]。❹ 副詞。一定，准：下午～落雨 [下午一定下雨]｜佢～唔應承 [他一定不會答應]｜去嗰度～買得到 [去那裏准能買到]。

傳統方言字。南音《大鬧梅知府》："佢嚟探個未婚夫我梗要幫扶。"《廣韻》古杏切。《廣雅》："強也。"《玉篇》："梗直也。"

G

嚽 géng⁶

❶ 動詞。提防：你要～住佢 [你要提防他]。❷ 動詞。忍讓：大個要～細個 [大的要忍讓小的]。❸ 動詞。小心：大家要～住啲嘢，咪打爛 [大家對東西要小心，別打破]。

【嚽惜】愛惜，珍惜：米糧種出嚟唔容易，大家要～ [糧食種出來不容易，大家要愛惜]。

❹ 形容詞。形容縮手縮腳：～手～腳 [處處小心謹慎]。

新創字。

G

蕵 gêng²

名詞。植物的根，包括主根與鬚根。

【根蕵】gen¹ gêng² 1. 植物的根。2. 來頭，原由：佢發達係有～嘅 [他發達是有原由的]。

傳統方言字。夢餘生《新粵謳解心·呢鋪世界》："總要大眾都擔起鋤頭一把，把佢樹底下個的歪根邪蕵，掘到乾乾淨淨，再爆過新芽！"

蕵，《集韻》巨兩切，"艸也，儉年根可食"。廣州話為借用字。

笱 geo²

名詞。一種竹製的捕魚器具。

【裝假笱】zong¹ ga² geo² 作假，偽裝：～呃人 [作假騙人]。一般寫作"裝假狗"。

《廣韻》古厚切，"魚笱，取魚竹器"。《玉篇》古後切，"所以捕魚也"。

嚿 geo⁶

量詞。塊，團：一～石 [一塊石頭] | 一～泥 [一塊土] | 縮埋一～ [縮作一團]。

【風嚿】fung¹ geo⁶ 舊指颱風：打～ [颳颱風]。

【一嚿飯】yed¹ geo⁶ fan⁶ 形容人不靈活，笨拙無能：你乜都唔識做，～嚟 [你甚麼都不會幹，真笨]。

中山高堂歌《伴郎歌》："你貪人大嚿豬肉脹橫腮。"廣州話為借用字。

齮 gi¹（讀音 yi²）

【齮齕】gi¹ ged⁶ 1. 梗阻：做嘢總會有啲～，唔會咁順利嘅［做事總會有些梗阻，不會那麼順利的］。2. 貓膩：佢兩個肯定有啲～［他們倆肯定有貓膩］。

【齮齮齕齕】gi¹ gi¹ ged⁶ ged⁶ 1. 礙手礙腳：行開啲，咪喺度～［走開點，別在這裏礙手礙腳］。2. 説話結結巴巴：佢～噉都講唔清楚［他結結巴巴的説不清楚］。

齮，《集韻》丘其切。《説文》："嚙也。"廣州話與此不合。
齕，《廣韻》下沒切。《説文》："嚙也。"廣州話為借用字。

喼 gib¹

❶ 名詞。箱子（除了用木頭或金屬造的）：皮～｜藤～。❷ 名詞。底火（子彈或炮彈底部的發火裝置）；火帽（火槍上的發火器）。❸ 譯音用字。

【喼咈】gib¹ fid¹ 減肥。是英語 keep fit 的音譯。

【喼帽】gib¹ mou⁶⁻² 鴨舌帽，前進帽。是英語 cap 的音譯。

【喼汁】gib¹ zeb¹ 一種調味汁，用番茄、醬油等製成。是英語 ketchup 或 catchup,catsup 的音譯。

傳統方言字。譯音用字。

挾 gib⁶（讀音 hib⁶, hab⁶）

❶ 動詞。夾，擠：～住個公事包｜畀門～親手［給門掩了手］。

【挾腳】gib⁶ gêg³（鞋）擠腳：對鞋有啲～［鞋有點擠腳］。

❷ 形容詞。狹窄，擠：一套房住三伙人，好～呀［一套房住三家人，夠擠的］｜呢處做書房～啲［這裏當書房窄了點］。

傳統方言用字。本義為把東西夾在腋下。《廣韻》胡頰切。《説文》："俾持也。"窄、擠為引申義。

杰 gid⁶

形容詞。❶ 稠：～粥｜芝麻糊好～［芝麻糊很稠］。

【杰咄咄】gid⁶ ded¹ ded¹ 稠稠的：糊仔煮得～噉［米糊煮得稠稠的］。

❷ 糟糕，倒霉，非同小可：單嘢好～［這事糟透了］｜呢鑊夠晒～［這事夠嚴重的］。

【杰嘢】gid⁶ yé⁵ 稠的東西。轉指：1. 嚴重的事態，重大的問題：呢煲～嚟喋［這事可嚴重了］。2. 厲害的手段：整鑊～佢歎下［給他點厲害嘗嘗］。

同音借用字。

戟 gig¹

名詞。西式點心的一種，無餡：奶油～｜椰子～｜蛋～。

【班戟】ban¹ gig¹ 薄煎餅。是英語 pancake 的音譯。

"戟"是英語 cake 的音譯。

撟 giu²

動詞。拭擦：～汗｜～眼淚。

【膝頭撟眼淚】sed¹ teo⁴ giu² ngan⁵ lêu⁶ 指人蹲着哭用膝蓋擦眼淚，形容人十分哀傷悲痛或悔恨莫及。

【偷食唔會撟嘴】teo¹ xig⁶ m⁴ wui⁵ giu² zêu² 偷吃不會擦嘴。譏笑人做了錯事又不小心留下痕跡的做法。

撟，本義為舉手。《廣韻》居夭切。《說文》："舉手也。"廣州話為借用字。

也有用"繳"字的，如明代木魚書《花箋記》卷四："偷將羅袖繳啼痕。"《粵謳·分別淚（之二）》（陳寂整理）："分別淚，繳極都唔乾。"

嗰 go²

指示代詞。那：～個｜～啲［那些］｜～處［那裏，那兒］｜～笪［那兒，那裏］｜～排［那段時間，那些日子］。

傳統方言字。明·木魚書《花箋記》卷五："嗰時講到婚姻事，任娘心事點施行。"《二荷花史》卷一："嚇得嗰群嬌貴人家女，回身躲避各紛然。"

嘓 gog⁶

【硬嘓嘓】ngang⁶ gog⁶ gog⁶ 硬邦邦。

本義為鳥叫。《廣韻》：“嗊，古祿切。鳥鳴。又作唝。”廣州話為借用字。

杠 gong³

名詞。❶ 杠子，較粗的棍子：竹～｜～架［單杠］｜轎～［抬轎的杠子］。❷ 指某些惡習較深的人：煙～［煙鬼］。

本義指牀前橫木，又指旗杆。廣州話為借用字。

掆 gong⁶

動詞。撞擊，碰撞（多指器具碰擊）：～刀｜～拳頭。

《廣韻》古郎切。《西遊記》第五十六回：“呆子慌了，往山坡下築了有三尺深，下面都是石腳石根，掆住鈀齒。”

跭 gong⁶

名詞。螯（蟹鉗）：一隻蟹兩隻～｜蟹～好硬。

《廣韻》下江切；《集韻》：“跭，跭蹕，竦立也”；“行不進”。廣州話為借用字。

咕 gu¹

【咕咕】gu¹⁻⁴ gu¹ 戲稱小男孩的生殖器。

【咕哩】gu¹ léi¹ 苦力（舊時對搬運工人不尊敬的稱呼）。是英語 coolie 的音譯。

傳統方言用字。

又見“咕 gu⁴”。

蠱 gu²

❶ 形容詞詞素。

【蠱惑】gu² wag⁶ 心術不正，詭計多端：條友好～，因住上佢當［這傢伙心術不正，當心上他的當］｜周身～［滿身邪氣，詭計多端］。

❷ 動詞詞素。

【整蠱】jing² gu² 捉弄（人），暗中使壞：唔好～佢［不要捉弄他］｜因住畀人～［當心人家暗中使壞］。

❸ 名詞詞素。

【蠱脹】gu² zêng³ 血吸蟲病等使肚子鼓起的疾病。

《廣韻》公户切。《説文》:"腹中蟲也。"《爾雅》:"疑也。"郭璞注:"蠱惑有貳心者皆疑也。"《玉篇》:"或（惑）也。"

咕 gu⁴

【咕咕聲】gu⁴ gu⁴⁻² séng¹ 1. 咕咕響（腸鳴的聲音）。2. 形容人因不滿而發牢騷：嬲到佢～[氣得他直哼哼]｜有意見就去申訴，喺度～係冇用嘅[有意見就去申訴，在這兒發牢騷是沒用的]。

傳統方言字。

又見"咕 gu¹"。

啩 gua³

語氣詞。❶ 表示對某事有疑問或不十分肯定：唔係～[不是吧]?｜借畀我，得～[借給我，可以吧]? ❷ 表示用不肯定方式提出自己的意見（同時否定對方意見）：今日星期三～｜佢係廣州人～[他是廣州人吧]?

傳統方言字。粵劇《十五貫》第七場："喂，大佬，起番（翻）個數好啩?"

蛶 guai²

見"蛤 geb³"條【蛤蛶】。

蛶，《漢語大字典》:"蛙類。種類甚多，如山螞蛶，犁頭蛶等。"引清·李調元《南越筆記》卷十一："蛶者，蛤之屬。諺曰：'蟾蜍、蛤、蛶。'三者形狀相似，而廣州人惟食蛤，不食蟾蜍、蛶。"

摜 guan³

拿東西往地上摔：～仙[摔銅錢。一種小孩遊戲]｜～杯[一種占卜方法]。

《廣韻》古患切。《水滸全傳》第二十七回："（武松）把那婦人頭望西門慶臉上摜將來。"明·佚名木魚書《二荷花史·若雲邀玩》:"莫是綺琴癡婢子，將書摜落地塵埃?"

蹟 guan³

動詞。摔倒：路好滑，因住～低［路很滑，小心摔倒］｜～咗一跤［摔了一跤］。

傳統方言字。夢餘生《新粵謳解心·盲公竹》："縱然唔蹟死，亦都打爛個釘釘。"（釘釘：小鈴鐺。）《嬉笑集·辛酉東居·蘆之湯温泉》："點使亞聾醫好痔，若然老密蹟親跛。"

又作"摜"。明·木魚書《二荷花史·二婢尋箋》："就畀花樹花根來摜倒，登時跌直在花旁。"

嚝 guang⁴

【紅嚝嚝】hung4 guang⁴ guang⁴ 紅紅的（指紅得俗氣、難看）：搽到塊面～噉，幾難睇［塗得滿臉紅紅的，多難看］。

新創字。

咶 gud⁶

象聲詞。喝水聲，吞咽聲：～～噉飲水［咕嘟咕嘟地喝水］｜～一聲吞咗［咕嘟一聲吞下去了］。

新創字。

橛 güd⁶

量詞。截，段：將蔗斬開兩～［把甘蔗斬成兩截］｜條路有一～未整好［路有一段沒修好］。

《集韻》居月切。《二十年目睹之怪現狀》第九十六回："就是這麼一椿故事，我分兩橛聽了。"《粵謳·累世》（陳寂整理）："情可恨！一刀斬，斬成兩橛"。

倔 gued⁶

❶ 形容詞。禿，鈍：～尾［禿尾巴］｜筆都寫～咗［筆都寫禿了］｜～鋤頭［鈍鋤頭］｜～擂捶［擂漿棍；禿］｜～篤［盡頭；不能通過］。

【倔尾龍】gued⁶ méi⁵ lung⁴ 民間傳說中的斷了尾巴的龍，來到即攪風攪雨，擾害百姓。比喻愛闖禍的人。

【倔情】gued⁶ qing⁴ 無情，不近人情：又唔係敵人，咁～做乜嘢

[又不是敵人，這麼無情幹甚麼]！

【倔頭路】gued⁶ teo⁴ lou⁶ 1. 死胡同，斷頭路（不通的路）。2. 死路：我勸你諗清楚，咪行～[我勸你考慮清楚，別走死路]！

❷ 形容詞。形容人態度生硬，言辭粗魯，拗（niù），強：佢嘅脾性好～[他的脾氣很強]。❸ 動詞。瞪：～佢一眼[瞪他一眼]。

同音借用字。本字為"屈"，後改為"屈"，俗作"倔"。屈，《玉篇》："短尾也。"《篇海類編》："屈，短尾鳥，古文屈字。"

G

嘓 gueg⁶

【硬嘓嘓】ngang⁶ gueg⁶ gueg⁶ 硬邦邦：塊餅～，咬唔入[這塊餅硬邦邦，咬不動]。

【實嘓嘓】sed⁶ gueg⁶ gueg⁶ 硬邦邦：笪地～，好難鋤[這塊地硬邦邦的，很難鋤]。

嘓，《廣韻》古獲切。"嘓，口嘓嘓，煩也。"《集韻》："嘓，嘓嘓，語煩。"廣州話為借用字。

簋 guei²

古代盛食物的器皿，一般圓腹、侈口、兩耳。後又作碗、罐等陶瓷器皿的雅稱。

【九大簋】geo² dai⁶ guei² 隆重豐盛的筵席。過去筵席一般以九個簋盛九種菜餚為最隆重，故稱。

《廣韻》居洧切。《韓非子》："飯於土簋，飲於土鉶。"《詩經·秦風·權輿》："於我乎，每食四簋。"

滾 guen²

❶ 動詞。（水）開，沸騰：～水[開水]｜水～喇[水開了]｜凍～水[涼開水]。

【滾瀉】guen² sé² 粥、湯、水等噗出，溢出。

❷ 動詞。在開水裏略煮：～魚片湯[汆魚片湯]｜～過啲筷子[把筷子煮一煮]。❸ 形容詞。熱，燙：佢發燒，額頭好～[他發燒，額頭很燙]｜～熱辣[（所煮的東西）滾燙]。❹ 動詞。攪：佢有意～濁啲水[他有意把水攪渾]。

【滾攪】guen² gao² 客氣話。打擾，打攪：～晒［打擾了］｜成日嚟～，真係唔好意思［經常來打攪，真不好意思］。

❺ 動詞。揚起（塵土）：架車～起一埲塵［那車揚起一陣塵土］。❻ 動詞。騙取：畀人～咗錢［給人騙了錢］｜～友［騙子］。

【滾紅滾綠】guen² hung⁴ guen² lug⁶ 1. 花言巧語騙人：咪聽佢～，冇句真嘅［別聽他胡吹亂扯，沒有一句是真的］｜佢喺度～等人上當［他在這裏花言巧語忽悠人，讓人上當］。2. 搗亂，亂搞：就係佢喺度～搞膈（wo⁵）晒［就是他在這裏搗亂把事情攪壞了］。

本義為大水奔流的樣子。《廣韻》古本切。《集韻》："大水流貌。"又特指水開。宋·龐元英《談藪》："俗以湯之未滾者為盲湯，初滾曰蟹眼，漸大曰魚眼。"

棍（諢）guen³

動詞。騙取，騙：～騙［哄騙］｜～錢｜畀人～［給人騙］。

借用字。粵劇《十五貫》第六場："定係出在棍騙賭徒，施其賭騙伎倆。"

有用"諢"字。諢，《廣韻》九峻切，"欺言"。應為本字。

有用"捃"字。《玉篇》居運切，"拾也"。廣州話與此不合，故不採用。

掬 gug¹

動詞。❶ 憋，努，鼓：～住泡氣［憋着一股氣］｜～到面都紅晒［（憋氣）憋得臉都紅了］｜成百斤重嘅嘢，佢一～就托上髆［上百斤重的東西，他一努就扛上肩膀］。

【掬氣】gug¹ héi³ 憋氣，受氣：喺嗰度做嘢好～嘅［在那裏幹活很憋氣］。

❷ 催，促使（快長）：落啲化肥～猛佢［下點化肥催它快長］｜～肥隻豬［把豬催肥］。

【掬奶】gug¹ nai⁵ 1. 乳房因奶水過多而發脹。2. 為產婦催奶。

傳統方言字。夢餘生《新粵謳解心·斬纜》："嚟遲一步，就掬起胞（泡）膶。"

趜 gug¹

【趜腳】gug¹ gêg³ 鞋小夾腳難受：鞋細會～㗎［鞋小會擠腳的］。
《集韻》居六切。《說文》："窮也。"《集韻》渠尤切，"足不伸也"。

焗 gug⁶

❶ 動詞。燜：～飯｜～茶［泡茶］。❷ 動詞。在密封的爐子裏烘烤：～魚｜鹽～雞。❸ 動詞。熏（隱藏着的動物）：～蛇｜～老鼠｜用硫磺～。❹ 形容詞。悶（空氣不流通），悶熱：間房冇窗，好～［這屋沒有窗，很悶］｜今日咁～，落雨定喇（la³）［今天這麼悶熱，一定會下雨］。

【焗腳】gug⁶ gêg³ 鞋捂腳：對鞋唔透氣，～［這雙鞋不透氣，捂腳］。

【焗雨】gug⁶ yü⁵ 天氣悶熱，烏雲密佈，將要下雨。

❺ 動詞。強迫，迫使：～佢出錢［迫使他出錢］｜～住要噉做［被迫要這樣做］。

【焗住嚟】gug⁶ ju⁶ lei⁴ 被迫而為，不得已而為：呢篇文章大家要我寫，我就～係啦［這篇文章大家要我寫，我只好勉為其難了］。

傳統方言字。

癐 gui⁶

形容詞。累，疲勞：行到～晒［走得很累］｜～就唞下啦［累了就歇一下吧］。

【癐矺矺】gui⁶ lai⁴ lai⁴ 全身疲倦的樣子：我全身～，唔想郁［我整個人累得不得了，不想動］。

癐，《玉篇》巨會切，"病也"。廣州話為借用字。

捐（蜎） gün¹

動詞。鑽：條蛇～咗入窿［蛇鑽進洞裏去了］｜籬笆咁疏，狗都～得入嚟［籬笆那麼疏，狗都能鑽進來］。

【捐窿捐罅】gün¹ lung¹ gün¹ la³ 1. 形容找遍旮旮旯旯：～都搵唔到［找遍了都找不到］。2. 引申指人善於找門路，鑽空子。

G

《廣韻》與專切。《說文》:"棄也。"廣州話為借用字。夢餘生《新粵謳解心·蝴蝶夢》:"蝶呀，你在夢中，點去捐得薔薇架？"

有用"蜎"字。《廣韻》烏玄切。《字彙》:"蟲行貌。"或為本字。

貢 gung³

做某些重疊動詞的詞尾，表示動作持續進行：岌岌～[搖來晃去]｜嘟嘟～[動來動去]｜震震～[抖個不停；動個不停]｜阻阻～[礙手礙腳，老是妨礙着]。

同音借用字。

揁 gung³

動詞。❶鑽：～枱底[鑽桌底]｜老鼠～入窿[老鼠鑽進洞]。

❷爬，拱，冒：～嚟～去[爬來爬去]｜天一黑就～上牀｜兩頭～[兩邊拱]｜一落雨，黃蟮就～晒出嚟[一下雨，蚯蚓都冒出來了]。

揁，同"扛"。廣州話為借用字。

又有用"貢"字，亦借用字。

H

蝦 ha¹

動詞。欺負：恃勢～人｜唔好～佢[不要欺負他]｜邊個～邊個都唔啱[誰欺負誰都不對]。

【蝦霸】ha¹ ba³ 1. 欺負：成日～同學[整天欺負同學]。2. 橫行霸道：唔准你咁～[不允許你橫行霸道]｜佢周圍蝦蝦霸霸終有一日會撞板[他到處橫行霸道始終要倒霉]。

【蝦人蝦物】ha¹ yen⁴ ha¹ med⁶ 橫行霸道，到處欺負別人：請你遵守規矩，呢度唔到你～［請你遵守規矩，這裏不允許你橫行霸道］。

傳統方言字。夢餘生《新粵謳解心．洋遮》："咪估話佢地係男人，就蝦得你地女流。"

瘕 ha¹

哮喘：扯～［哮喘］｜搵～［哮喘］。

【瘕淋咳嗽】ha¹ lem⁴ ked¹ seo³ 久咳不止：你～唔睇醫生唔得咯［你久咳不止不找醫生看看不行啊］。

《集韻》虛加切，"喉病"。

有作"痄"。痄，是"瘕"的異體字。

吓 ha²

嘆詞。❶ 應聲：～，我喺呢度［欸，我在這裏］。❷ 表疑問，質問：邊個叫你嚟㗎，～［誰叫你來的，啊］？｜你想做乜嘢，～［你要幹甚麼，啊］？❸ 表驚歎：～，噉都得［啊，這也成］！｜～，畀佢得咗嚙［啊，給他成功了］！❹ 表徵求意見：噉樣得唔得呢，～［這樣行不行呢，啊］？｜聽日至去啦，～［明天才去吧，啊］？

傳統方言字。

莢 hab³（**讀音** gab³）

❶ 名詞。菜幫：菜～。❷ 量詞。用於菜葉：一～白菜［一張白菜葉］。

《廣韻》古協切。《説文》："艸實。"《廣雅》："豆角謂之莢。"廣州話為借用字。

揩 hai¹

動詞。蹭，擦：～咗一身灰［蹭了一身灰］｜你隻手咁邋遢，咪～埋牆度［你的手那麼骯髒，別往牆上擦］｜兩架車輕輕～咗一下［兩輛車輕輕蹭了一下］。

【揩油】hai¹ yeo⁴⁻² 原比喻佔女人便宜。現向普通話靠攏，也指佔別人、公家的便宜。

《廣韻》口皆切，"摩拭"。《廣雅》："磨也。"

嗤 hai⁴

形容詞。❶ 粗糙：粗～｜木板冇刨過，好～［木板沒刨，很粗糙］。❷ 澀：條脷好～［舌頭很澀］。

【嗤澀澀】hai⁴ sab⁶ sab⁶（又音 hai⁴ seb⁶ seb⁶）（澀，讀音 seb¹）粗粗的，粗糙的：落田多，對手梗係～啦［下田勞動多，雙手肯定是粗糙的］｜張紙～，唔寫得字［紙太粗糙，寫不了字］。

【口嗤脷素】heo² hai⁴ léi⁶ sou³ 口淡而澀：呢兩日～，唔想食飯［這兩天嘴巴又淡又澀，不想吃飯］。

新創字。

喊 ham³

動詞。❶ 哭：嘟啲就～［動不動就哭］｜～得好淒涼［哭得很傷心］～包［愛哭的小孩］。

【喊噉口】ham³ gem² heo² 形容人將要哭的樣子，哭喪着臉：咪碰到困難就～［不要一碰到困難就哭喪着臉］。

❷ 叫喊，呼喊：～苦｜～冤。

【喊驚】ham³ géng¹ 叫魂。迷信者認為，小孩患的某些疾病是靈魂離開身體所致，大人晚上到野外呼喊病孩名字可招回其靈魂，治好疾病。

《廣韻》呼覧切。《方言》："聲也。"《三灶民歌·同你唱到月落山》："你喊我唱歌有乜難，……今時同你唱到月落山。"

鹹 ham⁴

形容詞。❶ 指衣服或身體髒，尤指汗味濃：又～又臭｜件～衫要洗咯［這件髒衣服要洗了］｜搞到成身～晒［弄到滿身汗味］。❷ 下流的，色情的，淫穢的。"鹹濕"的省說：～書［黃色書刊］｜～片［色情電影，淫穢錄影帶、影碟］｜～蟲［好色的人。多指男性］。

【鹹濕】ham⁴ seb¹ 1. 色情的，淫穢的：～佬 [色鬼] │～鬼 [色鬼]。2. 諧謔語。不地道的，不標準的：我嘅～普通話你哋聽得懂嗎 [我的不標準普通話你們聽得懂嗎]？

❸ 有關國外的、境外的：～水貨 [外來貨，進口貨]。

【咸龍】ham⁴ lung⁴⁻² 港幣（詼諧的說法，現已少用）。

❹ 指與海水有關的事物：～水魚 [海魚] │～水草 [一種長在海邊的水草]。

【咸水歌】ham⁴ sêu² go¹ 水上居民（蛋民）的情歌，現已成為流行於珠江三角洲一帶的一種民歌。

傳統方言用字。

H

慳 han¹

❶ 形容詞。省儉，節省：～儉 [省儉，節儉] │佢自己好～，幫人就好大方 [他自己很省儉，幫助別人就很大方] │呢個計劃最～㗎喇 [這個計劃是最節省的了]。❷ 動詞。節省，節約：佢～埋啲錢都攞嚟做慈善 [他省下的錢都用來做慈善事業] │呢架車好～油 [這輛車很省油] │你唔要我就～翻 [你不要我就省下了]。

【慳皮】han¹ péi⁴⁻² 省錢，經濟（皮：錢款）：買咁少少，夠～咯 [才買這麼點，太省了] │呢次旅遊總共使咗千零文，夠晒～ [這次旅遊一共花了千把塊錢，夠省的]。

傳統方言字。《廣韻》苦閑切，："悋也。" 廣州話與此不同。夢餘生《新粵謳解心·百花生日》："呢啲無謂花銷，慳得就唔着咁放縱。"

坑 hang¹

名詞。溝：山～ [山澗] │挖一條～。

【坑渠】hang¹ kêu⁴ 溝渠，下水道。包括"明渠"（陽溝）和"暗渠"（陰溝）：～鴨 [比喻滿身骯髒的小孩]。也叫 "溝渠 keo¹ kêu⁴"。

《廣韻》客庚切。《玉篇》："壍也；壑也。"

姣 hao⁴

形容詞。騷，浪，淫蕩（僅用於女性）：～婆［浪蕩風騷的女人］｜發～［發騷］｜咪咁～啦［別那麼浪了］。

【姣氣】hao⁴ héi³ 威風（詼諧的說法）：發下～［抖抖威風］｜冇晒～［滅了威風］。

【姣屍扽篤】hao⁴ xi¹ den³ dug¹ 形容風騷女人走路一搖三擺的神態。

《集韻》後教切，"淫也"。《玉篇》户交切，"婬也，妖媚也"。《左傳·襄公九年》穆姜曰："棄位而姣，不可謂貞。"清·屈大均《廣東新語》卷十一："（廣州）謂淫曰姣。姣音豪。"

吪 hé²

嘆詞。要求對方同意或回答：唔係噉嘅啫，～［不是這樣的，啊］？｜噉樣穩陣啲，～［這樣穩妥一點，啊］？｜呢本小說好好睇～［這本小說很好看啊］？

《正字通·口部》："吪，吃本字。"廣州話為借用字。

揳 hé³

動詞。❶ 扒開：雞乸～泥［母雞扒土］｜～開啲禾稈曬曬佢［把稻草扒開曬曬］。❷ 敞（胸）：～開心口［敞開胸膛］。

【咧揳】lé⁴ hé³ 見"咧 lé⁴"條。

揳同"拚"，本義為捨棄、不顧惜。廣州話為借用字。

嘁 hê¹

動詞。❶ 嘘，起哄：～佢［嘘他］｜呢度啲觀眾一味～客隊［這裏的觀眾一味對客隊起哄］。❷ 引申為喝倒彩：佢啱表演就畀人～［他剛表演就被人喝倒彩］。

《廣韻》許肥切，"嘁，《道經疏》云：吐氣聲也。"

另見"嘁 hê⁴"。

嘁 hê⁴

哈氣：～咗一啖氣［哈了一口氣］。

【氣嘁嘁】héi³ hê⁴ hê⁴ 氣喘吁吁：走到佢～［跑得他氣喘吁吁］。

【嘁哆】hê⁴ dê¹ 喇叭（市區已少用）：～嘜嘅嘴［喇叭樣的嘴唇］｜～花［喇叭花］。
《集韻》："吐氣也。"
另見"嘁 hê¹"。

恰 heb¹

動詞。欺負：冇人敢～佢［沒人敢欺負他］。
借用字。

瞌 heb¹（讀音 heb⁶）

動詞。❶ 閉眼，合眼：～埋眼［閉上眼睛］｜成晚未～過眼［一宿沒合過眼］。❷ 小睡，打盹兒，眯眼：我想～一陣［我想打個盹］｜～一下啦［眯一會兒吧］｜～着咗［打瞌睡睡着了］。
【瞌眼瞓】heb¹ ngan⁵ fen³ 打瞌睡：呢個講座大家聽到～［這個講座大家聽到打瞌睡］。
《集韻》克盍切，"欲睡貌"。

熆 heb⁶

形容詞詞尾。火熱的樣子。
【熨熆熆】hing³ heb⁶ heb⁶ 見"熨 hing³"條。
《廣韻》侯夾切，"火熆"。《集韻》轄甲切，"火貌"。
有作"熻"。熻，《廣韻》許及切。《玉篇》："熱也。"

喺 hei²

❶ 動詞。在：我～屋企［我在家裏］｜趁大家都～度，我有件事要講講［趁大家都在這裏，我有一件事要說說］。❷ 介詞。在，於：我～樓下等你｜生～嗰個年代嘅人都經歷過艱苦［生於那個年代的人都經歷過艱苦］。
傳統方言字。

餼 héi³

動詞。給禽畜餵食：～雞｜～豬。

本義為贈送給客人的糧食。《廣韻》《集韻》許既切。《説文》:"餼客芻米也。"《玉篇》:"餼餉也。"廣州話意思有轉變。

坎 hem²

❶ 名詞。坑穴，垵(ǎn)：掘~種樹[挖坑種樹]。❷ 名詞。臼：舂米~。❸ 量詞。1. 臼(用於臼所舂的米)：一~米。2. 門(用於大炮)：十幾~炮。

《廣韻》苦感切，"險也，陷也"。

扻 hem²

動詞。磕碰：~親個頭[碰着頭] | ~爛咗個碗[磕破了碗]。

【扻頭埋牆】hem² teo⁴ mai⁴ cêng⁴ 把頭向牆上碰撞，表示極度後悔，也比喻自討苦吃。

《集韻》苦感切，"擊也"。

墈 hem³

名詞。碼頭：移船就~[移動船隻靠近碼頭。比喻採取主動配合對方。]

本義為陡岸。《集韻》苦紺切，"坎，險岸，或從勘"。廣州話是引申義。

冚 hem⁶

形容詞。❶ 嚴密，嚴實(兩物接合得緊密)：煲蓋掹唔~[鍋蓋蓋不嚴] | 閂~度門[把門關嚴]。❷ 全部，統統：~啲都有[全體都有]。

【冚㨋唥】hem⁶ bang⁶ lang⁶ 全部；通通：~答對晒[全部回答正確] | 你哋~跟我嚟[你們通通跟我來] ~有幾多？

【冚家鏟】hem⁶ ga¹ can² 罵人的話。全家死光的意思。

傳統方言字。

痕 hen⁴

形容詞。癢：成身～[周身癢]｜捹～[撓癢癢]。

【口痕】heo² hen⁴ 嘴巴癢癢，指人愛説話：佢好～，乜都要插嘴[他總是嘴巴癢癢的，甚麼都要插嘴]。

本義指傷疤。廣州話為借用字。

恨 hen⁶

動詞。❶ 悔恨：呢次考試唔及格，佢～到成晚瞓唔着[這次考試不及格，他悔恨得一宿沒睡]。

【恨錯】hen⁶ co³ 悔恨：到時你～就遲喇[到時你悔恨就晚了]。

❷ 渴望，巴望，巴不得：好～見到佢[很想見到他]｜大家都～你早日成功[大家都巴望你早日成功]｜～佢快啲走[巴不得他快點走]。❸ 羨慕，喜歡：呢度環境咁好，邊個都～呀[這裏環境這麼好，誰都羨慕呀]｜我最～食芒果喇[我最喜歡吃芒果了]｜你啲嘢又曳又貴冇人～[你的東西又賴又貴沒人喜歡]。

【恨死隔籬】hen⁶ séi² gag³ léi⁴ 讓別人十分羨慕：你間屋又平又夠大，真係～咯[你的房子又便宜又夠大，真讓人羨慕死了]。

本指後悔、遺憾。《廣韻》胡艮切。《荀子·成相》："不知戒，後必有恨。"楊倞注："恨，悔。"

❷❸ 義的"恨"是借用字。夢餘生《新粵謳解心·頹靚仔》："自古年少風流，邊個話唔恨。"《三灶民歌》："阿哥呀！人妻生得要(漂亮出眾)時你莫恨，你妻咩，醜醜你莫厭。"

摼 heng¹

動詞。敲打，搕：唔聽話就～頭殼[不聽話就敲腦袋]｜～煙斗。

摼，《廣韻》口莖切，"撞也"。《集韻》："擊鐘。"

衡 heng⁴

形容詞。❶(繃)緊：條繩拉～啲[繩子繃緊點]｜鼓面就係要嗌到～[鼓面就是要繃得緊緊的]。❷ 引申為催緊、不放鬆：你同我催～佢［你給我催緊他］｜未收嘅貨款要追～至得［未收回的貨款要抓緊催促才行］。

【……衡晒】……heng⁴ sai³ 用在動詞後面，表示該動作正在緊張進行：咪催～［別老催着人］｜呢個產品各種廣告正吹～［這個產品各種廣告正在大力宣傳］。

❸ 鼓脹：泵～個波［給球打足氣］｜單車泵氣咪太～［自行車打氣不要打得太鼓］。❹ 轉速快：個轆轉得好～［車輪轉得很快］。

同音借用字。

响 hêng²

動詞。在。同"喺"(hei²)。

借用字。

吼 heo¹（讀音 heo³）

動詞。❶ 盯住，看住：～住啲豬，唔好畀佢入菜地［看着那些豬，不要讓它進菜園子］｜～住嗰條友［盯着那傢伙］。❷ 注意：～住你嘅荷包呀［注意你的錢包啊］。

【吼機會】heo¹ géi¹ wui⁶ 尋找機會，等候時機：畀佢吼正機會發展起嚟［被他抓準機會發展起來］｜因住佢～報復你［小心他找機會報復你］。

❸ 看，張望：你去～下佢喺度做乜［你去看看他在幹甚麼］。

❹ 看上，想要：呢啲曳嘢冇人～［這些次貨沒人想要］｜佢專～呢啲處理品［他專要這些處理品］。

【吼斗】heo¹ deo² 感興趣，光顧：邊個都唔～［誰都不感興趣］。

❺ 等待（時機）：～門衛唔注意溜咗出去［待門衛不在意時溜了出去］。❻ 追求（異性）：～女。

為借用字。

有用"睺"字。《廣韻》户鉤切，"半盲"。含義不合，不予採用。

墟 hêu[1]

鄉鎮集市：趁～[趕集]｜～場[集市所在地]｜～日[集日，逢集]｜三日一～。

【墟吧嘈閉】hêu[1] ba[1] cou[4] bei[3] 像集市那樣吵鬧，形容很多人在大聲吵鬧：嗰度咁多人～，發生乜嘢事呀[那裏那麼多人吵吵鬧鬧，發生了甚麼事]？

【墟冚】hêu[1] hem[6] 1. 人多吵鬧：隔籬係街市，成日都咁～[隔壁是菜市場，整天都那麼嘈雜]。2. 熱鬧：書展真～，迫滿人[書展真熱鬧，擠滿了人]。3. 張揚：咪得啲成績就咁～啦[別有點成績就那麼張揚啊]。

傳統方言字。清·郭徽之《羊城竹枝詞》："流過鵝潭水便清，瓜皮如駛浪花輕。魚墟漸遠花墟近，隱約樓台幾處明。"粵劇《十五貫》第一場："明早出墟買豬亦要請佢幫助。"

H

怯 hib[3]

動詞。用指甲掐：～下啲菜睇老唔老[掐一下這些菜看老不老]。同音借用字。

瞸 hib[3]

動詞。閉眼：成晚未～過眼[一宿都沒有閉眼]｜憑喺處～一下啦[靠着眯一下吧]。

《廣韻》呼牒切。《集韻》"目閉"，又"閉目"。

挈 hid[3]

【帶挈】dai[3] hid[3] 1. 提攜，關照：你發達咗，就要～下大家喇[你發跡了，可要提攜大家啊]。2. 連帶，使沾光：人家請你食飯，～我哋[人家請你吃飯，連我們也沾光了]｜養豬～狗[俗語。養豬使狗也沾光得食]。

《廣韻》苦結切。《西遊記》第四十四回："那豬八戒睡夢裏聽見說吃好東西就醒了，道：'哥哥，就不帶挈我些兒？'"

鱇 hin[3]

名詞。芡，烹飪時用澱粉調成的濃汁。

【打鍵】da² hin³ 勾芡：炒黃瓜唔使～［炒黃瓜不用勾芡］｜啲湯要打個～［湯裏要加點芡］。

原義為乾麵餅。廣州話為借用字。

熨 hing³

❶ 動詞。烤熱：～乾件衫［把衣服烤乾］｜～熱煲水［把鍋裏的水煮熱］。❷ 形容詞。溫度高，熱，燙：鐵皮屋梗係～啦［鐵皮房子肯定是熱的］｜佢成身～晒，病喇［他全身發熱，病了］。

【熨焓焓】hing³ heb⁶ heb⁶ 1. 熱烘烘，熱辣辣：間屋曬到～，唔入得去［房子曬得熱烘烘的，呆不住］。2. 頭腦不冷靜：佢嗰陣時～，根本唔聽勸［他那時腦子發熱，根本不聽勸］。

❸ 動詞。熱乎，來勁：佢～起嚟就幾好嘅［他勁頭來的時候還算不錯］。❹ 形容詞。熱鬧：會場好～［會場很熱鬧］。

《集韻》棄挺切，“火乾出也”。《玉篇》許靳切，“炙也”。有作“熨”。熨，《集韻》卑遙切，“輕脆也”。音義與此不合，不予採用。

曷（鶡）hod³

形容詞。腥臭：腥～｜又腥又～。

曷，《廣韻》胡葛切。《說文》：“何也。”廣州話為借用字。有作“鶡”。“鶡”應係本字，《廣韻》許葛切，“犬臭氣”。

喝 hod³

動詞。鋼（gàng），鐾（把刀在石、缸沿等上面用力摩擦幾下，使鋒利）：把刀唔利，～下佢啦［刀不鋒利，鋼一鋼吧］。

同音借用字。

殼 hog³

❶ 名詞。勺子，瓢：飯～［飯勺］｜湯～［湯勺］｜水～［瓢］｜銅～。❷ 量詞。勺，瓢：一～粥［一勺粥］｜一～水［一瓢水］。

傳統方言字。

熇 hog³

動詞。隔火烘烤：～乾啲魚仔 [把小魚放在鍋裏烤乾]。

《廣韻》胡沃切。《説文》："灼也。"

粠 hong²

❶ 名詞。陳米的氣味：～米 [有霉味的米] | 啲米～嘅 [這米有霉味了]。❷ 形容詞。缺乏油脂：一到天冷我隻手就會～ [一到冷天我的手就會乾燥] | 幾日冇肉食，個肚～晒 [幾天沒肉吃，肚子裏都沒油水了] | 個鑊幾日冇炒菜，～晒 [這鐵鍋幾天沒炒菜，一點兒都不油潤了]。

H

【粠耳】hong² yi⁵ 習慣認為，人的耳朵耳道分泌黃色黏液的叫"油耳"，不分泌這種黏液的叫"粠耳"。

❸ 形容詞。引申指錢少：荷包～ [缺錢] | 做呢啲嘢好～嘅噃 [幹這活兒沒有油水的啊]。

《廣韻》户公切。《説文》："陳臭米。"

有作"粇"。粇，《集韻》丘岡切，"穅，或作糠、粇。"廣州話音義俱不合，故不採用。

炕 hong³（**讀音** kong³）

動詞。❶ 烤烘：～乾件衫 [把衣服烘乾] | ～麵包。❷ 晾放，攤晾：將番薯乾～喺個篩度 [把薯乾攤晾在篩子上] | 唔揿被～喺度好易冷親㗎 [不蓋被子躺着很容易着涼的]。

【炕沙】hong³ sa¹（船隻）擱淺。

《廣韻》苦浪切。《説文》："乾也。"段玉裁注："謂以火乾之也。"

項（𪂴） hong⁶

【雞項】gei¹ hong⁶⁻² 尚未生蛋的小母雞。

傳統方言字為"𪂴"，現多改用"項"。項，為同音借用字。"雞項"是古越語底層詞。壯語"小母雞"讀 kai⁵ ha:ng⁶。

熇 hug6

形容詞。酷熱，熱氣蒸人：一開窗，外面一朕熱氣，好～呀[一打開窗戶，外面一股熱氣，熱得很]｜廚房啲熱氣～得犀利[廚房的熱氣蒸得厲害]。

《集韻》呼木切。《廣韻》火酷切，"熱也"。《説文》："火熱也。"

又作"焅"。焅，《廣韻》苦沃切，"熱氣"。《説文》："旱氣也。"

酷 hug6

動詞。鼓動，嗾使：～狗打交[嗾狗打架]。

同音借用字。

蠔 hün2

【黃蠔】wong4 hün2 蚯蚓。

蠔，《廣韻》休謹切，又盧偃切，蚯蚓也。《集韻》許偃切，"寒蠔，蟲名，蚯蚓也。"

嗅 hung3（讀音 ceo3）

動詞。聞，嗅：隻狗圍住嗰堆嘢～嚟～去[狗圍着那堆東西嗅來嗅去]。

《集韻》香仲切，"鼻審氣也"。清·屈大均《廣東新語》卷十一："（廣州）以鼻審物曰嗅，許用切。"

有用"齅"字。齅，《玉篇》喜宥切，"以鼻就臭也"。

哄 hung6

❶ 名詞。水銹、汗鹼等痕跡：背心上面有笪～[背心上有一片汗鹼]｜窗簾嗰笪～好難洗[窗簾那塊水銹很難洗]。❷ 名詞。日暈，月暈：熱頭有個～[太陽有日暈]。❸ 動詞。圍攏，圍聚：咁多人～喺度唔知做乜[那麼多人圍在一起不知幹甚麼]?｜～埋去睇下[走過去看看]。

同音借用字。

J

蝨ji¹

名詞。一些微小的昆蟲或寄生蟲的泛稱，包括雞虱、蚜蟲等：蚊～[小咬，蚋、蠓、蚊等微小吸血飛蟲的泛稱]｜水～[水蚤等微小水生浮游生物]。

【生蝨】sang¹ ji¹ 1. 人或動物皮膚上長了寄生蟲：～貓｜～狗[癩皮狗]。2. 植物滋生了蚜蟲等微小寄生蟲。

傳統方言字。

至ji³

副詞。❶才，再：噉～得㗎[這樣才行]｜等陣～到你[等會兒才到你]｜食完飯～睇戲[吃完飯才看戲]。

【至得】ji³ deg¹ 才行，才成：大家要團結～｜呢次要你親自去～[這次要你親自去才行]。

❷最：～曳係佢[最糟糕是他]｜～怕佢唔應承[最怕他不答應]。

【至多】ji³ do¹ 大不了，頂多是：使乜噉呀，～我唔要係啦[何必這樣，大不了我不要就是了]｜繼續做落去，～我再加多啲本錢[繼續幹下去，頂多是我再下點本錢]。

【至好】ji³ hou² 1. 才好：你要小心～。2. 最好：～由佢出面[最好由他出面]｜～係噉啦[最好是這樣]。3. 才能夠：水滾～沖茶[水開了才能夠沏茶]｜準備好～開始。4. 但願，希望：～唔係你[但願不是你]。

借用字。

自ji⁶

助詞。先別……，暫且（不）：咪行～[先別走]｜未得～[還不行]｜而家唔講～[現在暫時不說]。

【一自】yed¹ ji⁶ 一邊……：唔好～行路～玩手機[不要一邊走路一邊玩手機]｜～睇牛～讀書[一邊放牛一邊看書]。

【一自自】yed¹ ji⁶ ji⁶ 逐漸，漸漸地：水～漲｜佢～行遠咗［他漸漸地走遠了］。
借用字。夢餘生《新粵謳解心．春花秋月（之一）》："春呀，你唔好去自。"

㵣 jid¹
動詞。❶ 擠壓使液體噴射：大家用水槍鬥～［大家用水槍互相噴射］。❷ 濺：汽車飛快駛過，～到我成身水［汽車飛快駛過，濺得我一身水］。
㵣，廣州話為借用字。

嘰 jid¹
動詞。胳肢，抓撓別人使發癢：我好怕～［我很怕被胳肢］｜～到佢碌地［胳肢得他在地上打滾］。
新創字。
有作"擳"。擳，《漢語大字典》："同'㦰（截）'"。廣州話與之音義俱不合，不採用。

跡 jig¹
藍圖，設計圖：起屋先畫～［蓋房子先畫藍圖］｜呢個～要重新畫過［這個設計圖要重畫］。
英語 chart 的音譯。

漬 jig¹（讀音 ji³）
污垢：汗～｜茶～［茶銹］｜生～［長了污垢］。
《廣韻》疾智切。《漢語大字典》："積在物體上面的垢跡。"

癪 jig¹
名詞。疳積：生～。
【癪滯】jig¹ zei⁶ 消化不良。
傳統方言字。

占 jim¹

名詞。果醬。又叫“果占 guo² jim¹”。

英語 jam 的音譯。

占（粘） jim¹

名詞。占米（包括粳米、秈米），黏性較小的米：油～（一種優質秈米）｜銀～（一種較好的秈米）。

傳統方言用字。

占稻是十世紀後從越南占城引進的優良稻種，其米叫“占米”。占米，近年多誤寫作“粘米”。

櫼 jim¹

動詞。打入楔子，插入：～榫口［用楔子接牢榫口］｜～隊［加塞兒（不守秩序隨意插進排好的隊）］。

【櫼頭對腳】jim¹ teo⁴ dêu³ gêg³ 兩人同牀，各睡一頭。

《集韻》將廉切。《說文》：“楔也。”段玉裁注：“木工於鑿枘相入處，有不固，則斫木札楔入固之，謂之櫼。”

揃 jin¹

動詞。把貼附在其他物體上的薄東西完整地撕、剝下來：將牆上面過咗期嘅公告～落嚟［把牆上過期的公告撕下來］｜將嗰張郵票～畀我啦［把那張郵票撕給我吧］｜～牛皮［剝牛皮］。

《廣韻》即淺切。《說文》：“搣也。”廣州話為借用字。

有用“煎”字，為同音借用。

腱 jin²

名詞。人和豬牛羊等的腱子肉：牛～［牛腱子］。

【手瓜起腱】seo² gua¹ héi² jin²（人）胳膊上展現出腱子，顯示身強力壯。

傳統方言字。

薦 jin³

動詞。墊：～褥［褥子］｜木箱下面要～一塊板｜～平張枱［把桌子墊平］。

【薦高枕頭】jin³ gou¹ zem² teo⁴ 把枕頭墊高（要對方認真考慮時用）：噉做啱唔啱，你～想想啦［這樣做對不對，你認真想想吧］。又說"膝高枕頭 xib³ gou¹ zem² teo⁴"。

薦，《廣韻》作甸切，"薦席"。廣州話在這裏是由名詞轉化為動詞。

噍 jiu⁶

動詞。嚼：～唔郁［嚼不動］｜～爛啲［嚼爛點］。

噍，同"嚼"。《廣韻》才笑切，"嚼也"。《說文》："齧也，又作嚼。"《論衡·道虛》："口齒以噍食，孔竅以注瀉。"普通話一般用於文言文或書面語中；廣州話多用於口語。

撨 jiu⁶

動詞。狠揍，痛打：畀人～咗一餐［給人狠揍了一頓］｜～到佢腍［把他揍癟］。

《集韻》子小切。《說文》："拘擊也。"段玉裁注："拘止而擊之也。"

有作"撨"。撨，《廣韻》蘇彫切，"擇也"。廣州話與之音義不合，不採用。

啜 jud¹

動詞。❶ 吸飲，吸食。❷ 親吻：～一啖［親一下］。

《說文》："啜，一曰喙也。"喙，指鳥獸的嘴，也借指人的嘴，與"吻"意思相通。廣州話這裏是由名詞轉為動詞。

J

K

楷 kai²

量詞。用於柚子、柑橘瓣兒：一～碌柚［一瓣柚子］。

借用字。

揩 kai⁵

介詞。廣州老城區少用。

❶ 將，把：～啲雪梨榨汁［將那些雪梨榨汁］｜成日～我嚟出氣［整天把我來出氣］。❷ 用：呢個架係～廢料鬥嘅［這個架子是用廢料拼合的］｜豆腐～嚟點煮［豆腐用來怎麼煮］？

《集韻》下介切，"持也"。

有用"揩"的。明·木魚書《二荷花史·書館傳神》："畫就把來輕一看，只覺精神生動要飛揚。就時揩入房中去，貼在深深臥榻旁"。揩，《廣韻》口皆切，"摩拭"。廣州話與之不合，不採用。

茄 ké¹（讀音 ké², ga¹）

【茄喱啡】ké¹ lé¹ fé¹ 指無關重要的角色。

【茄士咩】ké¹ xi⁶ mé¹ 開士米，用山羊絨製成的毛線或織品。英語 cashmere 的音譯。

記音、譯音用字。

屙 ké¹

❶ 名詞。屎的俗稱。❷ 形容詞。劣，差，次（低俗的說法）：佢呢方面嘅水準好～㗎［他這方面的水準很低的］。❸ 比較低俗的口頭禪。沒有實際的詞彙意義，但帶有不滿、輕蔑的感情色彩。女性多用：唔～去［不去］｜咪～睬佢［別睬他］！

傳統方言字。廣州話的"屙"與侗台語有同源關係，壯語叫

hai⁴、khi³，黎語叫 ha:i³。屎叫"屙"是古越語底層詞。

抾 kê¹

動詞。採，揉搓成團：～咗張紙［把紙揉了］｜～成一嚿［採成一團］。

《廣韻》去其切。《集韻》丘於切。《玉篇》："兩手把也。"《廣雅》："去也。"

跔 kê⁴

形容詞。手足凍僵：凍到手都～晒［凍得手都僵了］｜手～腳凍。

《廣韻》舉朱切。《說文》："天寒足跔也。"段玉裁注："跔者，句曲不伸之意。"

有用"痀"字。痀，《廣韻》舉朱切。《說文》："曲脊也。"廣州話方言義與此近似。

扱 keb¹

動詞。罩上，蓋住，扣着：攞紗罩～實啲餸［拿紗罩把菜罩上］｜～冚啲［蓋嚴點］。

【扱印】keb¹ yen³ 蓋章。

《廣韻》楚洽切，"取也，獲也，舉也，引也"。《說文》："收也。"廣州話為借用字。

又見"扱 keb⁶"。

扱 keb⁶

【倒扱】dou³ keb⁶ 嘴巴閉合時，下齒比上齒靠前。

借用字。

又見"扱 keb¹"。

㧾 keb⁶

動詞。狗吃東西，轉指狗咬人：畀狗～咗一啖［給狗咬了一口］。

《廣韻》楚洽切，"狗食"。《集韻》測洽切，"犬食也。"

眍 keb⁶

動詞。目不轉睛地盯着，監視：～實佢［盯着他］。

新創字。

咳 ked¹

動詞。使中斷，刪節：呢段話～咗佢［這段話刪掉它］。

是英語 cut 的音譯。

咭 ked¹

名詞。名片：～片［名片］。

是英語 card 的音譯。

另見"咭 ged¹"。

K

㗎 keg¹

❶ 名詞。坎兒：擔挑兩頭都有～［扁擔兩頭都有坎］｜頭髮飛成一個～［頭髮剪出一個坎］。❷ 動詞。卡（qiǎ）住：櫃桶～住拉唔出［抽屜卡住拉不出來］。

【㗎手】keg¹ seo² 棘手，難辦：呢件事好～［這件事很難辦］｜佢碰到唔少～事［他碰到不少棘手事］。

新創字。

契 kei³

❶ 動詞。乾親：～爺［乾爹］｜～媽［乾媽，乾娘］｜～仔［乾兒子］｜～家［有乾親關係的雙方互稱］。

【契細佬】kei³ sei³ lou² 乾弟弟。不叫"契弟"，"契弟"是罵人語。

❷ 認乾親：～佢做女［認他做乾女兒］｜佢嘅仔～畀我［我認他的兒子做乾兒子］｜上～［認乾親（通過某種儀式）］。

❸ 罵人的話：～弟［男妓；王八蛋］｜～家佬［情夫］｜～家婆［情婦］｜老～［姘頭］。

本義為邦國之間的契約。《廣韻》苦計切。《說文》："大約也。"《玉篇》："券也。"《漢語大字典》："切合，投合"；"感情志趣投合的朋友"。廣州話為借用字。夢餘生《新粵謳解心·斬纜》："不若你當我係眾人老契，我亦當你係水流柴。"

企 kéi5-2

名詞。家：翻～［回家］｜喺～［在家］。

傳統方言字。"屋企"（家）的省略。

另見"企 kéi5"條。

蜞 kéi4

名詞。螞蟥，水蛭：～乸［螞蟥］｜黃～［螞蟥］｜山～［旱螞蟥］。

【蟛蜞】pang4 kéi4-2 一種小螃蟹，生活在河湖水邊泥穴中。

《集韻》渠之切。《類篇》："蟣虫，水蛭也。"

1 **企（徛）** kéi5

❶ 動詞。站：～住｜～埋一邊［站一邊去］｜做售貨員係要成日～嘅喇［做售貨員是要整天站的］。❷ 形容詞。直立：啲書～起嚟放［書立着放］。❸ 形容詞。陡，斜度大：樓梯好～，小心啲上［樓梯很陡，小心點上］｜竹竿放得太～，因住跌［竹竿放得太直了，小心倒下來］。

【企戙】kéi5 dung6 舊式店鋪一種防護設備，在門口並排緊密豎立若干根粗大木柱，開店時卸開，關店時裝上。

【企身】kéi5 sen1 同類器物中較高的一種：～煲［身較高的砂鍋，熬湯等用］｜～櫃［大衣櫃］

《廣韻》丘弭切，"望也"。《説文》："舉踵也。"劉向《九歎·憂苦》"登巑岏以長企兮，望南郢而闚之。"王逸注："企，立貌。"

又有作"徛"。徛，《廣韻》渠綺切，"立也"。當為本字。但傳統多用"企"，如明·佚名木魚書《花箋記·步月相思》："無聊無賴花邊企，夜深寒冷襲衣裳。"

另見"企 kéi5-2"條。

2 **企** kéi5

【企理】kéi5 léi5 1. 整齊而清潔：將辦公室執～啲［把辦公室整理得整齊點］｜見工最好着～啲［面試最好穿整潔點］。2. 品質好：我啲貨通通都咁～㗎［我的貨通通都是這麼好的]。3. 做事認真，效果好：佢做嘢好～嘅[他做事很認真完美的]。

【乾淨企理】gon¹ zéng⁶ kéi⁵ léi⁵ 1. 整齊清潔。2.（辦事）利索：要做得～。

借用字。

另見“企 kéi⁵⁻²”條。

扲 kem²

❶ 動詞。蓋，覆蓋：～蓋[蓋上蓋子]｜～被。❷ 名詞。覆蓋、擋護的東西：鏈～[自行車上的鏈套]｜沙～[自行車軲轆上的防沙蓋]。❸ 動詞。關閉，停止：～斗[（工廠、商店等）倒閉]｜～檔[（小商店、攤檔等）倒閉]。❹ 動詞。摑打，打擊：～佢一巴掌。

【扲賭】kem² dou² 掃蕩賭場，捉拿賭徒。

新創字。原作“冚”。清·佚名《抵制美國》“要冚金山洋氈，唔冚大布被”的“冚”就是這個意思。因“冚”又表示嚴密（讀hem⁶），導致遇到“冚冚”（蓋嚴密）時不知應如何讀，所以近年人們創造這個“扲”字表示覆蓋、摑打等意思，“冚”仍作形容詞，表示（蓋得）嚴密。

琴 kem⁴

【琴晚】kem⁴ man⁵ 昨晚，昨夜。又說“琴晚黑 kem⁴ man⁵ heg¹”、“琴晚夜 kem⁴ man⁵ ye⁶”。

【琴日】kem⁴ yed⁶ 昨天。

同音借用字。又作“尋”(cem⁴)。

擒 kem⁴

動詞。攀爬：～上牆頭｜咪～咁高[別爬那麼高]｜～上～落[爬上爬下]。

【擒青】kem⁴ céng¹（青，讀音 qing¹）1. 慌忙、緊張而魯莽：睇住嚟，咪咁～[看着點，別那麼魯莽]｜咁～做乜，諗掂再嘟手[這麼匆忙幹啥，想清楚了再動手]。2. 匆忙：咁～去邊處呀[匆匆忙忙的去哪兒了]？

【擒擒青】kem⁴ kem⁴ céng¹（青，讀音 qing¹）急匆匆的樣子，迫不及待的樣子：佢～跑嚟，慌死冇佢份［他急匆匆地跑來，生怕落下他］。

【擒騎】kem⁴ ké⁴ 頑皮，淘氣，喜歡攀緣（多指小孩）：呢個仔最～喇［這孩子最愛爬上爬下］。

同音借用字。

蠄 kem⁴

【蠄蟝】kem⁴ kêu⁴ 癩蛤蟆。

【蠄爬】kem⁴ pa⁴ 俗稱癩蛤蟆：成隻～噉［像個癩蛤蟆］｜～食月（俗稱月食）。

【蠄蟧】kem⁴ lou⁴ 一種大蜘蛛，長腿，不結網。

【蠄蟧絲網】kem⁴ lou⁴ xi¹ mong⁵⁻¹ 蜘蛛網。

【飛天蠄蟧】fei¹ tin¹ kem⁴ lou⁴ 戲稱善於攀緣的小偷。

傳統方言字。《三灶民歌・猜物對歌》："黃蜂住得零丁屋，蠄蟧行得半天橋。"中山咸水歌《古人串字眼》："你睇蠄爬食月肚裏光明。"

又，"蠄蟧"過去有作"禽羅"。明・木魚書《二荷花史・喬妝珠女》："此珠唔係乜尋常，……亦唔係乜百足禽羅夜放光。"

鯁 keng²（讀音 geng²）

動詞。❶ 噎：～親［噎着了］。

【鯁頸】keng² géng² 1. 噎：食餅乾冇水飲好～［吃餅乾沒水噎得慌］。2.（食物等）卡在喉嚨裏：魚骨～［魚骨頭卡在嗓子裏］。3. 比喻功敗垂成：真係～，差啲都唔得［真糟糕，差一點兒都不成功］！

❷ 咽（yàn）：呢啖氣我～唔落［這口氣我咽不下］。❸ 艱難吞咽：夾硬～［硬吞］。

【乾鯁】gon¹ keng² 在沒有水的情況下吞咽乾的食物。

【乾鯁鯁】gon¹ keng² keng²（食物）乾巴巴：～噉，點吞得落呀［乾巴巴的，怎麼咽得下］？

《廣韻》古杏切，"刺在喉"。《説文》："魚骨也。"《漢語大字典》："阻塞。"

K

揹 keng³

形容詞。❶ 酒味醇厚；煙味濃烈：呢隻酒好～[這種酒太厲害了]｜生切煙～得滯[生切煙味道太濃了]。❷ 有本事，有能耐：你真～，咁深嘅題都解到[你真有本事，這麼深奧的題目也能解]。

借用字。

嚽 kéng¹

【覝嚽】léng¹ kéng¹ 見"覝 léng¹"條。

新創字。

又見"嚽 kéng⁴"條。

嚽 kéng⁴

名詞。物體四周的邊沿：缸～｜碗～｜帽～。

【輕嚽】héng¹ kéng⁴ 輕便靈巧，小巧玲瓏：嗰部影印機好～嘅，呢度完全放得落[那台影印機很輕巧的，這地方完全能放]。

【靈嚽】léng⁴ kéng⁴ 靈驗：呢種膏藥醫風濕骨痛好～[這種藥膏治風濕骨痛很靈驗]｜佢話嗰度啲菩薩好～喎[他說那裏的菩薩很靈驗啊]。

新創字。

又見"嚽 kéng¹"條。

摳 keo¹

動詞。摻雜，攙和：～亂[摻和，混雜]｜對～[兩樣東西各一半摻和在一起]｜兩～[兩樣東西混合在一起]｜黃泥～沙｜牛奶～水｜黃色～藍色變綠色。

本義為扣結褲紐。廣州話為借用字。《嬉笑集·古事雜詠·金陵懷古》："可憐個(嗰)座雨花台，炮屎摳埋幾執灰。"

拘 kêu¹

形容詞。❶ 客氣(多用於否定句)：自己人，唔使～[自家人，不必客氣]｜使乜～呀[用不着客氣]。❷(對禮儀等)過於講究：～禮[過於講究禮儀]｜～論[講究(多指禮儀方面）]。

【拘執】kêu¹ zeb¹ 1. 計較：呢啲舊禮數唔使～咯［這些舊禮法不必計較了］。2. 客氣：大家咁熟，重咁～［大家那麼熟，還這樣客氣］。3. 拘謹：大家隨便坐，唔使～［大家隨便坐，不必拘謹］。

《廣韻》舉朱切。《説文》："止也。"《玉篇》："拘檢也。"

蠄 kêu⁴

見"蠄 kem⁴"條。

傳統方言字。

佢（倈，渠）kêu⁵

代詞。❶ 表示第三人稱，他，她，它。

【佢哋】kêu⁵ déi⁶ 他們，她們，它們。

❷ 在祈使句裏放在句末，有命令的作用：食埋～［吃完它］｜快啲洗乾淨～［快點把它洗乾淨］｜鎖埋度門～［把門鎖上］。

傳統方言字。明·佚名木魚書《花箋記·拜母登程》："明朝乃係佢生日，當攜禮物去稱觴。"清·招子庸《粵謳·聽春鶯》："又怕你言唔關切，佢又當作唔聞。"

有作"倈"、"渠"。倈，《集韻》求於切，"吳人呼彼稱，通作'渠'。"

唭 ki¹

象聲詞詞素。

【唭卡】ki¹ ka¹ 笑聲：～噉笑［嘻哈地笑］。

【唭唭卡卡】ki¹ ki¹ ka¹ ka¹ 笑聲：放假咯，成班女仔～去野外玩［放假了，一群姑娘嘻嘻哈哈地去郊外玩］。

新創字。

吸 kib¹

動詞。❶ 盯人（球賽用語）：～實佢嘅中鋒［盯緊他的中鋒］｜～硬佢，咪畀佢㨘［死盯着他，別讓他投籃］。❷ 控

K

制：佢～得個男嘅好緊［她把那個男的控制得很緊］。

英語 keep 的音譯。

《集韻》乞業切，"呦呦，聲也"。又訖業切，"聲也"。廣州話為借用字。

¹ **撠** kig¹

❶ 動詞。較量；同佢～過［跟他較量過］｜～過至知［較量過才知（勝負）］｜佢唔夠我～［他比不過我］。❷ 動詞。阻，妨礙：～手～腳［礙手礙腳］。

《廣韻》幾劇切。《史記·孫子吳起列傳》："救鬭者不搏撠。"司馬貞索隱："謂救鬭者當善撝解之，無以手助相搏撠，則其怒益熾矣。撠，以手撠刺人。"

K

² **撠** kig¹

名詞。卡（qia³）；坎。又說"嚱 keg¹"。

借用字。

³ **撠** kig¹

名詞。蛋糕。

英語 cake 的音譯。市面上通常寫作"戟"。

搴 kin²

動詞。揭，掀，翻：～開煲蓋［揭開鍋蓋］｜～開被落牀［掀開被子下牀］｜將課本～到 21 頁［把課本翻到第 21 頁］。

《集韻》紀偃切。"建，覆也。《漢書》'居高屋之上建瓴水'。或作搴。"廣州話為借用字。

傾 king¹

動詞。談，聊：我想同你～下［我想跟你談談］｜你哋喺處～乜吖［你們在聊甚麼呀］？｜佢好～得［他很健談］。

【傾偈】king¹ gei⁶⁻² 談話，聊天：一邊唞涼一邊～［一邊乘涼一邊聊天］｜傾閑偈［閒聊，閒談］｜傾兩句偈［談兩句話］。

【傾唔埋】king¹ m⁴ mai⁴ 1. 話不投機，談不攏：佢哋各自心懷鬼胎，梗係～啦［他們各自心懷鬼胎，當然談不攏了］。2. 談不來，合不來：以為佢兩個～，點知合作得幾好［本以為他倆合不來，誰知合作得挺好］。

傳統方言字。清·招子庸《粵謳·別意》："記得起首共你相交，你妹年紀尚細，個陣傾談心事，怕聽海上鳴雞。" 夢餘生《新粵謳解心·唔好溫得咁易》："你既然同佢傾過幾句，就只可聽佢躝屍。"

瓊 king4

動詞。❶ 澄，沉澱：啲水好濁，～清至用得［水很渾，澄清了才能用］。❷ 凝結：冷到油都～埋［凍得油都凝結了］。

同音借用字。

蹺 kiu2（讀音 hiu1）

形容詞。❶ 湊巧：真～，喺路上撞見佢［真湊巧，在路上遇見他］｜有咁啱得咁～［俗語。說那麼巧，有那麼巧］。❷ 奇怪，蹊蹺：～嘞，會有噉嘅事［奇了怪了，會有這樣的事］？

【蹺妙】kiu2 miu6 奧妙，奇妙，巧妙：呢個裝置睇嚟簡單其實好～［這個裝置看來簡單其實很巧妙］｜唔知裏頭有乜～［不知其中有甚麼奧妙］。

本義為舉腿。廣州話為借用字。

橋 kiu4-2

名詞。主意，辦法，計謀：度（dog6）～［想辦法］｜諗～［想辦法］｜好～｜冇乜～［沒甚麼辦法］。

【橋段】kiu4-2 dün6 1. 戲劇情節：～好感人［情節很感人］｜～好老［情節沒有新意］。2. 辦法；佢會有好～嘅［他會有好辦法的］。

【戲橋】héi3 kiu4 戲劇情節說明書。

傳統方言用字。

繑 kiu⁵

動詞。纏繞：～冷［繞毛線］｜～線圈［繞線圈］｜～起腳［蹺着二郎腿］｜～住對手［交叉着雙手放在胸前］。

繑，本義為褲子的紐扣，廣州話為借用字。

搉（敲）kog³⁻¹

❶ 動詞。敲打：～頭殼［敲腦袋］｜咪～爛佢［別打破它］。❷ 象聲詞。敲擊硬東西的聲音：敲到～～聲［敲得卜卜響］。

《廣韻》苦角切，"擊也"。《集韻》克角切。《說文》："敲擊也。"

又作"敲"。敲，《廣韻》苦角切，"打頭"。《說文》："擊頭也。"搉、敲音同義近，但"搉"比"敲"意義更廣，更合乎當今使用實際。

K

嚿 kuag³⁻¹

名詞。圈兒，彎兒：兜咗一個～［繞了一個圈兒］｜打個～［轉個圈兒，繞個圈兒］。

新創字。

又見"嚿 kuag³"條。

嚿 kuag³

動詞。❶（用繩子等）圍：用繩將嗰塊地方～起嚟［用繩子把那塊地方圍起來］。❷ 繞（路）：喺嗰度～過去［從那裏繞過去］。❸ 遊逛：去超市～下［去超市逛逛］｜唔知佢～咗去邊［不知他到哪兒逛去］。

新創字。

又見"嚿 kuag³⁻¹"條。

䯏 kuai⁴

形容詞。❶ 頑皮，不聽教導：呢班細路認真～［這幫小孩非常頑皮］。❷ 不整潔。

【殀蒯】lai⁴ kuai⁴ 見"殀 lai⁴"條。
本指長在水邊的一種草。廣州話為借用字。

𥦗 kuang¹

【𥦗㝗】kuang¹ lang¹ 金屬空罐之類掉到地上的聲音。

【空𥦗㝗】hung¹ kuang¹ lang¹ 空蕩蕩，空無一物：間屋冇人，～嘅［房子沒人，空蕩蕩的］｜個箱裏面～［箱子裏空蕩蕩的，沒有東西］。

【明𥦗】ming⁴ kuang¹ 分明：～係你，你重唔認［分明是你，你還不承認］！
《集韻》口朗切，"𥦗，空也"。《玉篇》苦郎切，"虛也，空也"。

𦬼 kuang²

名詞。❶ 草本植物的稈子：草～｜芹菜～［芹菜稈兒］。❷ 菜莖；菜幫：芥菜～［芥菜幫兒］。
本指一種草。《廣韻》去王切，"草名"。廣州話為借用字。

抰 kueng³（又音 kuang³）

動詞。❶ 絆：畀條竹～低［被竹子絆倒了］｜你條繩容易～親人［你的繩子容易絆倒人家］。❷ 剮（被尖鋭的東西勾劃破）；畀眼釘～爛件衫［釘子把衣服剮破了］｜汽車畀摩托～花咗［汽車被摩托剮掉漆了］。❸ 扣，拴：～埋度門［把門扣上］｜只牛～喺嗰度［那牛拴在那兒］。❹ 掛：件衫～埋釘處啦［衣服掛在釘子上吧］｜臘肉～入廚房［臘肉掛到廚房裏去］。

【抰掕】kueng³ leng³ 量詞。1. 嘟嚕：一～臘味。2. 大小不一的一串：一～鎖匙［一串鑰匙］。
新創字。

闃 kuig¹

【闃嚇】kuig¹ kuag³⁻¹ 1. 象聲詞。物件碰撞的聲音，穿木板鞋走硬路的聲音等。2. 代詞。各種各樣的，雜七雜八的：嗰條街乜～嘢都有得賣［那條街各種各樣的東西都有賣的］｜櫃桶裏面乜～嘢都有［抽屜裏甚麼雜七雜八的東西都有］。又說"闃礫嘓嘞 kuig¹ lig¹ kuag¹ lag¹"。

本義為寂靜、空虛。廣州話為借用字。

藭 kung⁴

量詞。❶ 嘟嚕：一～菩提子［一嘟嚕葡萄］。❷ 包：一～粟米［一包玉米］。

本指植物"芎藭"。廣州話為借用字。

L

啦 la¹

語氣詞。❶ 表請求，使令：應承佢～［答應他吧］｜行快啲～［走快點吧］。❷ 表同意，決定：就噉～［就這樣吧］｜就照你講嘅做～［就按你說的做吧］。

【啦嗎】la¹ ma⁵ 語氣詞。1. 表示反詰語氣：你早就應承過～［你不是早就答應了嗎］？｜而家肯去～［現在肯去了吧］？2. 表示理應如此：當然係你去～［當然是你去了］｜去～，怕乜嘢［去呀，怕甚麼］！

普通話是助詞，"了（·le）"和"啊（·ɑ）"的合音，兼有"了"和"啊"的作用。廣州話與此不同。

又見"啦 la⁴"條。

揦 la²

動詞。❶ 抓，拿：～拃米餵雞［抓把米喂雞］｜一手～住佢［一把抓住他］。

【揦埋】la³ mai⁴ 1. 摟，用手把東西收攏：～啲筷子［把筷子收攏起來］。2. 動不動，每次遇到的，隨機看到的：要調查研究，咪～都話唔得［要調查研究，別動不動就說不行］｜～

都話風濕［俗語。遇到病痛都説是風濕］| 呢車西瓜，～每個都有十幾斤重［這一車西瓜，隨便哪個都有十幾斤重］。

【揦埋口面】la² mai⁴ heo² min⁶ 1. 苦着臉，哭喪着臉：一早就～，人哋好討厭㗎［大清早就苦着臉，人家很討厭的］。2. 臉色不好看，將要發怒的樣子：主任～，大家小心啲［主任臉色不好看，大家留神點］。

❷ 撩起：～起件衫畀醫生睇下［撩起衣服讓醫生瞧瞧］｜～起褲腳涉水［撩起褲腿涉水］。❸ 咬，腐蝕：石灰水～得隻手好痛［石灰水把手咬得很疼］｜呢種洗潔水～到手都甩皮［這種洗潔水把手咬得脱皮］。

【揦脷】la² léi⁶ 1. 齁（食物過鹹或澀使舌頭有被咬的感覺）：面豉鹹到～［豆瓣醬鹹得齁苦］。2. 形容要價過高或成本太高：釘兩眼釘就要成百文，太～咯［釘兩個釘子就要上百元，太厲害了］｜成本咁～，點做得呀［成本高得那麼厲害，怎麼能幹呀］。

❹ 把食物用調料醃一下：魚劏好之後用鹽～～佢［魚宰了用鹽醃一下］｜啲豬肉切好用生粉豉油～一～［豬肉切好用澱粉醬油醃一醃］。❺ 詞素。

【揦西】la² sei¹ 馬虎，（幹活）隨便：做嘢認真啲，咪咁～［幹活認真點，別馬虎］｜你咁～，下次有人搵你做㗎［你那麼馬虎，下次沒人願意找你來幹的］。

【揦手】la² seo² 難辦，棘手：呢單嘢好～［這件事很難辦］｜～唔成勢［俗語。做起來樣樣都棘手或不知所措］。

《集韻》郎達切。《漢語大字典》："毀裂，使開裂。"廣州話為借用字。

又見"揦 la³"、"揦 la⁵"條。

揦 la³

動詞。❶ 在看不見的情況下用手摸索：喺櫃桶裏面～出一支筆［從抽屜裏摸出一支筆］｜～下牆窿裏頭收埋啲乜嘢［摸摸牆洞裏藏着甚麼東西］。❷ 用東西攪撥探索：～下啲粥，唔好畀佢燶底［撈一下（正在煮的）粥，別讓它糊了]｜～下啲湯，睇下係乜嘢料[撈一下這湯，看是甚麼食材熬的]。

借用字。

又見"揦 la²"、"揦 la⁵"條。

喇（𠾴）la³

語氣詞。❶ 表提示，相當於"了"：人齊～[人到齊了]｜到時間食藥～[到吃藥時間了]｜好走～[該走了]。❷ 表催促、叮囑、使令：快啲行～[快點走吧]｜記住～[記住啦]｜就噉定～[就這麼定了]。

借用字。

有用"𠾴"字。《漢語大字典》引"清·新廣東武生《黃便、蕭養回頭》：'你們好執便野（嘢）𠾴，就有人客來𠾴。'"

L

罅 la³

名詞。縫隙，縫兒：門～｜手指～｜髀～[腹股溝]｜枱面裂開條～[桌面裂開一條縫兒]。

【窿窿罅罅】lung¹ lung¹ la³ la³ 旮旮旯旯，各個可能藏匿東西的地方：～都搵勻[旮旮旯旯都找遍]。

【山卡罅】san¹ ka¹ la³⁻¹ 山旮旯。

《廣韻》呼訝切，"孔罅"。《說文》："裂也。"

啦 la⁴

❶ 語氣詞。表疑問：冇～[沒有了嗎]？｜噉就算～[這樣就算了嗎]？｜落雨～[下雨了嗎]？❷ 詞素。

【啦啦亂】la⁴ la⁴⁻² lün⁶ 1. 亂糟糟，亂七八糟：邊個搞到呢度～[誰搞得這裏亂七八糟]？2. 心神不定，心亂如麻：佢咁耐重未翻嚟，搞到我個心～[他這麼久還沒回來，弄得我心亂如麻]。又說"立立亂 leb⁶ leb⁶⁻² lün⁶"。

【啦啦聲】la⁴ la⁴⁻² séng¹ 形容動作快速：～去啦[快點去吧]｜～做埋佢[快點做完它]｜～啦，遲啲就嚟唔切㗎喇[快點吧，慢一點就來不及了]。

借用字。

又見“啦 la¹”條。

揦 la⁵

【揦鮓】la⁵ za² 骯髒：件衫咁～，快啲換咗佢［衣服這麼髒，快點換了］。

借用字。

又見“揦 la²”、“揦 la³”條。

擸 lab³

動詞。❶ 收攏：～埋枝竹啲衫［把竹竿上晾着的衣服收起來］｜將枱面啲資料～入櫃桶［把桌面上的資料收進抽屜裏］。❷ 摟(lōu)：～把草嚟煮飯［摟一把草來燒飯］。

【擸網頂】lab³ mong⁵ déng² 取得最高成績：次次都係佢～［每次都是他拿第一］｜佢一出馬就肯定～［他一出馬肯定會奪冠］。

❸ 搜集，聚合，湊：佢喺書攤度～咗好多書［他在書攤上搜集了很多書］｜～埋都唔夠畀佢［湊在一起都不夠給他］。❹ 拿走，偷走：呢度啲嘢畀人～晒［這裏的東西全給拿光了］｜我嘅書邊個～咗［我的書誰拿走了］？❺ 粗略地看：今日報紙我～咗一下，冇詳細睇［今天的報紙我粗看了一眼，沒有詳細看］｜佢～咗大家一眼［他掃了大家一眼］。❻ 並：三步～埋兩步走［三步併作兩步走］。❼ 跨：呢步～得好大［這步跨得很大］。

《廣韻》良涉切，“持也。”又盧盍切，“折也。”廣州話為借用字。

爉 lab³

❶ 動詞。火燎：手畀火～親［手給燎傷］｜火尾～到邊度燒到邊度［火舌燎到哪裏就燒到那裏］。❷ 詞素。

【爉爉焾】lab³ lab³ ling³ 鋥亮：皮鞋擦到～［皮鞋擦得鋥亮］。

《集韻》力盍切，“火貌”。

瘌 lad³

【癩瘌】lad³ léi¹ 黃癬：生～［長黃癬］｜～頭［長黃癬的腦袋；頭上長黃癬的人］。

《廣韻》盧達切。《集韻》："疥也。"

蝲 lad³

【臭屁蝲】ceo³ péi³ lad³ 椿象。北方俗稱臭大姐。

【蝦蝲】ha¹ lad³ 一種小螃蟹，生活在稻田、小溝旁等地方。

傳統方言字。

迾 lad⁶

量詞。排，行，列：湖邊嗰～柳樹真好睇［湖邊那行柳樹真好看］｜一～～新屋［一排排新房子］。

【離行離迾】léi⁴hong⁴ léi⁴ lad⁶ 1. 不在行列上：大家都排好隊，就係你～［大家都排好隊，就是你站在隊伍外］。2. 不成行列：啲字寫得～［字寫得不成行列］。3. 離譜，（兩事）不相干：佢嘅答覆係～嘅［他的答覆是答非所問的］｜呢兩件事係～嘅，點能夠擸埋一齊講呢［這兩件事是互不相干的，怎麼能混起來説呢］！

《廣韻》良薛切。《説文》："遮也。"《康熙字典》："又通作列。"《漢語大字典》："行列。"

嘞 lag³

語氣詞。與"喇 la³❶"相通。有時肯定的語氣會更強些：你知到就得～［你知道了就行了］｜人齊～［人到齊了］。

借用字。普通話的"嘞"也是語氣詞，相當於"呢"。

孻 lai¹

❶ 序數詞。排行末尾：～仔［最小的兒子，老兒子］｜～女。

【孻尾】lai¹ méi¹ 1. 末尾：排隊排～［排隊排在末尾］。2. 後來：～佢哋點呀［後來他們怎麼樣了］？

❷ 形容詞。最後的，最小的：豬～［一窩小豬裏長得最小的一個］｜～瓜［拉秧瓜］。

L

傳統方言字。清·屈大均《廣東新語》卷十一："(廣州) 子女末生者多名曰孻。"明·佚名木魚書《二荷花史·卻婚被黜》："蔡府老爺多拜上，佢話欲將孻女贅豪英。"

𪘲 lai²

動詞。舔：～嘴唇｜隻狗～碟 [狗舔盤子]。

傳統方言字。

𣎏 lai⁴

❶ 形容詞詞素。

【𣎏𠜎】lai⁴ kuai⁴ 不整齊，衣服不合身：着得咁～ [穿得那麼不整潔]。

【長𣎏𠜎】cêng⁴ lai⁴ kuai⁴ 長長的 (衣服等長得不好看)：條褲～，好難睇 [褲子長長的，很難看]。

❷ 重疊後作某些形容詞的詞尾，以加強語氣。

【長𣎏𣎏】cêng⁴ lai⁴ lai⁴ 長長的 (長得過分)：支竹～，斬開兩橛至啱使 [這根竹竿太長，砍開兩截才合用]｜頭髮～噉，好飛咯 [頭髮長長的，該理了]。

廣州話為借用字。

賴 lai⁶

動詞。❶ 落 (là)，遺下，丢失：～咗一揯鎖匙 [丟了一串鑰匙]｜第三行～咗兩個字 [第三行落了兩個字]｜個個走晒，～低你喺度 [大家走光，留下你在這裏]。❷ 大小便失禁：～屎｜～尿 [尿牀，遺尿]。

【賴尿蝦】lai⁶ niu⁶ ha¹ 1. 一種淺海蝦類動物，又叫"彈 (tàn) 蝦"、"琵琶蝦"，北京話叫"皮皮蝦"。2. 戲稱經常尿牀的小孩。

借用字。

酹 lai⁶ (讀音 lêu⁶)

動詞。把酒灑在地上表示祭奠：～酒。

《廣韻》《集韻》盧對切，"酹酒"。《説文》："餟祭也。"宋·蘇軾詞《念奴嬌·赤壁懷古》："人生如夢，一樽還酹江月。"

瀨 lai⁶

動詞。倒，漏灑，灌澆：～油落鑊［倒油下鍋］｜腸粉要～啲豉油［豬腸粉要澆點醬油］。

【瀨粉】lai⁶ fen² 一種米粉條，將糊狀的米粉放入多孔的容器內，擠壓使漏出而成。

《廣韻》落蓋切。《説文》："水流沙上也。"廣州話為借用字。

杬 lam⁵⁻²

名詞。❶ 橄欖：～仁。

【杬角】lam⁵⁻² gog³ 一種鹹菜，用洋橄欖煮熟，去核，切成兩段，加鹽醃製而成。又叫"杬豉 lam⁵⁻² xi⁶"。

【白杬】bag⁶ lam⁵⁻² 1 橄欖，青果。2 流行於廣州話地區的一種曲藝。

❷ 像橄欖的東西：喉～［喉結］。

【大喉杬】dai⁶ heo⁴ lam⁵⁻² 比喻人胃口大，貪多要多：佢係～嚟㗎，乜都貪多［他胃口大，甚麼都要多］。

傳統方言用字。

杬，《廣韻》愚袁切。《集韻》："木名，生南方，皮厚，汁赤，中藏卵果。"廣州話方言所指及讀音均與此不同，屬借用字。

躝 lan¹

動詞。❶ 爬：隻蟹～咗去嗰便咯［螃蟹爬到那邊去了］｜蟻～咁慢［像螞蟻爬那麼慢］。❷ 滾：～開｜～遠啲［滾遠點］｜你～咗去邊度［你滾到哪兒去了］？

【躝屍趌路】lan¹ xi¹ ged⁶ lou⁶ 罵人語。滾蛋：～啦，你［滾蛋吧，你］！

傳統方言字。夢餘生《新粵謳解心·老將自勸》："一味等佢荷包入滿，正叫我地躝屍。"

《廣韻》落幹切。《玉篇》："逾也。"廣州話方言義與此近似。"躝"與壯傣語支語言有關聯，壯語（靖西）讀 kja:n²，傣語讀 ka:n²，應屬古越語底層詞。

讕 lan²（**讀音** lan⁴）

動詞。❶ 裝作某種樣子：～正經［假正經］｜～闊佬［裝闊氣］｜～架勢［擺出很了不起的樣子；充排場］｜～熟落［裝出熟悉的樣子與人套近乎］｜睇佢～有經驗噉［看他裝得挺有經驗的樣子］。❷ 表現出某種樣子：～得戚［一副得意洋洋的樣子］｜～起市［有意把自己抬得很高］。❸ 自以為：～醒［自以為了不起］｜～叻［自以為聰明、能幹；指人好表現自己］｜～有嘢［自以為很有本事］｜～有寶［自以為有炫耀或邀寵的本錢而得意］。

《廣韻》落幹切。《說文》："抵讕也。"段玉裁注："抵讕，猶今俗語抵賴也。"廣州話為借用字。

¹ **冷** lang¹

名詞。毛線：～衫［毛線衣］｜買二兩～［買二兩毛線］。

是法語 laine 的音譯。

² **冷** lang¹

名詞。圈兒：打個～［轉一個圈兒（港澳多用）］。

是英語 round 的音譯。

呤 lang¹

❶ 名詞。兩幢建築物之間的狹窄空間。❷ 名詞。潮州的：～話［潮州話］｜潮州～［潮州人］｜～佬［說潮州話的人（帶戲謔意味）］。

【打呤】da² lang¹ 到潮州風味小吃店吃東西。

❸ 象聲詞。鈴聲。

【呤鐘】lang¹ zung¹ 1. 鈴，電鈴。2. 自行車鈴鐺。3. 鬧鐘。

新創字。

㝗 lang¹

見"㾿 kuang¹"條【㾿㝗】。

《集韻》盧當切。《玉篇》："穴也。"

L

撈 lao^{1}

詞素。指說北方話的：～話［北方話］｜～佬［說北方話的人，外省人］｜～仔［說北方話的青少年］。

【撈松】lao^{1} sung^{1} 指說北方話的外省人（不友好的用語）。是普通話“老兄（lǎo xiōng）”的摹音。

傳統方言用字。

又見“撈 lao^{4}”、“撈 lou^{1}”條。

摎 lao^{2}

【摎挍】lao^{2} gao^{6} 1. 紊亂，雜亂，無條理：房間咁～嘅［房間太雜亂了］｜呢篇文章寫得好～［這篇文章寫得很亂］｜搞到摎晒挍［搞得亂七八糟］。2. 引申指差勁的、不正常的、麻煩的等：佢呢個人經常呃呃騙騙，好～嘅［他這個人經常欺哄詐騙，很差勁的］｜條數噉計太～喇［這筆賬（或這道算術題）這樣算太麻煩了］。

摎，《集韻》力交切，“物相交也”。挍，《集韻》居肴切，“亂也”。

撈 lao^{4}

【撈捎】lao^{4} sao^{4} 馬虎，不細心，敷衍應付：嘩，乜啲工夫做得咁～㗎［哎呀，這工作怎麼做得這樣馬虎］！｜做作業唔能夠～㗎［做作業是不能敷衍應付的］。

撈、捎均為借用字。

撈捎，有作“𥿮𥽪”。𥿮，《集韻》郎刀切；𥽪，《字彙》財勞切。《集韻》《字彙》：“𥿮𥽪，物未精。”

又見“撈 lao^{1}”、“撈 lou^{1}”條。

咧 lé^{4}

❶ 語氣詞。1. 表示商量：坐下～［坐一坐吧］｜一齊去～［一起去吧］？2. 表示輕度的責備：係唔係～，我早就話唔得嘅啦［是不是呀，我早就說不行的呀］｜唔聽我話～，又撞板咯［不聽我的話呢，又碰釘子了］。3. 表示央求、使令：買～，我好中意呀［買啊，我很喜歡呀］｜行快啲～，夠鐘

嘅喇［走快點吧，快到時間了］。4. 表示證實自己原先的看法：幾好睇～［很好看吧］｜冇錯～［沒有錯吧］。❷ 詞素。

【咧啡】lé⁴ fé⁴（又音 lé⁵ fé⁵）衣冠不整，吊兒郎當：參加會議唔好着得咁～［參加會議不要穿得太隨便］。

【咧擠】lé⁴ hé³ 1. 穿着不整潔，肋脦：連紐都唔扣好，真～［連紐扣都沒扣好，真肋脦］｜出場面千祈唔好～［出場面千萬不要穿着太隨便］。2. 狼狽，措手不及：一啲準備都冇，好～［一點準備都沒有，真狼狽］｜幾件麻煩事堆埋一齊，搞到我咧晒擠［幾件麻煩事堆在一起，弄得我十分狼狽］。

【騎咧】ké⁴ lé⁴ 1. 人的服飾或姿態奇形怪狀：個嘢着得咁～［那傢伙穿得那麼古怪］｜～蚜［一種樹蛙；穿着古怪的年輕人］。2. 彆扭，尷尬：噉做會好～嘅噃［這樣做會很彆扭的］。

《集韻》力蘖切，"鳥聲"。廣州話為借用字。

又見"咧 lé⁵"條。

咧 lé⁵

語氣詞。❶ 表示肯定或申辯：唔係～［不是的］｜呢啲嘢確實係佢嘅～［這些東西確實是他的］｜佢確實係噉講～［他確實是這樣説的］。❷ 表示不出所料：係～，冇錯啩［是吧，沒錯吧］？｜我都話佢會應承嘅～［我不是説他會同意的嗎］？

借用字。

又見"咧 lé⁴"條。

𠾍 lê¹

動詞。吐（tǔ）（渣子）：～蔗渣［吐甘蔗渣］｜～咗佢［把它吐出來］｜～都～唔切［趕忙吐掉］。

傳統方言字。

又見"𠾍 lê²"條。

𨂾 lê²

動詞。❶ 蹭，揩拭：去邊處～到一身泥［去哪兒蹭了一身泥］？｜～乾淨個樽［把瓶子（裏面）揩拭乾淨］。

【𨂾地】lê² déi⁶ 在地上打滾（多指小孩）。

❷ 糾纏，鬧：你點～我，我都冇辦法嘞［你怎樣糾纏我，我也是沒辦法的］｜大家都按規定做，～係冇用嘅［大家都按規定辦，鬧是沒用的］。

【𨂾脷】lê² léi⁶ 口齒不清，大舌頭：佢有啲～，講話聽唔清［他有點大舌頭，説話不清楚］。

傳統方言字。

又見“𨂾 lê¹”條。

甩 led¹（讀音 soi²）

❶ 動詞。脱落，掉：～色［掉色］｜～鉸［脱臼］｜～青［搪瓷器皿掉瓷］｜～身［脱身］｜～手［脱手，指貨物賣出］｜～～離［將要掉落的樣子］。

【甩底】led¹ dei² 1. 失約，違背承諾：簽咗約唔能夠～㗎［簽了約是不能違背的］。2. 失敗：千祈唔好～［千萬別失敗］。3. 丟臉：當堂～［當堂出醜，丟人現眼］。

❷ 動詞。脱離：～繩馬騮［脱離繩子的猴子，比喻人脱離了約束］。

【甩鬚】led¹ sou¹ 丟臉，出醜：當堂～［當場出醜］｜甩晒鬚［丟盡臉］｜人哋問乜都唔知，你話幾～呀［人家問甚麼都答不出，你説多丟臉呀］。

❸ 組成“筆甩”做形容詞的詞尾：掋～［直直的；徑直］｜直～［筆直；徑直］｜尖～［尖尖的］。❹ 詞素。

【麻甩】ma⁴ led¹ 麻雀。

【麻甩佬】ma⁴ led¹ lou² 缺德鬼，喜歡挑逗、調戲婦女的男人。

傳統方言字。《嬉笑集·癸亥春明記事其三》：“豬仔也曾搬過竇，馬騮咪又甩埋繩。”《三灶民歌·睇牛仔》：“睇牛仔，奔奔波，走甩牛繩隨地拖。”

為訓讀字。與普通話甩包袱、甩手的“甩”不相干。

L

嘞 leg¹

❶ 形容詞。眼、喉等受刺激或發炎引起的疼痛或不舒服。

❷【嘞㗯】leg¹ keg¹ 1. 凹凸不平：條路好～［這路凹凸不平］｜頭髮飛得嘞嘞㗯㗯［頭髮理得高低不平］。2. 不通順，不流暢：呢首詩讀起嚟好～［這首詩念起來很不流暢］。

新創字。

簕 leg⁶

名詞。❶ 植物的刺：～竹［一種帶尖刺的竹子］｜玫瑰花有～｜畀～㔺親［給刺刺着］。

【簕竇】leg⁶ deo³（竇，讀音 deo⁶）比喻難商量的，難打交道的，難相處的。北方話叫"刺兒頭"：個嘢好～，佢點會幫你呀［那傢伙很難打交道，他哪會幫你呢］！

❷ 荊棘：呢處有㝡～［這裏有棵荊棘］｜～㞗［荊棘叢］。

傳統方言字。《三灶民歌》："我家住在簕竹林，朝頭咦噎晚彈琴。"（原注：咦噎，風吹竹林時竹竿搖打的聲音。）

叻 lég¹

形容詞。聰明，能幹：佢真～，一點就明［他真聰明，一說就明白］｜你～，你嚟［你能幹，你來］！

【叻仔】lég¹ zei² 1. 聰明的孩子。2. 聰明人。3. 聰明：佢好～，呢啲本事都係自學嘅［他很聰明，這些本領都是自學的］。

傳統方言字。

又見"叻 lig¹"條。

劆 lég⁶

動詞。用刀劃開，不割斷：喺呢度～開口［在這裏（用刀）劃個口子］｜～咗一刀［劃了一刀］｜當心～親手［小心劃了手］。

劆，《集韻》狼狄切，"劃也"。

瀝 lég⁶

名詞。珠江三角洲河道的小支流。

傳統方言字。本義為液體往下滲漉。《廣韻》郎擊切。《説文》："浚也。"《篇海類編》："漉去水也。"廣州話為借用字。

壢 lég⁶

❶ 名詞。畦：起～[起壟，分畦]。❷ 量詞。畦：種一～菜｜分成三～。

傳統方言字。《集韻》郎狄切，"坑也"。廣州話為借用字。

戾 lei²

【冤戾】yün¹ lei² 冤枉：佢係畀人～嘅[他是被別人冤枉的]｜你～我！

《廣韻》狼計切。《説文》："曲也。"

捩 lei²（讀音 lei⁶）

動詞。扭轉(身體、臉等)：～轉身[轉過身]｜～轉頭[轉過頭，回過頭]｜～歪面[轉過臉去]｜～埋片面[背過臉去]。

【捩手掉咗】lei² seo² diu⁶ zo² 反過手扔掉，表示對某東西十分嫌棄：呢啲嘢冇用嘅，～啦[這些東西沒用的，快扔掉吧]。

《廣韻》練結切，"物捩"。《漢語大字典》："扭轉；迴旋；轉動。"

嚟 lei⁴

❶ 動詞。來：你得閒就～啦[你有空就來吧]｜近～｜行埋～[走過來]｜攞把士巴拿～[拿個扳手來]｜～唔切[來不及]｜攞我～出氣[拿我來出氣]。

【嚟㗎】lei⁴ ga³ 語氣詞。表示強調、加重肯定的語氣：佢係老師～[他是老師——而不是別的身份]｜呢張係羊皮～[這是羊皮——而不是其他皮毛]｜呢啲係乜嘢～[這是甚麼東西呀]？

【嚟神】lei⁴ sen⁴⁻² 來勁兒：你表揚佢佢就～喇[你表揚他他就來勁兒了]。

【監粗嚟】gam³ cou¹ lei⁴ 1. 硬幹，蠻幹：安裝機器要睇清圖紙先，～係唔得㗎［安裝機器先要看清圖紙，蠻幹是不行的］。2. 強制進行：大家思想唔通，你唔好～［大家思想不通，你不要強行執行］。

❷ 助詞。用在動詞後面，表示曾經發生甚麼事情，類似普通話的"來着"：佢頭先重喺呢度～［他剛才還在這裏來着］｜啱先你哋去做乜嘢～［剛才你們去幹甚麼來着］？❸ 放在動詞和助詞"住"之後，表示後面動作的方式：坐住～慢慢傾［坐着慢慢談］｜睇住～做［看着做］｜喺操場曬住～聽［在操場上曬着聽］。

傳統方言字。清·招子庸《粵謳·唔係乜靚》："呢會俾個天上跌個落嚟，我亦唔敢去亂想。"夢餘生《新粵謳解心·真正累世》："你去左（咗）咁耐重未番（翻）嚟，累到你妹茶飯冇思。"

覼 lei⁶

動詞。斜着眼看，瞟。常傳遞責備、制止等意思：～佢一眼［瞟他一眼］｜你～佢佢又唔知［你瞟他他沒看見］。

覼，《集韻》力制切，"視也"。《玉篇》："疾視。"

有作"矋"。矋，新創字，未採用。

哩 léi¹

【斜哩眼】cé⁴ léi¹ ngan⁵ 1. 斜眼，斜視。2. 患斜視的人。又說"蛇哩眼 sé⁴ léi¹ ngan⁵"。

【咕哩】gu¹ léi¹ 見"咕 gu¹"條。

傳統方言字。

痢 léi¹

【瘌痢】lad³ léi¹ 見"瘌 lad³"條。

借用字。

悝 léi⁵

名詞。帆：扯～［揚帆］｜使～［操縱船帆；駕駛帆船］。

【趁風使帆】cen³ fung¹ sei² léi⁵ 見風張帆。引申指趁着有利條件趕快行動。

【見風使帆】gin³ fung¹ sei² léi⁵ 見風使舵。比喻跟着形勢而轉變方向（含貶義）。

傳統方言字。清·屈大均《廣東新語》卷十一："（廣州）謂帆曰帆。"

脷 léi⁶

名詞。舌頭：～胎｜口甜～滑［油嘴滑舌］｜豬～［豬舌頭，豬口條］｜豬橫～［豬的脾臟，豬沙肝兒］｜伸條～睇下［伸出舌頭看看］。

【脷𠺘𠺘】léi⁶ lê² lê² 説話字音不清，大舌頭。

【三口兩脷】sam¹ heo² lêng⁵ léi⁶ 指人説話善變，言而無信：呢個人～，唔信得過［這個人言而無信，信不過］。

傳統方言字。廣州話"舌"與蝕本（虧本）的"蝕"同音，人們由於忌諱而改用盈利、吉利的"利"，加"月（肉）"旁便成"脷"。

L

冧 lem¹

❶ 動詞。收攏，垂下：花～咗落嚟［花垂下來了］｜頭髮～落嚟遮住眼［頭髮垂下來擋着眼睛］。❷ 名詞。花蕾，花骨朵：花～｜嗰茶花幾多～［那棵茶花很多花蕾］。❸ 動詞。哄，用好話説（多用於小孩）：佢最會～細路仔［他最會哄小孩］。❹ 譯音用字。

【冧巴】lem¹ ba¹ 號碼；編號；門牌。是英語 number 的音譯。

【冧巴溫】lem¹ ba¹ wen¹ 1. 第一號。2. 服務員的領班。是英語 number one 的音譯。

【冧酒】lem¹ zeo² 糖酒。是英語 rum 的音譯。

❺ 詞素。

【稀冧冧】héi¹ lem¹ lem¹ 稀溜溜：啲粥～［粥稀溜溜的］。

傳統方言字。

掭 lem³

動詞。❶ 倒塌，崩塌：埲牆畀風吹～咗［那堵牆被風吹倒了］。

【掭檔】lem³ dong³ 1.（商店等）倒閉。2. 倒台。❷ 使倒塌：頂～［頂垮］。

新創字。

凜 lem⁵

❶ 動詞。沾：條魚～啲麵粉再炸［魚沾點麵粉再炸］。❷ 詞素。

【凜抌】lem⁵ dem² 接連不斷地，陸陸續續地：呢類事～有［這類事情不斷發生］｜嗰度～起屋［那裏不斷地建房子］。

借用字。

掭 lem⁶

動詞。堆砌，摞，垛：啲行李箱要～齊整啲［行李箱要摞整齊點］｜～好啲磚［把磚塊垛好］。

新創字。

㮆 lem⁶

名詞。叢生的草木：簕～［荊棘叢］｜草～［草堆，草叢］。

傳統方言字。夢餘生《新粵謳解心·情唔好亂用》："你未試准佢係咪真心，容乜易跟佢埋簕㮆。"

嗱 lên¹

動詞。啃，多指啃咬小的東西：～杬核［啃橄欖核］｜～豬骨｜馬騮將個桃～得幾乾淨［猴子把桃子啃得多乾淨］。

【嗱諄】lên¹ zên¹ 囉哩囉唆：佢講話好～嘅［他說話很囉唆］。

《集韻》靈年切，"譔，舌延譔，言不正。或作嗱"。

有作"喻"。

掕 leng³

❶ 動詞。連，帶，拴：將幾隻牛蛙～埋一起［把幾隻牛蛙捆在一起］｜用條繩～住佢［用條繩子拴住它］。

【半掕揹】bun³ leng³ keng³ 半拉子，半截兒：做到～停落嚟［做了半拉子停了下來］。

❷ 動詞。拖累，帶着（累贅）：去邊處都要～實個細路［去哪兒都要帶着小孩］。

【佗手掕腳】to⁴ seo³ leng³ gêg³ 見"佗 to⁴"條。

❸ 量詞，串，嘟嚕：一～鎖匙［一串鑰匙］｜一大～菩提子［一嘟嚕葡萄］。

【一抽一掕】yed¹ ceo¹ yed¹ leng³ 一串串的，多指手提着大包小包的東西：佢買咗好多嘢，～噉［她買了很多東西，大包小包的］。

《廣韻》力膺切。《說文》："止馬也。"廣州話為借用字。又作"攏 neng³"。

棱 leng⁵（**讀音** ling⁴）

名詞。條狀凸起的傷痕：一藤條打落去皮膚就起一條～｜刮痧亦會起～嘅［刮痧也會刮出痧痕的］。

《廣韻》魯登切。《漢語大字典》："同一物體的面與面交接處，即棱角；或表面一條條凸起來的部分。"

笭 léng¹

名詞。捕蝦籠，多為竹子編成。

【入笭】yeb⁶ léng¹ 比喻中了圈套：當心入佢嘅笭［小心中他的圈套］｜入咗笭都唔知到［中了圈套都不知道］。

《廣韻》郎丁切。《說文》："籯也。"段玉裁注："竹籠。"

靚（**笭**）léng¹

【靚嚶】léng¹ kéng¹ 小子，小家伙：花～［蔑稱輕佻的男青年］｜死～［臭小子，罵男青年的話］。

【靚仔】léng¹ zei² 小子，蔑稱男青年。

新創字。原作"笭"，笭又為舊時鄉間裝殮死孩的竹籠，所以"笭仔"本為惡毒罵人語，不過現在使用時，其惡毒意味已經淡沒。

靚 léng³

形容詞。❶ 美麗，漂亮，好看：你套衫真～［你這套衣服真漂亮］｜影張～相［照一張漂亮相］｜呢處風景好～［這裏景色很美］。

【靚女】léng³ nêu⁵⁻² 1. 漂亮的姑娘。2. 漂亮，美麗（用於年輕女性）：佢生得幾～［她長得多漂亮］。3. 對年輕女子的一般稱呼。

【靚仔】léng³ zei² 1. 漂亮的小夥子或男孩。2. 漂亮（用於年輕男性）。3. 指青少年的漂亮打扮：今日着得幾～噃［今天穿得很漂亮啊］。

❷ 好：～嘢［好東西］｜呢隻米好～［這種米很好］｜心情～。

傳統方言用字。清·屈大均《廣東新語》卷十一："廣州謂美曰靚。"夢餘生《新粵謳解心·賣花聲》："鮮花咁靚，邊個唔思戴？"《嬉笑集·古事雜詠·金陵懷古》："咪估莫愁真正靚，原嚟就係蛋（疍）家妹。"

爧 léng⁶

【閃爧】xim² léng⁶ 打閃。

爧，《廣韻》郎丁切，"火光貌"。《集韻》："火光也。"

溜 leo¹（**讀音** leo⁶、liu¹）

【不溜】bed¹ leo¹（又音 bed¹ leo²）經常；一直：佢～都咁勤力［他一直都很勤奮］｜我哋～有聯繫［我們經常有聯繫］。

傳統方言用字。夢餘生《新粵謳解心·春花秋月（之四）》："（月）佢就不溜常圓，鏡唔會破，天涯海角，都伴住情哥。"另見"溜 liu¹"條。

褸 leo¹（**讀音** leo⁵）

❶ 名詞。大衣：大～｜風～［風衣］｜棉～。❷ 動詞。披，蒙蓋：～住件雨衣［披着一件雨衣］｜用帆布～住啲水泥［用帆布把水泥蒙上］｜～席［比喻當乞丐］。

L

【褸髻妹】leo¹ yem⁴ mui⁶⁻² 1. 小姑娘。2. 處女。

❸（蒼蠅、螞蟻等小昆蟲）爬，停留：烏蠅～過嘅嘢唔好食［蒼蠅爬過的東西不要吃］。❹ 詞素。

【褸尾】leo¹ méi⁵⁻¹ 1. 後來：～佢兩個和好咗［後來他們兩個和好了］。2. 後面：我哋坐喺～嗰排［我們坐在後面那排］。

【褸丘】leo¹ yeo¹ 衣衫破舊：狗咬～人（熟語）。

傳統方言字。《嬉笑集·錄舊·題寒江獨釣圖》：“满海鋪匀雪重飛，漁翁褸住件蓑衣。”

摟 leo³（**讀音** leo⁵）

動詞。搖動容器，使裏面的東西翻滾：～下個罐，睇裏頭有冇嘢［搖搖罐子看裏面有沒有東西］。

《廣韻》落侯切，“曳也”。廣州話為借用字。

嘍 leo³（**讀音** leo⁴）

❶ 動詞。邀約（較隨便的，一般是口頭的）：佢～我去聽音樂會［他約我去聽音樂會］。❷ 動詞。勸，鼓動：佢～我買咗嗰部車［他勸我買那輛車］。❸ 詞素。

【嘍口】leo³ heo² 口吃，結巴：佢有啲～［他有點口吃］｜～佬［結巴的人］

借用字。

瘺（瘻） leo⁶

【瘺啽】leo⁶ beo⁶ 穿衣過多、過肥顯得臃腫，肋胒：着起件棉褸好～［穿起棉大衣來很臃腫］。

瘺，同“瘻”。瘻，《廣韻》盧候切。《説文》：“頸腫也。”廣州話含義有變化，為借用字。

踈 lêu¹

動詞。❶ 頭往裏鑽：一頭～入條涌度［一頭扎進小河裏］。❷ 突然倒下：一槍打過去，嗰個敵人就～低［一槍打過去，那個敵人就倒下了］。❸ 蜷縮身體躺着：佢可能病咗，一個人～喺度［他可能病了，一個人蜷縮着躺在那裏］。

《集韻》盧對切，"足跌"。

鏍 lêu¹

名詞。銅圓，銅板：一個～都冇 [分文沒有] ｜一個～都唔值 [一文不值]。

【鏍屎】lêu¹ xi² 比喻最小的錢財：一個～都唔收 [分文不取]。

本義為"小釜。"廣州話為借用字。

哩 li¹

【哩啦】li¹ la¹ 説話多，多管閒事：咪咁～ [別多嘴] ｜唔使你～ [用不着你來多管閒事]。

【沙哩弄抗】sa⁴ li¹ lung⁶ cung³（沙，讀音 sa¹）見"抗 cung³"條。

【烏哩單刀】wu¹ li¹ dan¹ dou¹ 一塌糊塗，亂七八糟：你哋將呢度搞得～ [你們把這裏搞得亂七八糟] ｜幅畫畫到～ [那畫畫得一塌糊塗]。

《漢語大字典》："語氣詞。用在陳述句末，表示肯定、測度、誇張、強調等語氣。"廣州話只作詞素，與普通話不同。

又見"哩 li⁴"條。

哩 li⁴

【哩哩啦啦】li⁴ li⁴ la⁴ la⁴ 動作迅速的樣子：大家～就將會場佈置好咯 [大家呼嚕嘩啦就把會場佈置好了]。

又見"哩 li¹"條。

𨋢 lib¹

名詞。電梯。

傳統方言字。英語 lift 的音譯。

獵 lib⁶

動詞。捋：～鬍鬚。

獵，《廣韻》良涉切。《漢語大字典》："通'攦'。攬；捋理。"引《史記·日者列傳》："宋忠、賈誼瞿然而悟，獵纓正襟危坐。"

纈 lid³

名詞。❶ 結子：打～［打結］｜生～［活結］。❷ 節：柴～｜蔗～［甘蔗節］｜藕～｜手指～。

【大柴纈】dai⁶ cai⁴ lid³ 比喻難辦、棘手的事：呢個～睇下邊個嚟破嘞［這件棘手事看誰來解決］。

《廣韻》胡結切，"綵纈。"廣州話為借用字。

叻 lig¹

❶ 名詞。指新加坡，我國僑民稱新加坡為石叻、叻埠：～幣。❷ 譯音用字。

【叻㗎】lig¹ ga³⁻² 清漆。是英語 lacquer 的音譯。

【士叻】xi⁶ lig¹ 蟲膠。是英語 slick 的音譯。

傳統方言用字。

又見"叻 lég¹"條。

L

溓 lim²

動詞。水乾涸（市區少用）：煲水～咗咯［鍋裏水乾了］。

《集韻》盧感切。《廣雅》："清也，漬也。"廣州話為借用字。

斂 lim⁵⁻²

動詞。舔：～嘴［用舌頭舔嘴唇］。

《廣韻》良冉切。《說文》："收也。"《爾雅》："聚也。"廣州話為借用字。

撻 lin⁵

動詞。❶ 搬運（距離不遠的）：將行李箱嘅衫～出嚟［把行李箱的衣服拿出來］｜將柴～入廚房［把柴搬到廚房去］。❷ 翻動：咪噉～啲雞蛋啦，會爛㗎［不要那樣翻動雞蛋，會破的］。

【挪撻】no⁴ lin⁵ 反復翻動，折騰。

❸ 收拾：～好你間房啦［收拾好你的房間吧］｜將嗰堆書～好佢［把那堆書收拾好］。

撻，《廣韻》力展切，"擔運物也。"清·屈大均《廣東新語》卷十一："(廣州)般運曰撻，連上聲。"

炩 ling³

形容詞。鋥亮：擦～佢[把它擦亮]｜單車打過蠟，～好多[自行車上過蠟，亮了很多]｜爦爦～[鋥亮]。

《改併四聲篇海》引《川篇》："力正切，'炩火也。'"廣州話與之接近。

溜 liu¹

【喬溜】qiu⁴ liu¹ 1. 愛挑剔，(脾氣)古怪：呢個人好～㗎[這個人脾氣很古怪]。2. 語句拗口，讀來不順：呢段話好～[這段話很拗口]。

同音借用字。

又見"溜 leo¹"條。

憭 liu¹（讀音 liu⁴）

疊用作某些形容詞的詞尾，有空而無物之意。

【輕憭憭】héng¹ liu¹ liu¹ 輕輕的：個箱裏面係乜嘢嚟㗎，～嘅[箱子裏是甚麼東西，輕輕的]？

【空憭憭】hung¹ liu¹ liu¹ 空空的：屋裏頭～，乜都冇[房子裏空空的，甚麼都沒有]。

《廣韻》落蕭切，"空貌"。

撩 liu⁴⁻²

動詞。用棍子攪、繞：～咗啲蟧蟧絲網[把蜘蛛網繞下來]｜鹽水～下佢至溶得快[鹽水攪拌一下才溶得快]｜攞條棍～咗屋頂件衫落嚟[拿條棍子把房頂的衣服夠下來]。。

《廣韻》落蕭切。《字彙》："挑弄也。"

又見"撩 liu⁴"條。

撩（嫽）liu⁴

動詞。❶ 招惹：佢做緊功課，唔好～佢［他正在做功課，不要招惹他］｜～嬲咗佢你就聽衰［惹怒了他你就要倒霉了］｜～鬼攞病［俗語。比喻自找麻煩，自討苦吃］｜～是鬥非［挑撥是非，無事生非］。❷ 挑逗，戲弄（多指用語言挑逗）：～女仔［挑逗女孩子］｜～到佢喊［逗到她哭了］。

《廣韻》落蕭切。《字彙》："挑弄也。"《魏志．龐德傳》："但持長矛撩戰。"

又作"嫽"。嫽，或為本字。《廣韻》落蕭切，"相嫽戲也。"《集韻》："相戲。"

又見"撩 liu⁴⁻²"條。

囉 lo¹

❶ 語氣詞，用於反詰：噉唔係得～［這不就行了嗎］！❷ 詞素：～柚［屁股］｜～氣［勞神］｜百～［嬰兒出生一百天］。

【囉囉攣】lo¹ lo¹ lün¹ 因煩躁不安而折騰、吵鬧（多用於小孩）：個仔唔知邊度唔妥，成晚～［孩子不知哪兒不舒服，一個晚上鬧騰］｜呢兩日我嘅心一直～［這兩天我一直心神不寧］。

【囉攣】lo¹ lün¹ 1. 小兒由於不舒服而哭鬧：個朘蝦仔咁～，唔知係唔係肚痛呢［這小孩這樣哭鬧，不知道是不是肚子疼］？2. 肚子不舒服的感覺：今日個肚有啲～［今天肚子有點不舒服］。3. 由於身體不舒服而在牀上輾轉反側。

《廣韻》魯何切，"歌詞"。《集韻》："歌助聲。"《漢語大字典》："吵鬧行事。"

又見"囉 lo³"條。

籮 lo¹

名詞。小籃子，手提小籮。

傳統方言字。

攞 lo²

❶ 動詞。拿走，拿來：邊個～咗我本書［誰拿走我的書］？｜～個士巴拿畀我［拿個扳手給我］。❷ 動詞。拿住，拿着：佢～住把刀［他拿着一把刀］｜兩隻手～住好多嘢［兩隻手拿着很多東西］。❸ 動詞。取，領取，支取：～籌［領號兒］｜去郵局～包裹｜去銀行～錢。

【攞掂】lo² dim⁶ 1. 裁彎取直：呢條路要～佢［這條路要修直它］。2. 駕駛時把握正直的方向：～舦［把正舵］。

❹ 動詞。收取，捕取：～柴［拾柴］｜～草［割草］｜出海～魚［出海打魚］。

【攞彩】lo² coi² 1. 增光，露臉：佢同學校～咯［他給學校增光了］。2. 出風頭：今日你夠～咯［今天你出盡風頭了］。3. 炫耀自己：得啲成績就喺度～［得了一點成績就在這裏炫耀］。

❺ 動詞。討，要：去問佢～［去向他要］｜～個好意頭［討個吉利］。

【攞膽】lo² dam² 1. 要命：呢勻～咯，噉樣損失好大㗎［這回要命了，這樣損失很大的呀］！2. 大膽：你夠～咯，噉都應承［你膽子夠大的了，這樣也答應］！

❻ 介詞。用，以：～桶嚟裝［用桶裝］｜～棍打｜～佢嚟做樣［以他作樣子］。

攞，本義為揀、取。《集韻》良何切，"揀也。"《玉篇》力多切，力可切，"揀攞也。"《粵謳·真正攞命》（陳寂整理）："攞人條命，都係個一點癡情。"

囉 lo³

語氣詞。❶ 用在陳述句末，相當於了、啦：開飯～｜翻風～［起風啦］｜係噉嘅～［是這樣的了］。❷ 嘍，吧：走～｜行快啲～［走快點吧］。❸ 語氣詞詞素。

【囉噃】lo³ bo³ 表示提醒、催促：夠鐘～［時間到了］｜好食藥～［該服藥了］｜走～［該走了］。

【囉咩】lo³ mé¹ 表示疑問：做好～［做完了嗎］？｜整翻好～［修好了嗎］？

【囉喂】lo³ wei² 表示提醒、使令（語氣比“囉嗗”重）：交卷～[該交卷了] ｜到你～[該你了]。

【囉喎】lo³ wo³ 表示提醒，商量（語氣比“囉嗗”輕）：好打個電話畀佢～[該打個電話給他了] ｜趕唔切～[要趕不及了]。

《漢語大字典》：“助詞。用於句末，相當於‘了’、‘啦’。”又見“囉 lo¹”條。

爈 lo³

名詞。煳味（燒頭髮等的氣味）：一飈～嚨[一股煳味] ｜乜呢度咁～㗎[這裏為甚麼一股煳味的]？

【臭火爈】ceo³ fo² lo³ 煳味，煙火味：啲粥～嘅[粥有一股煳味]。

傳統方言字。

羅 lo⁴

語氣詞。表不言而喻：係～，噉就對咯[是了，這就對了] ｜梗係坐車好～[當然是坐車好了] ｜唔識就學～[不懂就學唄]。

同音借用字。

剢 log¹

動詞。拔硬物：～牙[拔牙] ｜～咗眼釘[把釘拔掉]。

【剢咗棚牙】log¹ zo² pang⁴ nga⁴ 比喻使無話可說：等我攞出證據，就剢咗你棚牙[等我拿出證據來，你就無話可說了] ｜佢咁牙擦，等我 咗佢棚牙至得[他這麼自負，等我來掃掉他的威風]！

《廣韻》盧各切。《廣雅》：“剔也。”王念孫疏證：“剢者，《眾經音義》卷十一引《通俗文》云：‘去骨曰剔，去節曰剢。凡剔去毛髮爪甲亦謂之剢。’”

嚛 log¹

【嚛嚛聲】log¹ log¹ séng¹ 形容清脆響亮的聲音。1. 比喻人能說會道：佢把嘴～嘅，冇人講得過佢[他非常能說會道，沒人說得過佢]。2. 比喻名聲響亮：佢喺我哋縣係～㗎[他在我們縣裏是名聲響亮的]。

《廣韻》呂角切，"嗠，啅嗠，有才辯"。《集韻》："嗠，啅嗠，辯捷也。"

啷 long¹

❶ 象聲詞。鈴鐺的響聲。❷ 詞素。

【啷箕】long¹ géi¹ 一種蕨草，莖細長，硬而有心。廣東農村多用作柴火。

【發啷戾】fad³ long¹ lei² 突然放肆地發脾氣。

《漢語大字典》："象聲詞。1. 搖鈴的聲音。2. 器物撞擊的聲音。"

哴 long²

動詞。涮，漱：用水～一下｜～口[漱口]｜～口盅[漱口杯]。

【哴釉】long² yeo⁶⁻² 1. 搪瓷器皿或陶瓷器燒製前上釉。2. 形容人油嘴滑舌：佢把嘴哴過釉嘅[他的嘴巴油滑得很]。

借用字。

掕 long³

動詞。墊，架起：～高個箱[把箱子墊高]｜將嗰尊雕像～上書櫃頂啦[把那尊雕像架到書櫃頂上吧]｜～起隻腳嚟坐[架着二郎腿坐]。

新創字。

莨 long⁵

廣東地名用字：～塘｜沙～（都在羅定）。

《集韻》里養切，"草名"。廣東多作地名。

晾（眼） long⁶

動詞。❶ 晾曬，晾乾：～衫[晾衣服]。❷ 涼（liàng）：～凍杯水。❸ 張掛：～蚊帳。

《字彙補》里樣切，"𪰂暴也"。《漢語大字典》："把東西放在通風或陰涼的地方使乾燥。"又，"把熱的東西放一會，使溫度降低。"有用"眼"。眼，《集韻》郎宕切，"暴也"。《字彙》："𪰂眼。"

《漢語大字典》："把東西放在通風或者陰涼的地方，使其乾燥。"

裉 long⁶

名詞。襠：褲～｜橫～｜直～｜開～褲。

《集韻》里黨切，"裉褬，衣敝。"廣州話為借用字。

撈 lou¹

動詞。❶ 拌，攪：～面［拌麵條］｜～汁［用菜汁拌飯］｜石仔～沙［石子拌沙］｜～勻佢［把它拌均勻］。❷ 混合，合：啲行李都～亂晒咯［行李都混了］｜兩件事唔好～埋講［兩件事不要混在一起說］｜～得埋［（兩人）合得來］。❸ 混（生活），謀生：呢一行佢～咗十幾年［這一行他混了十幾年］｜佢一直喺嗰度～［他一直在那裏混］｜～世界［謀生；闖江湖］｜～家［指沒有正當職業，專靠欺詐拐騙過活的流氓］。

【撈𢯎】lou¹ lin³ 1. 弄來弄去，折騰：你～咁多貨就殘嘅喇［你翻來翻去貨就會殘的］。2. 倒騰錢以取利。

【撈偏門】lou¹ pin¹ mun⁴ 1. 從事不正當的職業。2. 搞非法經營。3. 做少人做的生意。

❹ 用各種手段獲取，得到：畀佢～咗［給他得到了］｜～雞［得到好處，獲得成功（粗俗的說法）］｜～過界［超越了範圍。比喻侵犯了別人的利益］｜～靜水［比喻從別人不大注意的地方、或看不起的事物中，獲取了很大的好處或利益］。

【撈嘢】lou¹ yé⁵ 1. 得到利益，佔了便宜：呢次你～咯［這次你賺了］。2. 反語。觸了霉頭，沾到了不好的東西：佢撈正嘢，上面一盆水淋到佢成身濕［他觸了霉頭，上面一盆水澆了他一身濕］｜張椅油漆未乾，邊個坐上去邊個～［那椅子油漆未乾，誰坐誰倒霉］。

❺ 行，幹（多用於否定句）。

【唔撈】m⁴ lou¹ 1. 不幹：嗰嘅事我～［這種事我不幹］｜～佢［不幹它；不給他幹］。2. 不行，行不通：你唔辦手續就去，～嚕［你不辦手續就去，可不行啊］。3. 不划算，划不來：咁貴，～嚕［這麼貴，划不來］。

傳統方言字。《廣韻》魯刀切，"取也"。夢餘生《新粵謳解心・做我地呢份老舉》："但係佢地話世界難撈，連飯碗都要搶。"

本字應為"攎"。攎，《廣韻》落胡切，"攎斂"。《集韻》："斂也。"清・徐灝《說文解字注箋》："今粵語人無賴而營求度日謂之'攎'，正是攎斂之義，讀若'盧'之清聲。"

又見"撈 lao¹"條、"撈 lao⁴"條。

佬 lou²

名詞。男人的俗稱，多帶輕蔑語氣。

❶ 稱某地方的人：廣東～｜上海～｜外江～［外省人］｜美國～｜番鬼～［西洋人］。❷ 稱從事某種職業的人：生意～［商人］｜耕田～｜軍～［軍人］｜收買～［收破爛的］｜泥水～［泥水匠］｜門木～［木匠］｜豬肉～［賣豬肉的］。❸ 稱身體有某些特徵或缺陷的人：肥～［胖子］｜高～［高個子］｜盲～［瞎子］｜跛腳～［瘸子］。❹ 稱具有某些習性或特徵的人：懶～［懶漢］｜爛～［惡棍，放肆不講理的人］。

【闊佬】fud³ lou² 1. 有錢人。2. 闊氣：你真～，咁好嘅嘢㨃手就掉咗［你真闊氣，這麼好的東西轉手就丟掉］。

❺ 特指情人（男性）：搵～［找漢子］｜勾～［勾引男人］｜跟～［跟男的私奔］。

傳統方言字。清・招子庸《粵謳・真正惡做》："勸汝的起心肝，尋過個好佬。"《嬉笑集・漢書人物雜詠・朱買臣》："誰知做到官番（翻）去，佢就跟啱佬住埋。"

有認為"佬"即"獠"。清・屈大均《廣東新語》卷十一："廣州謂平人曰佬，亦曰獠，賤稱也。"獠，《廣韻》盧皓切。古時罵人之詞。唐·劉肅《大唐新語》:“高宗大怒,命引出。則天隔簾大聲曰:‘何不撲殺此獠!’”近代白話小說也見使用“獠”這個詞,如《古今小說·沈小霞相會出師表》:“你這獠子好不達時務!”

嚕 lou³(**讀音** lou¹)

指示代詞。那:~便[那邊]。

“嚕”,四鄉多用,且可單用;市區少用,即使使用,一般也要與“呢 ni¹”搭配用,如:講呢講~[說這說那]|指呢指~[指這指那]|嫌呢嫌~[嫌這嫌那]。

借用字。

螃 lou⁴

見“蟧 kem⁴”條。

傳統方言字。螃,《爾雅》:“螺屬。”《廣韻》落蕭切,“馬螃,大蟬。”廣州話與之俱不合,為借用字。

櫓 lou⁵(**又音** nou⁵)

名詞。❶ 秤毫,桿秤上手提的部分,多用繩子或皮條製成:頭~|二~。❷ 船櫓:搖~。

《廣韻》郎古切。《說文》:“大盾也。”《正字通》:“槳,行舟具,長大曰櫓,短小曰槳。”廣州話 ❶ 義為借用字。

潞 lou⁶

名詞。提子,賣油、酒時用來量油或酒的器具:油~[油提]|酒~[酒提]。

本為水名、古地名。廣州話為借用字。

露 lou⁶

動詞。❶ 折(zhē),倒騰:啲水重滾,~凍至飲[水還燙,折涼了再喝]|將呢煲水~過去[把這鍋水全倒到那邊(鍋)去]。❷ 用碗量水或量米:啲藥要~三碗水落去煲[藥要用三碗水煮]|~兩碗米煮飯。

同音借用字。

睩 lug¹

動詞。瞪眼：～大雙眼［瞪大眼睛］｜～起對眼［瞪大眼睛］｜吹鬚～眼［吹鬍子瞪眼睛］。

本義為眼珠轉動。《廣韻》盧谷切。《玉篇》："視貌。"《楚辭·招魂》："蛾眉曼睩，目騰光些。"廣州話為借用字。南音《大鬧梅知府》："佢雙眼睩圓，竅（翹）起把鬍鬚。"

碌（轆） lug¹

❶ 動詞。滾動：～落山［滾下山去］｜～鐵圈（一種兒童遊戲）｜～地［在地上打滾］。

【碌架牀】lug¹ ga³⁻² cong⁴ 雙層牀，架牀。

【碌卡】lug¹ ka¹ 刷卡，指顧客用銀行卡付款：呢度可以～嗎［這裏能刷卡嗎］？｜而家興～［現在時興刷卡］。

❷ 動詞。軋，碾壓：部車差啲～親佢［那車差點兒軋着他］｜～平條路［把路碾平］。❸ 名詞。圓柱形的東西：石～［石滾，碌碡］｜磨～［石磨的上片］｜蝦～［蝦段］。

【大碌木】dai⁶ lug¹ mug⁶ 比喻呆板、笨拙的人。

❹ 量詞。用於圓柱形的東西：一～杉［一根杉木］｜一～蔗［一段甘蔗］｜一～葛［一塊葛薯］。

本義為多石的樣子。《廣韻》盧谷切，"多石貌。"廣州話為借用字。

有用"轆"字。

轆 lug¹

名詞。❶ 輪子：前～｜後～｜個～漏氣喇［輪子漏氣了］。❷ 軲轆：線～［線軸，木紗團］。

【圓軲轆】yün⁴ gu¹ lug¹ 圓鼓鼓的，圓溜溜的：食到個肚～噉［吃得肚子圓鼓鼓的］｜嗰嚿大石～噉，冇人爬得上去［那塊大石頭圓圓的，沒人能爬上去］。

《廣韻》盧谷切。普通話用於"轆轤"、"轆轆"等詞，不單用。廣州話多單用，單用時含義與普通話不完全相同。

渌 lug⁶

動詞。用開水或熱水燙：～魚片［涮魚片］｜～親隻手［燙傷了手］。

本為水名。廣州話為借用字。《嬉笑集·辛酉東居·蘆之湯温泉》："唔係温泉隔夜擠，何難渌熟隻蝦嚟。"

踛 lug⁶

動詞。踐踏：草地咁靚，唔好～佢［草地這麼美，別踐踏它］｜舊時洗被單係到河邊用腳～嘅［過去洗被單是到河邊用腳踩的］。

《廣韻》力竹切。《集韻》："翹足也。"廣州話為借用字。

攣 lün¹

形容詞。❶ 彎曲：呢條棍～嘅［這根棍子是彎的］｜鐵線～啲冇問題［鐵絲彎一點沒問題］｜～毛 (mou¹)［卷髮；卷髮的人］

【攣捐】lün¹ gün¹ 1. 彎彎曲曲的：行咁遠兼夾路～［走那麼遠，路又彎曲］。2. 心情鬱悶：個心好～［心情鬱悶不安］。

❷ 蜷縮：～埋身瞓［蜷縮着身子睡］｜～弓［彎着身，蜷縮着］。

《廣韻》呂員切，"攣綴"。《集韻》龍眷切，"手足曲病。"

戀 lün⁵⁻²

動詞。❶ 粘，滾動着粘：～咗一身泥沙［滾了一身泥沙］｜開口棗上面～住好多芝麻［開口笑上面粘着很多芝麻］。❷ 卷：～席［卷席子］｜～包袱。❸ 揩擦以吸乾液體：～乾啲汁［把汁吸乾］｜用飯～下個油鑊［用飯揩揩油鍋］。

借用字。

聯 lün⁴

動詞。縫：～衫［縫衣服］｜多～兩針。

《廣韻》力延切。《龍龕手鑑》："綴也。"《警世通言·宋小官團圓破氈笠》："穿了一件新聯就的潔白湖紬道袍。"《粵謳·

梳髻》(陳寂整理)："紮住髻根，聯住髻尾。"

窿 lung¹

❶ 名詞。孔，洞，眼兒：老鼠～｜山～｜穿咗～[穿了孔，破了洞]｜～罅[角落，旮旯]。

【窿路】lung¹ lou⁶ 門路：考試唔合格，有～都唔得[考試不及格，有門路也不行]。

【山窿山罅】san¹ lung¹ san¹ la³ 偏遠的山區；大山深處：我鄉下喺～度[我的家鄉在偏遠的山區]

❷ 量詞。窩：一～蛇｜一～狗仔。

傳統方言字。《嬉笑集·漢書人物雜詠·田橫》："趯到四圍都近海，任從兩個去捐窿。"

《廣韻》力中切，"穹隆，天勢，俗加穴"。《現代漢語詞典》："煤礦坑道。"普通話"窟窿"一詞與廣州話近似，但"窿"表孔、洞義時不單用。

有用"寵"。寵，應為本字。《廣韻》力董切，"孔寵"。《集韻》："寵，孔寵，穴也。"

龍 lung⁴⁻²

名詞。錢銀。不單獨使用：刮～[搜刮錢財，貪污]｜刮粗～[搜刮大量錢財]｜鹹～[舊時戲稱港幣]。

清代錢幣龍洋的省稱，後泛指錢銀。

籠 lung⁴⁻²

名詞詞素。指有一定體積的空間。一般不單獨使用：空～[空心，中空]｜密～[裏面的空間與外面不相通]｜通～[穿孔的，可以透氣或通過的]。

傳統方言字。

槓 lung⁵（讀音 gong³）

名詞。箱籠，盛衣物用的大箱子：將個～搬入房去[把箱子搬到屋裏去]｜箱箱～～[大箱小箱的。多作傢俱的統稱]。

廣州話為借用字。

有用“篢”。篢，《廣韻》古紅切，“篢笠，方言”。廣州話讀音 lung⁵。黄侃《蘄春語》：“吾鄉為死者作齋，編竹為小匧以盛紙錢曰‘篢’，而讀‘籠’上聲。恒言箱匧亦多曰箱篢。”兩廣多作地名用字，如：織～（在廣東陽西）｜花～（在廣西荔浦）。

又有作“槰”。《三灶民歌·開荒》：“朝早打開銀櫃槰，晚間銀槰掩唔埋。”槰，本為木名。《廣韻》盧貢切。《說文》：“木也。”廣州話與之不合，不採用。

M

唔 m⁴

副詞。不：～夠［不夠］｜～睇［不看］｜～得［不行］｜～知到［不知道］。

【唔該】m⁴ goi¹ 客套話，請求或感謝他人時用，相當於“謝謝、請、勞駕、借光、對不起”等：～你喇［謝謝了］｜～幫我叫聲佢［請幫我喊他一聲］｜～同我遞張條紙畀佢［勞駕幫我送一張字條給他］｜～借歪 (mé²)［借光，請讓一讓］｜踩親你添，真係～［踩到你了，真對不起］。

【唔係】m⁴ hei⁶ 1. 不是：～佢［不是他］｜佢原先～噉講嘅［他原來不是這樣說的］。2. 不然：你要準時到，～大家就唔等你㗎喇［你要準時到，不然大家就不等你了］｜你要聽話，～就唔帶你去喇［你要聽話，不然就不帶你去］。3. 不就，可不是：噉～得囉［這不就成了嗎］？｜噉～，我早就講過嘅啦［可不是，我早就說過的了］！

【唔嚹耕】m⁴ na¹ gang¹ 1. 不相干，沾不上邊兒：呢兩件事～，唔好撈埋講［這兩件事互不相干，不要混在一起說］。2. 離譜：人哋問呢樣你答嗰樣，都～嘅［人家問這樣你答那樣，真是離譜］。

【唔啱】m⁴ ngam¹ 1. 不對：你噉做係～嘅 [你這樣做是不對的] ｜條數噉計～ [這道題目這樣算不對；賬不能這樣算]。2. 不合適：呢粒螺絲～ [這枚螺絲不合適] ｜件衫～佢着 [這衣服不合他穿]。3. 不然，要不然：～噉啦 [要不然這樣吧] ｜～你哋一齊參加啦 [不然你們一起參加吧]。

【唔使指擬】m⁴ sei² ji² yi⁵ 別指望，別夢想：～佢會幫你 [別指望他會幫你] ｜邊個都～我會開後門 [誰也別指望我會開後門] ｜想坐喺處就有得食？～喇 [想坐着就有吃的？別夢想了]。

傳統方言字。明 · 佚名木魚書《花箋記 · 〈花箋〉大意》："山水無情能聚會，多情唔信肯相忘。" 明 · 佚名木魚書《二荷花史 · 喬妝珠女》："此珠唔係乜尋常，唔係石家揞佢稱為緣，亦唔係妄做下喉一串香，……" 何惠群南音《歎五更》："好花自古香唔久，只怕青春難為使君留。"

孖 ma¹

❶ 形容詞。孿生：孖仔 [孿生兄弟] ｜大～ [名詞。孿生兄弟姊妹中的先出生者] ｜細～ [名詞。孿生兄弟姊妹中的後出生者]。❷ 形容詞。成雙的，連在一起的：～手指 [六指兒] ｜～蕉 [相連着的兩個香蕉] ｜兩樽啤酒～埋綁住 [兩瓶啤酒捆在一起] ｜～辮女 [梳着兩條辮子的女孩]。❸ 動詞。連帶，合夥：～埋佢去 [叫他一起去] ｜大家～埋玩 [大家一起玩] ｜～份 [合夥]。❹ 量詞。用於成雙成對又連在一起的東西：一～臘腸 [一對香腸] ｜一～油炸鬼 [一根油條] ｜一～梘 [一條肥皂]。❺ 詞素。

【孖展】ma¹ jin² 1. 商人。是英語 merchant 的音譯。2. 利潤，賺頭。是英語 margin 的音譯。

【黑孖孖】heg¹ ma¹ ma¹ 黑咕隆咚，黑漆漆：山窿裏頭～，乜都睇唔見 [山洞裏黑咕隆咚的，甚麼都看不見]。

傳統方言字，訓讀字。《廣韻》子之切，"雙生子也。"《集韻》："一產二子。" 夢餘生《新粵謳解心 · 情一個字》："往日有過蚊(文)錢，佢嚟孖你拜案；呢陣唔同世界，咁(噉)就反眼相看。"《嬉笑集·漢書人物雜詠·張良》:"慣孖皇帝撐台脚，怕見行家刨地皮。"

嫲 ma⁴

名詞。祖母。

傳統方言字。

碼 ma⁵

動詞。❶ 捆緊：唔用嘅碗就用繩～起佢［不用的碗就用繩子捆起來吧］｜攞鐵線將個木箱～實［用鐵絲把木箱捆牢］。❷ 釘在一起：用碼釘～實兩條杉［用螞蟥釘把兩條杉木釘在一起］。❸ 引申指依附，巴結：佢好想～住領導［他很想巴結領導］。❹ 引申指控制，籠絡：佢～住一班人［他籠絡、控制着一夥人］。

《廣韻》莫下切。《漢語大字典》:"方言。堆疊；壘起。"廣州話為借用字。

睍 mag¹

動詞。❶ 球賽時人盯人：～實佢［盯緊他］｜～人要～衡啲［盯人要盯緊點］。❷ 打分：唔知會～幾多分［不知能打多少分］｜～錯分［打錯了分數］。

是英語 mark 的音譯。

《廣韻》胡典切。《集韻》:"目小也。"廣州話為借用字。

擘 mag³

動詞。❶ 撕開：～爛件衫［撕破了衣服］｜喺筆記簿～張紙畀我［從筆記本上撕一張紙給我］｜～開幾邊［撕成幾瓣］｜～面［撕破臉皮，鬧翻］。❷ 張開，叉開（眼睛、嘴巴、手指、兩腿等）：～大眼［睜開眼］｜～開口［張開嘴巴］｜～開兩隻手指｜～開對腳［叉開腿］。

【擘大眼賴尿】mag³ dai⁶ ngan⁵ lai⁶ niu⁶ 熟語。瞪着眼睛尿牀，

形容人明知是不該做的事情卻不得不做。
《廣韻》博厄切，“分擘。”《說文》：“撝也。”段玉裁注：“今俗語謂裂之曰擘開。”《玉篇》補革切，“裂也。”《嬉笑集·古事雜詠·昭君彈琵琶出塞》：“抱住琵琶就出關，擘開雙眼萬重山。”廣州話聲母發生變化。

埋 mai⁴
❶ 動詞。1. 靠近：車～站［車靠站］｜～嚟［過來］｜～年［接近過年］｜～尾［收尾，煞尾］。2. 進入，落座：雞～籠［雞進入籠子］｜～棧［入住旅店］｜～位［入座］。3. 閉，合：傷口～口［傷口癒合］｜～閘［閘口關閉；店鋪關門］。4. 組合，聚合：～堆［扎堆］｜～會［組合成會］。5. 結算，結賬：～數［結賬］｜～櫃［店鋪結算當天賬目］。
【埋單】mai⁴ dan¹ 1. 結賬，消費後付款：呢餐飯我～［這頓飯我來結賬］。2. 轉指對事情負責：如果搞腡（wo⁵）咗，邊個～［如果黃了，誰負責］？｜你照佢講嘅做，唔使你～嘅［你照他說的去做，不會要你負責任的］。
❷ 放在動詞後面作補語。1. 表示趨向：行～嚟［走過來］｜推～去［推過去］｜掃～一便［掃到一邊去］。2. 表示變為某種狀態：縮～一嚿［縮成一團］｜黐～一笪［黏在一起］｜炒～唔夠一碟［炒起來不夠一碟］｜眯～眼［閉上眼睛］｜閂～門［關上門］。3. 表示範圍擴充：連我都鬧～［連我也罵了］｜連我嗰份都攞～［把我那一份也要了］｜食～嗰兩啖飯啦［把那兩口飯都吃了吧］｜衫都濕～［衣服全濕了］。4. 表示全部、盡是、淨、老是：乜都要～［甚麼都要了］｜講～晒啲唔等使嘅嘢［淨說些廢話］｜行～晒啲冤枉路［老是走彎路］。❸ 形容詞。1. 近，靠裏：企～啲［站近一點］｜挨～牆［靠着牆］｜行～去［靠過去；走過去］。2. 合得來，相投合：傾得～［聊得來］｜打唔～［合不來］。3. 合攏，黏合：櫃桶推唔～［抽屜推不進去］｜度門閂得～嗎［門能關上嗎］？｜黐唔～［黏不上］。4. 準：話唔～［說不準］｜講唔～［說不定］｜呢啲嘢講得～嘅咩［這些事能

説得准嗎]！❹ 方位詞。裏，內：～便有位[靠裏邊的地方有位置]｜～低[裏邊]。

傳統方言字。明·佚名木魚書《二荷花史·若雲邀玩》："指日花邊和月下，與嬌一定就埋堆。"

攣 man¹

動詞。❶ 扣（扳機）：～雞[扣扳機]。❷ 扶，扒（bā）：～實我嘅髆頭[扶緊我的肩膀]｜～住牆頭爬上去[扒着牆頭爬上去]。

【攣車邊】man¹ cé¹ bin¹ 1. 搭腳兒（因便免費乘車）。2. 引申指沾光。

❸ 扳，挽回：睇下有冇得～[看看能不能挽回]｜冇得～[無法挽回]｜最後～翻個面[最後挽回了面子]。

攣，《康熙字典》："音義闕。"廣州話為借用字。

M

掹 mang¹

動詞。❶ 張掛：～蚊帳。❷ 拉：～條繩晒衫[拉條繩子晾衣服]。

新創字。

矛 mao⁴

動詞。❶ 粗野：佢打波好～[他打球很粗野]｜發～[指人因過於衝動而急紅了眼，不顧一切]。❷ 因情急而焦躁：聽到個仔蕩失路，佢成個～晒[聽到兒子迷了路，她直發急]。❸ 耍賴：回棋啝，咁～嘅[悔棋啊，這麼耍賴的]｜咁～，冇人同你玩㗎[這麼耍賴，沒人願意跟你一起玩的]。

同音借用字。

¹**咩** mé¹

語氣詞。表疑問：係～[是嗎]？｜你冇睇過～[你沒看過嗎]？｜噉都得～[這還成嗎？這樣也可以嗎]？｜唔通你睇住佢衰～[難道你看着他倒霉嗎]？

同音借用字。

2 咩 mé1

❶ 象聲詞。羊叫聲。❷【羊咩】yêng4 mé1 羊：一群～｜～鬚 [山羊鬍子]｜～屎 [顆粒狀的糞便]。

本義指羊叫。《龍龕手鑑》迷爾反，"羊鳴也。"

孭 mé1

動詞。❶ 背 (bēi)：～仔 [背小孩]｜～住個傷員 [背着一個傷員]｜～帶 [背帶]。❷ 挎：～住支駁殼 [挎着一把駁殼槍]｜～住個行軍袋 [挎着個挎包]。❸ 承擔，擔當 (責任) (貶義)：你唔聽大家意見，呢個責任你自己～啦 [你不聽大家意見，這個責任你自己承擔吧]。

【孭飛】mé1 féi1 承擔責任：出咗問題邊個～ [出了問題誰負責]？

【孭鑊】mé1 wog6 背黑鍋：佢惹嘅麻煩要我嚟～ [他惹的麻煩要我來背黑鍋]。

傳統方言字。《三灶民歌·事理對歌》："百樣生意百樣難，唔係孭籃上街咁清閒。"

歪 mé2

形容詞。不正，歪斜：鏡架掛～咗 [鏡架掛歪了]｜嗰條電燈杉係～嘅 [那根路燈杆子是歪斜的]｜～零秤 [歪歪斜斜的]。

【借歪】zé3 mé2 借光，讓一讓：唔該，～ [對不起，請讓一讓]。

傳統方言字，屬訓讀字。《粵謳·無情月》："若是佢心歪唔紀念，叫佢手按住良心睇一吓（下）天。"

乜 med1 (又音 mé1)

❶ 代詞。甚麼：～都唔要 [甚麼都不要]｜有～講～ [有甚麼說甚麼]｜叫～名 [叫甚麼名字]？｜為～唔出聲 [為甚麼不吭聲]？

【乜都假】med1 dou1 ga2 1. 表示意願堅決：唔成功，～ [不成功，甚麼都別說]｜佢唔公開道歉，～ [他不公開道歉，決不答應]。2. 表示無能為力：咁遲至嚟，～啦[這麼晚才來，白搭了]｜佢唔同意嘅話，～[他如果不同意，說甚麼都沒用]！

【乜嘢】med¹ yé⁵ 1. 甚麼東西：裏頭裝啲～[裏面裝的是甚麼]？｜～嚟㗎[甚麼東西啊]？2. 甚麼：佢講～[他說甚麼]？｜～人講～話[甚麼人說甚麼話]。

【使乜】sei² med¹ 1. 何必：～咁麻煩[何必那麼麻煩]｜你～咁客氣[你何必那麼客氣]。2. 用不着，不需要：～你理[用不着你管]｜～你多嘴[不需要你多嘴]。

❷ 代詞。怎麼，為甚麼：～唔見人嘅[怎麼不見人了]？｜～做得咁快呀[為甚麼幹得那麼快]！｜～你唔知咩[怎麼你不知道嗎]？❸ 詞素。

【乜滯】med¹ zei⁶ 助詞。用在否定詞和動詞或形容詞之後，有"(不)怎麼"、"(沒有)甚麼"、"幾乎(沒有)"等意思：佢唔中意～[他不怎麼喜歡]｜飯未熟～[飯還不怎麼熟]｜冇～[幾乎沒有了，快沒有了]。

傳統方言字。明·木魚書《花箋記·碧月收棋》："任君逞盡風流舌，姐亦唔憂有乜耳裝。"清·招子庸《粵謳·吊秋喜》："只望等到秋來還有喜意，做乜才過冬至後就被雪霜欺？"

嘜 meg¹

❶ 名詞。商標：三角～｜肥仔～[小胖子]｜豬～[蠢豬；豬一樣的蠢]。是英語 mark 的音譯。

【嘜頭】meg¹ teo⁴ 樣子(含貶意)：睇你嗰個～唔知似乜[看你那樣子不知像甚麼]!

❷ 名詞。玄孫(曾孫的兒子，孫子的孫子)。❸ 名詞。空罐頭盒：罐頭～｜牛奶～｜煙仔～。英語 mug 的音譯。❹ 量詞。筒(空罐頭盒)：一～米。

傳統方言字。

瘼 meg⁶

名詞。較小的痣，或點狀，或顆粒狀。

較大的痣，廣州話也叫“痣”。廣州話的“痣”和“瘻”，普通話都叫“痣”。

傳統方言字。

咪 mei¹

名詞。話筒，麥克風。

英語 microphone 頭一個音節 mi 的音譯。

另見“咪 mei⁵”、“咪 mei⁶”、“咪 mi¹”條。

㓟 mei¹

動詞。❶（用指甲）掐：菜好老，指甲都～唔入［菜很老，指甲都掐不進去］。❷ 用小刀切割，削，刻：將蔗～開三橛［把甘蔗切開三截］｜～鉛筆［削鉛筆］｜千祈唔好喺書枱上面～字［千萬不要在書桌上刻字］。❸ 啃書本，鑽研：唔好死～書［不要死啃書本］｜呢個問題佢～得好深［這個問題他鑽研得很深］。❹ 轉指用功，勤奮：佢好～得㗎［他（讀書）很勤奮］｜～家［戲稱整天捧着書本看的人］。

新創字。

有人用“咪”字。

咪 mei⁵

副詞。別，不要：～郁［別動］｜～行自［先別走］｜～話佢知［別告訴他］。

【咪搞我】mei⁵ gao² ngo⁵ 1. 別來麻煩我：我周身唔得閒，～咯［我很忙，別來麻煩我吧］。2. 表示拒絕做某事：呢啲事～［這類事可別找我］。

【咪拘】mei⁵ kêu¹ 1. 別客氣：嚟到我屋企，～呀［來到我家，不要客氣呀］。2. 別，別價：～，呢啲事咪搵我［別，這種事不要找我］。

傳統方言字。夢餘生《新粵謳解心·春花秋月（之三）》：“千祈咪當妹係明日黃花，好似秋後扇咁擛。”（按：原文“明日”作“明目”。）《三灶民歌·姻緣未到》：“咪講啯年共你同出世，咪講嗰年共你出新籠。”

另見“咪 mei1”、“咪 mei6”、“咪 mi1” 條。

咪 mei6

“唔係”的合音，相當於不是、不就、就等意思：噉樣更好，係～[這樣更好，是不是]？｜你當時噉諗～好囉[你當時懂得這樣想不就好了]｜你想去～去囉[你想去就去唄]。

傳統方言字。夢餘生《新粵謳解心·真正累世》：“係咪為着恩愛夫妻，唔肯話擲妾侍？”

另見“咪 mei1”、“咪 mei5”、“咪 mi1” 條。

尾 méi1

名詞。末尾，後：最～嗰個[最後那個]｜排喺最～[排在最後]｜第～[倒數第一]｜～二[倒數第二個]｜～指[小指]｜～～屎[倒數第一(兒童多用)]。

傳統方言字。

蜫 méi1

【塘蜫】tong4 méi1 1. 蜻蜓。2. 一種無篷小艇。

傳統方言字。

有作“蝞”。蝞，《廣韻》明祕切，“似蝦，寄生龜殼中，食之益人顏色。”廣州話與之不合，不採用。

溦 méi1

名詞。極細小的水滴：雨～[毛毛雨]｜口水～[唾沫星子]。

《廣韻》無非切，“小雨。”《説文》：“小雨也。”

眯 méi1

動詞。❶ 閉合着(眼、嘴)：～埋雙眼[閉着眼睛]｜～埋個嘴[閉着嘴巴]。❷ 眯縫着：～眉～眼[眯縫着眼睛]。❸ 小睡：～咗一陣[小睡一會]。

《集韻》民卑切，“眇目也。”《玉篇》莫禮切，“物入目中。”《新華字典》：“眼皮微微合攏。”

糜 méi¹（**讀音** méi⁴）

名詞。粥、米湯等涼後表面凝成的一層皮。

本義為稠粥。廣州話為借用字。

沬 méi⁶

動詞。潛入水中：～水 [潛水]｜～落水底 [潛到水底]｜～水舂牆 [身體扎入水中，頭撞牆，指冒很大的危險]。

本義為洗臉。廣州話為借用字。

有作"昧"。昧，《廣韻》莫佩切。《漢語大字典》："掩蔽不顯；隱瞞。"或近似本字。

餹 mem¹

名詞。小兒飯食：食～～。

《集韻》："吳人謂哺子曰餹。"

炆 men¹

動詞。烹飪方法，蓋上鍋蓋，用文火煨煮食物使熟爛，大致相當於焖、燉：栗子～雞｜～豬腳 [燉豬蹄]｜～牛腩。

傳統方言字。《集韻》無分切，"煴也。"

蚊 men¹

【刁蚊】diu¹ men¹ 蠻橫，不講理。多用於小孩。

【細蚊仔】sei³ men¹ zei² 小孩子。

傳統方言字。明 · 木魚書《二荷花史 · 園亭步和》："你個細蚊言語亦參詳，你今尊庚年十二，……"《嬉笑集 · 辛酉東居 · 五十七初度感言》："闊佬性情窮鬼命，伯爺年紀嫩蚊心。"

抆（**抿**）men²（**抆**，**讀音** men⁵）

動詞。❶ 抹（灰沙等），泥（nì）：～石灰｜～磚罅 [泥磚縫]。❷ 拭擦：～屎 [擦屁股]。

《廣韻》武粉切。《廣雅》："拭也。"《三灶民歌 · 自細共郎搭灶戀》："蠔殼砌牆灰抆腳，共郎相好到白頭。"

又作"抿"。抿，《集韻》眉貧切。《呂氏春秋．長見》："吳起抿泣而應之。"畢沅校："抿與拭同，拭也。"

吰 men³

形容詞。❶ 靠近邊緣：你企得咁～，太牙煙嘞［你站得太靠邊兒了，很危險］｜嗰個茶杯放得太～喇［那個茶杯放得太靠邊兒了］｜～尾［末尾；盡頭］。❷ 引申指辦事資金、材料、時間等緊張，幾乎不夠：十萬文想裝修呢套房，有啲～嚁［十萬塊錢要裝修這套房子，有點緊啊］｜六尺布做一條褲，～啲嚁［六尺布做一條褲子，有點兒勉強］｜三日就要完工，太～喇啩［三天就要完工，太緊了吧］？

【吰吰莫莫】men³ men³ mog⁶⁻² mog⁶⁻² 僅僅夠：呢啲經費～啦［這些經費僅僅夠吧］｜呢啲板做個櫃～啦［這些木板做個櫃子僅僅夠吧］。

M

【吰秒】men³ miu⁵ 時間緊，快要趕不上：差一分鐘開車你至趕到，咁～［差一分鐘開車你才趕到，真緊張］。

❸ 極點，盡：叻到～［聰明極了］。

《集韻》武粉切，"吻或作吰。"廣州話為借用字。

有用"璺"。璺，《廣韻》亡運切；《方言》："器破而未離謂之璺。"廣州話與此不合，不予採用。

掹 meng¹（又音 meng³）

動詞。❶ 拉，拽，扯：小朋友過馬路，一個個～住衫尾［小朋友過馬路，一個個扯着衣服走］｜～斷咗條繩［拽斷了繩子］｜～開佢哋，咪畀佢哋打交［拉開他們，別讓他們打架］｜佢係要～我一齊去［他硬要拉我一起去］。

【掹貓尾】meng¹（又音 meng³）mao¹ méi⁵ 指兩人串通行騙。

❷ 拔：～草｜～白頭髮。

新創字。

有作"擝"，亦新創字。

嚜 meng¹

【嚜雞】meng¹ gei¹ 1. 眼皮上的疤瘌。2. 疤瘌眼兒（眼皮上有疤痕的人）。

新創字。

有作"顭"。顭，《廣韻》莫經切，"眉目閒也"。或為本字。

另見"嚜 meng³"條。

瘟 meng²

形容詞。煩躁，暴躁：發～｜唔知點解佢今日咁～［不知為甚麼他今天這麼煩躁］。又說"瘟瘤 meng² zeng²"。

新創字。

嚜 meng³

【巢皮咪嚜】cao⁴ péi⁴ mi¹ meng³ 皮膚、表皮皺皺的：老到～［老得皮膚都皺了］｜蘋果～嘞，放咗好耐嘅喇［蘋果皮皺皺的，放了很長時間了］。

新創字。

另見"嚜 meng¹"條。

盟 meng⁴

形容詞。封閉的，閉塞的，不通暢的。不單獨使用：～鼻［鼻塞，說話鼻音重］｜～籠（lung⁴⁻²）［密封住，悶住；悶宮（中國象棋術語）］。

【盟塞】meng⁴ seg¹ 1. 腦子不開竅，保守：佢好～，呢啲新鮮事要同佢多講下至得［他很保守，這些新鮮事要多給他講講才行］。2. 不明就裏，不懂事理：電腦嘅嘢我都好～［電腦方面的知識我都不大懂］。3. 消息閉塞，資訊不靈：我好～嘅，外面好多嘢我都唔知道［我很閉塞，外面很多事我都不知道］。

同音借用字。

M

𪚩 méng⁴

副詞。還沒有，未曾：～嚟［還沒來］｜～得［還不成］。是“未曾（méi⁶ ceng⁴）”的連音變化。

新創字。

踎 meo¹

動詞。蹲：～低［蹲下］｜～喺度［蹲着］｜～監［蹲大牢］。

【踎墩】meo¹ den¹ 蹲在“墩頭”（碼頭卸貨處）等待當苦力。指失業。

【地踎】déi⁶ meo¹ 地痞，二流子。

傳統方言字。

茂 meo⁶

❶ 形容詞。謬誤，荒謬：乜你咁～㗎［怎麼你這麼荒謬的］！❷ 名詞。傻瓜：亞～｜～啞［土裏土氣、呆頭呆腦的樣子］。

傳統方言字。係“謬”的同音借用。

咪 mi¹

【咪媽爛臭】mi¹ ma¹ lan⁶ ceo³ 形容人滿嘴粗言穢語，不堪入耳。

【咪嚤】mi¹ mo¹ 做事慢，磨蹭：佢做嘢零舍～嘅［他做事特別磨蹭］。

【咪咪嚤嚤】mi¹ mi¹ mo¹ mo¹ 磨磨蹭蹭；似乎忙忙碌碌卻沒幹成甚麼事：快啲手，咪～［快點幹活，別磨磨蹭蹭的］｜成朝～，唔知做咗乜嘢［一個早上忙忙碌碌，卻不知幹了些甚麼］。

傳統方言字。

另見“咪 mei¹”、“咪 mei⁵”、“咪 mei⁶”條。

瞇 mi¹（讀音 mei⁴）

【黑瞇掹】heg¹ mi¹ meng¹ 黑糊糊的，黑黑的：屋裏面～嘅［屋子裏黑糊糊的］｜周圍～噉，佢有啲怕［到處黑黑的，她有點害怕］。

"眯"的異體字。借用字。

搣 mid¹

動詞。❶ 擰，掐，捏：畀佢～得好痛[給他擰得很疼]｜呢個細路中意～人[這小孩喜歡用手指捏人]。❷ 撕：～碎封信[把信撕碎了]。

搣，《廣韻》亡列切，"手拔。"《説文》："批也。"《廣雅》："捽也。"《三灶民歌·想情郎》："搣餅共郎吃到嘔，澳門餅仔賣斷流。"

棉 min⁶

見"杣 yen⁴"條。

傳統方言字。

藐 miu² (讀音 miu⁵)

動詞。抿嘴，撇嘴(表示輕蔑)：佢～起個嘴，睇都唔睇一眼[她撇着嘴，看都不看一眼]｜～嘴～舌[撇着嘴]｜嘴～～[抿着嘴，表示對人輕蔑或冷淡]。

本義為小。《廣韻》亡沼切。《廣雅》："小也。"又表示小看，輕視，《孟子·盡心下》："説大人，則藐之，勿視其巍巍然。"

嚤 mo¹

形容詞。慢；行得～[走得慢]｜食飯好～[吃飯吃得慢]｜做乜嘢都～過人[幹甚麼都比別人慢]。

【嚤吺】mo¹ men³ 動作遲緩：佢做嘢好～[他做事很慢]。

【嚤佗】mo¹ to⁴ (動作)緩慢：快手啲，重咁～就趕唔切喇[大家動作快點，還這麼慢慢吞吞就趕不上的了]。

一般只作謂語和補語，不能作定語和狀語。如"慢車""慢慢行"的"慢"都不能改用"嚤"。

新創字。

芒 mong¹

形容詞。❶ 正在發育的(包括人和家禽、家畜)：～仔[小青年]｜～女[小姑娘]｜～雞｜～豬。❷差勁的，規模小的，力量弱的：我初初以為好好，原嚟咁～嘅[我最初以為很好，原來這麼差勁的]｜好～嘅咋[很差勁的]。

同音借用字。

冇 mou⁵

❶動詞。沒，沒有：有～？｜裏頭～人｜～邊個同意[沒有誰同意]｜你～佢用功[你沒他努力]｜～兩日佢就話唔學咯[沒兩天他就說不學了]。

【冇譜】mou⁵ pou² 1. 離譜，沒準兒：你都～嘅，老婆生病自己走去玩[你真離譜，老婆生病自己去玩]｜佢嘅話～嘅[他的說話可沒準兒]。2. 形容某種狀態達到令人難以忍受的程度：今日熱到～[今天熱得夠戧]。

【冇研究】mou⁵ yin⁴ geo³ 1. 沒意見，沒問題。答應別人的要求時用：～，你要就攞去[沒問題，你要就拿走]｜大家話點就點，我～[大家說怎麼樣就怎麼樣，我沒意見]。2. 無所謂：我幾時當值都～[我甚麼時候值班都無所謂]｜點都～[怎麼都成]。

❷副詞。沒，沒有：佢～嚟過[他沒有來過]｜我～聽講過[我沒聽說過]｜佢～做錯乜嘢呀[他沒做錯甚麼呀]。

【冇修】mou⁵ seo¹ 1. 毫無辦法，沒轍兒：碰到噉嘅情況邊個都～[碰到這樣的情況誰也沒辦法]。2. 狼狽不堪：畀佢搞到冇晒修[給他搞得狼狽不堪]。

❸副詞。不：～錯，係佢唔啱[不錯，是他不對]｜～緊要[不要緊]｜呢排～落雨乜滯[近來不怎麼下雨]。

傳統方言字。明·佚名木魚書《二荷花史·閨閣談心》："若還真個由人願，我就願為永世冇分張！"

怺 mug¹

動詞。猜測：大家～下佢會唔會嚟[大家猜猜他會來嗎]｜畀我～中咗[給我猜對了]。

新創字。

脢 mui²

動詞。沒有牙齒用牙牀嚼咬：冇咗牙梗係～唔郁啦［沒牙齒了，肯定是啃不動了］｜咁老大牙唔好，食條菜都靠～［年紀這麼大了，牙不好，吃青菜都是用牙牀咬］。

新創字。

鶌 mui⁴⁻²

名詞。❶ 囮子，用來誘捕同類的鳥。❷ 引申指誘人賭博者或幫人行騙者，即"托兒"。

《集韻》謨杯切，"誘取禽者。"《鏡花緣》第九回："想來又是獵戶下的鶌子。少刻獵戶看見，毫不費力就捉住了。"

脢 mui⁴

名詞。脢肉，豬、牛脊背上的瘦肉，尤指裏脊。

《廣韻》莫杯切，"脊側之肉。"《集韻》茫歸切，"夾脊肉"；又莫佩切，"背肉也。"《說文》："背肉也。"

懵 mung³

形容詞。由於悶熱等而使人煩躁：熱到佢～晒［熱得他很煩躁］｜熱痱～［痱子癢得人煩躁］。

新創字。

N

瘑 na¹

名詞。疤瘌，傷疤：佢面上有笪～［他臉上有一塊疤瘌］。

傳統方言字。《嬉笑集·漢書人物雜詠·黥布》："充軍充去做姑爺，小姐唔嫌面有瘑。"

嗱（拏）na¹

❶ 連詞。和，同，跟：我～你一齊做［我同你一起做］｜你～佢一個組［你跟他一個組］。又説"嗱埋 na¹ mai⁴"。❷ 粘連；牽連：～家［着家，待在家裏］｜～脷［説話發音不清楚］。

【嗱掕】na¹ leng³ 連帶，關係：呢件事同我冇啲～［這件事跟我毫無關係］｜唔知佢哋有乜～呢［不知道他們之間有甚麼關係］？又作"嗱攏 na¹ neng³"。

【無嗱嗱】mou⁴ na¹ na¹ 無緣無故：～畀佢鬧一餐［無緣無故被他罵了一頓］。

新創字。

又作"拏"。《廣韻》女加切。《説文》："牽引也。"

乸 na²

形容詞。母的，雌性的：雞～｜豬～｜兩仔～［兩母子］｜公婆仔～［一家大小］。

傳統方言字。《嬉笑集．漢書人物雜詠．韓信》："單單婆乸眼睛開，棍咁光時冇睇衰。"

有作"𤘅"。清．屈大均《廣東新語》卷十一："廣州謂母曰嬭，亦曰媽，……亦曰𤘅。凡雌物皆曰𤘅。"中華書局注：𤘅，粵音拿上聲。

嗱 na⁴

嘆詞。表提示，指物或給別人東西時用：～，前面嗰間屋就係喇［喏，前面那所房子就是了］｜～，鎖匙喺呢度［喏，鑰匙在這裏］｜～，畀你［欸，給你］。

傳統方言字。

笝 nab³

動詞。❶（昆蟲）吸附；粘着（人）：腳上面～住一條蜞乸［腿上有一條螞蟥吸附着］。❷ 用鉤子鉤或用手腳扯、鉤：～鉤［一種吊東西的鉤子］｜個仔死死～實佢［孩子緊緊地扯着他］。❸ 緊隨，依附，巴結（別人）：佢～實領導［他依附着領導]｜佢～咗個佬[她粘了個男人]。
《廣韻》奴盍切，"纜舟竹索也。"廣州話為借用字。

衲 nab⁶

【棉衲】min⁴ nab⁶ 棉襖。

《廣韻》奴荅切。《正字通》:"佛衲。"唐·白居易《贈僧自遠禪師》詩:"自出家來長自在，緣身一衲一繩牀。"

焫 nad³

❶ 動詞。燙，灼：畀滾水～親[給開水燙傷]｜沙灘曬到～腳[沙灘曬得燙腳]。❷ 形容詞。滾燙的：消毒櫃啲碗碟重好～[消毒櫃裏的碗碟還很燙]｜啲粥好～，而家唔食得[粥很燙，現在不能喝]。

【焫雞】nad³ gei¹ 烙鐵。

《廣韻》如劣切。《廣雅》:"爇也。"《集韻》:"爇，《說文》燒也。或作焫。"壯語"熱"(da:t⁷)與廣州話的"焫"似有同源關係。

N

吶 nai³

動詞。附帶，拖帶：嗰架車～住個拖斗[那輛車帶着一個拖斗]｜一個大人准～一個細路入去[一個大人允許帶一個小孩進去]｜買一邊魚要～魚頭或者魚尾[買一邊魚要帶上魚頭或者魚尾]。

新創字。

有作"褦"。褦，用於"褦襶"一詞。《正字通》:"褦襶，避暑笠也。"廣州話與此不同，故不採用。

揇 nam³

❶ 動詞。拃(張開拇指和食指或中指量長度)：～一下張枱有幾闊[拃一拃桌子有多寬]。❷ 動詞。用腳步量長度：～一下一百米有幾多步。❸ 量詞。1. 拃，張開的拇指和食指或中指指尖間的距離：張枱有五～闊[這桌子有五拃寬]。2. 步：間鋪面有五～闊[那間鋪面有五步寬]。

《廣韻》奴感切。《集韻》："搦也。"廣州話為借用字。

又見"揇 nam⁵"條。

踹 nam³

動詞。❶ 跨：一腳～過去｜～過門檻。❷ 間隔：～日去一趟[隔天去一次]。

傳統方言字。夢餘生《新粵謳解心·情一個字》："咪估推人落井，自己就鰐踹得上桅杆。"

蝻 nam⁴

【蝻蛇】nam⁴ sé⁴ 蟒蛇，我國蛇類中最大的，體長可達 6 米，無毒，肉可食。

傳統方言字。蝻，《漢語大字典》："蝗的幼蟲。"廣州話為借用字。

本字應為"蚺"。蚺，《廣韻》汝鹽切。《玉篇》："大蛇也，肉可以食。"三國·嵇康《答難養生論》："蚺蛇珍於粵土。"

N

揇 nam⁵

動詞。用長棍打：一竹篙～咗一船人[俗語。一竹竿打了一船人——比喻不分青紅皂白]｜照頭～過去。

《廣韻》奴感切。《集韻》："搦也。"廣州話為借用字。

又見"揇 nam³"條。

腩 nam⁵

腹部鬆軟的肉：牛～｜燒～[燒豬中肚腹部分的肉]｜五花～[豬腹部肥瘦分層的肉]｜肚～[腹部，肚囊兒]｜魚～[魚腹部的肉；比喻容易被人欺負、詐騙的人]。

本義為乾肉。《廣韻》奴感切。《廣雅》："脯也。"又表示肥胖而肌肉松。《集韻》乃感切，"腤也。"

赧 nan²（讀音 nan⁵）

形容詞。齁鹹（過鹹）：鹹到～[齁鹹]｜鹹～～[齁鹹，齁苦]。

本指因羞愧而臉紅。《廣韻》奴板切。《說文》：“面慙赤也。”廣州話為借用字。

𤸷 nan³

名詞。疙瘩（皮膚因被蚊蟲咬或過敏所起的疙瘩）：蚊～｜風～［蕁麻疹］。

《廣韻》奴曷切，“痛也”；又，女黠切，“瘡痛”。廣州話為借用字。

䌾 nan³

動詞。❶ 絎：～被。❷ 綳（bēng），粗粗地縫：補靪要～好至車［補丁要先綳好再軋（zhà）］。

新創字。

撓 nao⁴

【長撓撓】cêng⁴ nao⁴ nao⁴（時間）很長遠：定期儲蓄五年～，禁（kem¹）等咯［定期儲蓄五年那麼久，夠得等的］。

同音借用字。

鬧 nao⁶

動詞。罵：～人｜畀人～［給人罵］｜～交［吵架］。

方言傳統用字。清·屈大均《廣東新語》卷十一：“（廣州）罵人曰鬧。”夢餘生《新粵謳解心·春風秋月（之三）》：“秋呀，你唔好老自，聽我鬧一句風雨無情。”

本義為喧鬧、不安靜。《廣韻》奴教切。《說文新附》：“不靜也。”《古今韻會舉要》：“喧囂也。”《漢語大字典》：“爭吵。如：又哭又鬧。”廣州話與之有差別。

㴱 neb⁶

形容詞。❶ 黏糊：打完球未沖涼，成身～［打完球還沒洗澡，一身黏糊糊的］｜～黐黐［黏黏的，黏糊糊的］。❷ 不乾燥，有點濕潤：衫未乾得晒，重有啲～［衣服沒全乾，還有點濕潤］｜回南天，周圍都～［南風天，到處都濕潤潤

的] ｜濕～～ [濕漉漉，潮濕的樣子]。❸ 澀：個鐘有啲～喇，越行越慢 [鐘有點澀了，越走越慢] ｜支槍有啲～，要抹油喇 [這槍有點澀，要擦油了]。

【洇懦】neb⁶ no⁶ 磨蹭，慢吞吞：佢做嘢總係咁～嘅 [他做事總是那麼磨蹭]。

【洇油】neb⁶ yeo⁴⁻² 1. 澀（油澀了機器）：隻錶～喇 [這手錶油澀了]。2. 形容人舉動不靈活，遲鈍，緩慢。

《廣韻》尼立切，"濕洇"。《類篇》："濕洇，水貌。"《集韻》諾答切。《說文》："絲濕納納也。"

嗝 neg¹

【嗝牙】neg¹ nga⁴ 口齒不清：佢講話有啲～ [他說話有點口齒不清] ｜～仔 [口齒不清的孩子]。

【嗝生】neg¹ sang¹ 米飯夾生：啲飯～嘅 [飯夾生了]。

新創字。

N

匿 néi¹（讀音 nig¹）

動詞。躲藏：睇你～去邊度 [看你躲哪兒去]！｜冇埞～ [沒地方躲] ｜～埋 [躲藏起來] ｜伏～～ [捉迷藏]。

《廣韻》女力切。《廣雅》："藏也；隱也。"《三灶民歌·家中愁》："第二條愁愁擇菜，老鼠又多賊又亂，匿埋樹底等天光。"

諗 nem²

動詞。❶ 思考：呢個問題要好好～一下 [這個問題要好好想一下] ｜你～過未 [你考慮過沒有]？｜～嚟度（dog⁶）去 [想來想去] ｜～掂 [想通，想清楚]。❷ 謀劃，鬥智：～計 [想辦法，想點子] ｜你～唔過佢嘅 [你鬥智比不過他]。

【諗縮數】nem² sug¹ sou³ 為自己打如意算盤：咪成日嘫度～ [別整天為自己打如意算盤]。

❸ 想，惦念：成日～住佢 [整天想着他]。

【抵諗】dei² nem² 形容人能忍讓，不怕吃虧，不計較利益：佢好～㗎，乜都肯做 [他不怕吃虧，甚麼都願幹]。又說"抵得諗 dei² deg[1] nem[2]"。

《廣韻》式任切；"告也，謀也，深諫也"。《集韻》式禁切。《字林》《玉篇》《爾雅》："念也。"《詩經·小雅·四牡》："豈不懷歸？是用作歌，將母來諗。"

有作"惗"。惗，《廣韻》奴協切，"相憶"。《玉篇》："暗聲憶也。"《集韻》："思也。"

腍 nem[4]

形容詞。❶ 軟，鬆軟：豆腐咁～［豆腐那麼軟］｜呢種木咁～，點做得家具呀［這種木頭這麼鬆軟，怎麼能打傢俱］！

【趁地腍】cen[3] déi[6] nem[4] 罵人語。趁泥土鬆軟好挖坑埋人，意即"現在就去死吧"。

❷（食物）爛熟：牛腩炆得好～［牛腩燜得很爛］｜啲飯煮到～晒，冇牙婆都食得［飯煮得太爛，沒牙齒的老太婆也能吃］。

【腍嗶嗶】nem[4] bé[4] bé[4] 1. 軟綿綿，過於鬆軟：條路～噉，唔行得車［路軟綿綿的，不能走車］。2. 形容人性格過於溫順，不會發脾氣：佢呢個人～嘅，一啲火氣都冇［他這個人太溫順了，一點脾氣都沒有］。又説"腍肥肥 nem[4] péd[6] péd[6]"。

❸ 蔫，形容人性情軟弱，不容易發脾氣：佢好～嘅，未見佢發過脾氣［他很蔫，沒見他發過脾氣］。

【腍善】nem[4] xin[6] 和善，和藹，心地善良而又不易生氣：佢好～，同個個都打得埋［他很和善，跟誰都合得來］。

本義為煮熟。《廣韻》如甚切，"熟食"。《集韻》式荏切，"熟也。"《玉篇》如甚切，"熟也。"廣州話鬆軟、爛熟為其引申義。

淰 nem[6]

形容詞。❶ 洇：呢啲紙寫字會～嘅［這些紙寫字會洇的］｜個字～到唔識得咯［字洇得認不出了］。❷ 濕透：件衫濕到～［衣服濕透了］｜濕～～［濕淋淋，濕透］｜肥～～

N

[油汪汪的，透着油膩的]。❸ 飽滿；深沉：㨶～啲枝筆 [筆蘸墨蘸飽滿些] ｜瞓到～晒 [睡得很深；睡死了]。

【大浛】dai^{6} nem^{6} 身體虛胖，動作不靈便。

❹ 重複出現的，連續出現的：～莊 [連續做莊] ｜～二 [連續出現“二”]。

《廣韻》乃玷切。《 文》：“濁也”。廣州話為借用字。

渜 nen^{1}

名詞。稀而帶粘性的屎：雞～ [雞的稀屎] ｜屙～ [拉稀屎]。

本指熱水，又特指洗過澡的水。廣州話為借用字。

撚 nen^{2}

動詞。❶ 擺弄，玩弄：～花 [擺弄花草] ｜～雀 [養鳥玩] ｜～餸 [講究烹調，精心做菜] ｜～番兩味 [精心做兩個菜]。

【撚手】nen^{2} seo^{2} 拿手：種花養魚佢都好～ [種花養魚他都拿手]。

❷ 打扮：～得好靚 [打扮得很漂亮]。

【撚嘢】nen^{2} yé^{5} 裝模作樣，裝腔作勢：佢～嘅嗻，咪理佢 [他裝模作樣罷了，別管他] ｜正經啲，唔好～喇 [正經點，別裝腔作勢了]。

❸ 捉弄，戲弄：唔好～人 [不要捉弄人家] ｜～化 [捉弄，愚弄]。

《廣韻》乃殄切。《説文》：“執也；蹂也。”《一切經音義》卷十四引《通俗文》：“手捏曰撚。”

㨢 neng^{3}

動詞。同“掕 leng^{3}” ❶❷ 。

《集韻》攀糜切，“㱟，剖肉也。或作㨢”。廣州話為借用字。

嬲 neo^{1} (讀音 niu^{5})

動詞。❶ 生氣，惱怒：發～ [生氣，發怒] ｜～死 [氣壞了]｜～佢[生他的氣]｜碰到噉嘅事唔～就假[碰到這樣的事誰都會生氣]｜～爆爆[怒氣衝衝，氣鼓鼓]。❷憎恨，恨：～死佢[恨死了他]｜～到佢死[恨死了他]｜個個都好～啲騙子[人人都很恨那些騙子]。

傳統方言字。南音《大鬧梅知府》："有個衙差忍住笑就裝成嬲怒，大罵你隻丫頭做乜嘴利過刀。"《嬉笑集·漢書人物雜詠·酈食其》："因為激嬲田老廣，話渠貓尾搦(搵)成條。"《廣韻》奴鳥切。《集韻》乃了切。《玉篇》："戲相擾也。"廣州話為借用字。

扭 neo²

動詞。❶擰：～耳仔[擰耳朵]｜～乾毛巾｜將收音機～大聲啲[把收音機擰大聲點]。

【扭擰】neo² ning⁶ 扭捏，指羞澀不大方的姿態。

❷(腳)崴：～親只腳[崴了腳]。又說"屈 wed¹"。❸設法弄到(某些東西)：佢終於～到爸爸應承幫佢買架車[他終於纏到爸爸答應幫他買一輛車]。

【扭計】neo² gei³⁻² 1. 原指小孩淘氣，後也指人故意鬧彆扭：呢個仔好～[這小孩很淘氣]｜佢唔肯做，係～嘅嘛[他不願意幹，是故意鬧彆扭罷了]。2. 跟人勾心鬥角；出鬼點子難人：～師爺[專門出鬼主意的人]｜大家齊心合力，咪～[大家齊心合力，別勾心鬥角]。

【扭紋】neo² men⁴ 1.(木材)紋理不直。2. 比喻小孩愛哭鬧、很難哄。

❹詐騙：呢個壞蛋～咗人哋好多錢[這個壞蛋詐了人家很多錢]。

廣州話為借用字。《嬉笑集·古事雜詠·張松獻西蜀地圖》："矮仔既然真扭計，亞哥點解重穿煲？"

膥 neo⁶

形容詞。❶膩，因吃油脂食物或甜食過多而發膩：連食幾日羊肉，食到～晒[連吃幾天羊肉，吃膩了]｜甜到～[甜得發膩]｜～喉[膩，膩嗓子]。❷引申作慢：做嘢咪咁～[幹活別那麼慢]。

【膥市】neo⁶ xi⁵ 滯銷：呢排白菜～[近來白菜滯銷]。

《廣韻》耳由切，又女教切，"肥貌"。《說文》："嘉善肉也。"段玉裁注："膥，謂肥美。"

有作"脌"。脌，《廣韻》乃亞切，"膩也"。《集韻》敞介切，"肉物肥美也。"廣州話與之讀音不合，不採用。

有作"耨"。耨，《廣韻》奴豆切。一種鋤草的農具。廣州話所指不同，不採用。

啞 nga²

形容詞。顏色暗淡，無光澤：呢隻布品質幾好，就係顏色太～[這種布品質不錯，就是顏色不鮮]。

《廣韻》烏下切。《漢語大字典》："顏色黯淡。"引《天工開物》："凡銅經錘之後，色成啞白，受鎈復現黃光。"

N

掗 nga⁶

動詞。❶佔據：～位[佔位置]｜一個人～咁多地方[一個人佔了那麼多地方]｜～埞[佔地方過大]。

【掗拃】nga⁶ za⁶ 1. 佔空間的，妨礙人的：托住張梯騎單車，咁～點出街呀[扛着梯子騎自行車，這樣子怎麼能上街呢]。2. 霸道，愛霸佔的：你咁～，一個人霸咁多位[你真霸道，一個人佔那麼多位置]。

【霸掗】ba³ nga⁶ 霸道：呢個人好～嘅[這個人很霸道]。

❷張開：～開對腳[張開兩腿]。

《字彙》依架切，"強與人物"。廣州話為借用字。

押 ngab³（又音 yab³）

動詞。❶掖：～蚊帳｜～好件衤冚衫[掖好襯衣]｜～住支手槍[掖着一支手槍]。❷挽，卷：～起衫袖[挽高袖子]｜～高褲腳[卷起褲腿]。

本義為約束。又表示在公文、契約上簽署。《廣韻》烏甲切。《玉篇》："署也。"廣州話為借用字。

餲 ngad³

形容詞。臊臭（尿的氣味）：一朕～𡁵［一股臊臭味］｜乜呢度咁～嘅［怎麼這裏這麼臊臭］？｜～堪堪［臊臊的，形容尿的氣味］。

餲，《廣韻》烏葛切，"食傷臭"。《集韻》阿葛切，"食敗也"。《玉篇》："飯臭也。"廣州話為借用字。

嚙 ngad⁶（**讀音** ngid⁶）

動詞。❶ 磨擦：條繩居然將枝棍～斷咗［繩子竟然把棍子磨斷了］。

【嚙牙】ngad⁶ nga⁴⁻² 睡熟時磨牙。

❷ 啃咬；蛀：狗～豬骨｜條柱畀蟲～爛［柱子給蟲蛀爛了］。

《龍龕手鑑》五結反。《漢語大字典》："咬，啃。"柳宗元《捕蛇者説》："以嚙之，無禦之者。"

又見"嚙 nged⁶"條。

呃 ngag¹（**又音** ngeg¹）

動詞。騙，欺騙：～人係唔好嘅［騙人是不好的］｜真係噉㗎，～你做乜啫［真是這樣的，騙你幹甚麼］！｜佢呢種人，～得過就～［他這種人，能騙人就騙］。

【呃秤】ngag¹ qing³ 指賣東西短斤少兩的行為：我寧可你賣貴啲，都唔好～呀［我寧願你賣貴點，都不要短斤少兩呀］｜買一斤畀佢呃咗二兩秤［買一斤短了二兩］。

【呃晒】ngag¹ sai³ 完全不知道，被蒙在鼓裏：佢要結婚？～嚡［他要結婚？我完全不知道呀］｜呢件事真係～，我一啲都唔知［這件事我真被蒙在鼓裏，一點都不瞭解］。

傳統方言字。龍舟《碧容祭監》："小弟到來唔係將你呃騙，重要你大齊喝彩笑喧天。"

有作"眲"。眲，《廣韻》尼戹切，又仍吏切。《方言》："耳目不相信也。"《集韻》呢格切，"輕視也。"廣州話與此不合，不採用。

又見"呃 ag³"條。

N

鈪 ngag3-2

名詞。鐲子：玉～｜金～｜手～。

傳統方言字。

俹 ngai1

名詞。客家的，客家話：～話［客家話］｜～佬［客家人（不大尊敬的說法）］｜客家人都講～［客家人都説客家話］。

傳統方言字。

嗌 ngai3

動詞。❶ 叫，喊：～名［喊名字；點名］｜～佢嚟［叫他來］｜佢喺度～乜嘢呀［他在喊甚麼］？｜～數［舊時飲食店顧客付賬時，服務員大聲對櫃枱喊出應付的錢數］。❷ 罵：再嘈人哋就～㗎喇［再吵鬧人家就要罵的了］｜～交［吵架］。

傳統方言字。《粵謳·義女情男》（陳寂整理）："削性（索性）開喉，共你嗌過一變，免使你惡得咁交關。"《嬉笑集·癸亥春明記事其一》："大家都為兩蚊（文）錢，半句唔啱嗌定先。"

捱 ngai4

動詞。❶ 熬，忍受，耐苦支撐：～苦｜～夜［熬夜］｜～命［艱難度日；苟延殘喘］｜～眼瞓［熬夜］｜禁（kem1）得～［夠熬的］｜～到皮黃骨瘦［熬到皮包骨］。

【捱世界】ngai4 sei3 gai3 舊時指到社會上去打拚；熬苦日子。

❷ 靠某些東西艱難地過活：～粥水［靠稀粥度日］｜～番薯｜～野菜｜～齋［飯菜中缺乏肉食］｜～穀種［指沒有生活來源，靠吃存糧過日子］。❸ 遭受：～打［挨打］｜～鬧［挨罵］｜～饑抵餓［挨餓］。❹ 拖延：～過呢幾日再講［拖過這幾天再説］｜～時間。

傳統方言字。明·木魚書《二荷花史·嚴父責禁》："如此困敲三四日，捱來都似幾年長。"夢餘生《新粵謳解心·人唔係易做》："邊一個在世界上做人，唔要捱過吓苦楚？"

在普通話裏，“捱”是“挨”讀ái時的異體字。在廣州話裏，“捱”只相當於“挨（ái）”，且釋義、用法也不盡相同。《漢語大字典》：捱，“拒；熬，遭受；勉強支撐；拖延。”

啱 ngam¹

❶ 對，正確：佢嘅話係～嘅［他的話是對的］｜呢條題噉解好似唔～嚁［這道題目這樣解似乎不對呀］｜我噉想，你話～定唔～［我這樣想，你說對還是不對］？❷ 合適，剛好：～身［合身］｜～使［合用］｜呢件事佢去做最～［這件事他去做最合適］。

【啱牙】ngam¹ nga⁴⁻² 1. 螺紋吻合：呢個絲母同嗰個螺絲～［這個螺母跟那個螺栓吻合］。2. 指二物結合嚴密：配呢個原廠嘅零件實～［用這個原廠的零件肯定配合得好］。3. 比喻兩個人合得來：佢兩個好～嘅［他們倆很合得來］。

【啱晒】ngam¹ sai³ 1. 全部正確，全對：條條題都答～［每道題目都答對了］。2. 非常合適：件衫～佢着［這件衣服非常合適她穿］｜～佢嘅要求［完全符合他的要求］。3. 太好了：佢肯幫手，真係～咯［他願意幫忙，真是太好了］｜得你參加，～啦［你能參加，太好了］。

❸ 合意：呢味餸～我［這盤菜合我的口味］｜～心水［合意］｜～聽［中聽］。❹ 湊巧，碰巧：咁～大家都喺度［碰巧大家都在這裏］｜乜咁～呀，你都喺度［怎麼這麼湊巧，你也在這裏］？｜碰～［碰巧，恰巧，剛好］。❺ 剛，剛剛：我～到［我剛剛到］｜佢～嚟冇幾耐，情況唔熟［他剛來沒多久，情況不熟］。

【啱啱】ngam¹ ngam¹ 1. 剛，剛剛：郵件～到［郵件剛到］｜我～至講過，又唔記得啦［我剛說過，又忘了］？2. 剛好：呢袋米～一百斤［這袋米剛好一百斤］。

❻ 剛才：～先［剛才］｜剛～［剛才；剛好，剛巧］。❼ 該是……的時候了：去都～喇［該去了］｜煮飯～喇［該煮飯了］。❽ 合得來：佢兩個好～㗎［他倆挺合得來的］｜佢哋唔係幾～［他們不怎麼合得來］｜～偈［合得來，投合，融

N

洽]｜～傾[談得攏，說得來]。

【啱蹺】ngam¹ kiu² 1. 合得來。2. 湊巧：我正想搵你你就嚟電話咯，咁～嘅[我正想找你你就來電話了，真湊巧]。

傳統方言字。夢餘生《新粵謳解心．人唔係易做》："咪個學盲佬咁摸，摸啱塘水氹，問你叫乜誰拖？"粵劇《十五貫》第七場："邊處有咁啱呀？"

晏 ngan³

❶ 形容詞。晚，遲："大食懶，起身～"[兒歌。又饞又懶，起牀特別晚]｜咁～重唔去翻工[這麼晚了還不去上工]｜四點至開會太～喇[四點才開會太遲了]。❷ 名詞。午飯（農村多說）：食～[吃午飯]。❸ 名詞。午間：瞓～覺[睡中午覺]。

【晏晝】ngan³ zou³ 1. 中午：～飯[午飯]｜～人哋要休息[中午人家要休息]。2. 有時也指下午。3. 午飯：食咗～未呀[吃過午飯沒有]？

傳統方言字。《三灶民歌．山間勞動對歌》："日頭出早娘（女方）來晏，孩兒阻我到來遲。"夢餘生《新粵謳解心．無了賴》："天光正話埋牀，起身就係晏晝。"

研 ngan⁴（讀音 yin⁴）

動詞。❶ 碾，擀：～藥｜～面[擀面]｜～船[藥碾子]。❷ 用刀在棍子等的表面滾動着橫切：～斷條棍[切斷棍子]｜～一爽蔗[切一段甘蔗]。

廣州話的"研"專指滾動摩擦的"碾"，一般不用於平面摩擦的"磨"。

《廣韻》五堅切，"磨也。"

罌 ngang¹

名詞。小瓦罐：錢～[撲滿]｜長頸～[戲稱胃或肚子]｜獨食～[後頸窩]。

《廣韻》烏莖切。《説文》："缶也。"段玉裁注："缶器之大者。"《廣雅》："瓶也。"《漢語大字典》："瓶一類的容器，比缶大，腹大口小。"《三灶民歌·事理對歌》:"罂仔種姜枉屈筍,石上種蓮枉屈藕。"

炒 ngao^{1}

【乾炒炒】gon^{1} ngao^{1} ngao^{1} 乾涸的樣子:啲餅～噉點食嗜[這餅乾乾的怎麼吃呀]。

《廣韻》《玉篇》許交切,"乾也,熱也。"

㨪 ngao^{1}

動詞。❶ 抓,撓,搔:～痕[撓癢癢]|～頭殼[撓頭]|～損咗[抓破了(皮膚)]。❷ 用筢子摟(lōu):～草|～樹葉|～柴[摟柴火]。

新創字。

拗 ngao$^{3-1}$

【拗胡婆】ngao^{1} wu$^{4-1}$ po$^{4-2}$ 傳説中的一種怪物,大人常用來嚇唬小孩。

同音借用字。

又見"拗 ngao^{2}"條。

拗 ngao^{2}

動詞。彎折:～斷|～彎|～樹枝|～手瓜[扳胳膊(比臂力),扳手腕]|～腰[向後彎腰]。

《廣韻》於絞切。《玉篇》:"拗折也。"《嬉笑集·漢高祖(其三)》:"霸王已自烏江喪,邊個同渠拗手瓜!"

又見"拗 ngao$^{3-1}$"條。

詏 ngao^{3}

動詞。爭辯,爭論:爭～|～數[爭執;討價還價]|～到掂[辯論到分清是非曲直為止]|咪～喇,到現場睇下就清楚喇[別爭論了,到現場看看就清楚了]|事實已經好清楚,有乜好～啫[事情已經很清楚,有甚麼可爭辯的]?

【詏頸】ngao^{3} géng^{2} 1. 抬槓:佢專同我～[他專門跟我抬槓]。2. 執拗(niù):呢個仔好～[這孩子脾氣很拗]。

【詏口】ngao³ heo² 繞口，繞嘴，讀起來不順口：佢寫嘅詩真～[他寫的詩念起來真繞口]。

《集韻》於教切，“言逆也。”《正字通》：“言逆。”

有用“拗”。夢餘生《新粵謳解心·咪話唔信命》：“我話人事盡到十分，唔係話同天拗頸。萬事總憑個理，咪個横行。”

殽 ngao⁴

動詞。翹（qiá）棱，木板等在由濕變乾過程中變得彎曲不平：塊板乾咗會～嘅[這塊木板乾了之後會翹棱的]。

【殽框】ngao⁴ kuang¹ 1. 框狀的東西變形了：度門～咯[門框變形了]｜呢個車轆撞到～[這個車軲轆被撞到變了形]。2. 引申指事情沒有希望，無法挽救，無法彌補：佢件事～咯[他那件事兒沒有希望了]。

《廣韻》胡茅切。《説文》：“相雜錯也。”《廣雅》：“亂也。”廣州話為借用字。

N

㗊 ngé¹

❶ 象聲詞。嬰兒哭叫聲；羊等哀叫聲。❷ 動詞。引申作吭聲或呼喊。

【㗊都唔敢㗊】ngé¹ dou¹ m⁴ gam² ngé¹ 不敢吭一聲：嚇到佢～[嚇得他不敢吭一聲]。

【㗊都冇得㗊】ngé¹ dou¹ mou⁵ deg¹ ngé¹ 1. 來不及吭一聲：隻羊～就畀佢劏咗嘞[那羊來不及叫一聲就讓他宰了]。2. 一句話都説不出：攞出證據，佢～[拿出證據，他一句話都説不出]。

新創字。

罨 ngeb¹（**讀音** yim²）

動詞。❶ 敷：～生草藥｜攞濕手巾～額頭[拿濕毛巾敷前額]。❷ 捂；漚：攤開啲菜，咪畀佢～爛[把菜攤開，別讓它捂爛了]｜除低件濕衫啦，～住容易病㗎[脱掉濕衣服吧，捂着容易生病的]｜～芽菜[發豆芽兒]。

【罨耷】ngeb¹ deb¹ 淺窄，簡陋：雖然～啲，總算有個地方住［雖然淺窄簡陋一點，但總算有地方住了］。

【罨汁】ngeb¹ zeb¹ 1. 不通風又潮濕：角落嗰堆雜物咁～，要搬出去曬下［旮旯那堆雜物太潮濕，要搬出去曬曬］。2. 地方狹窄而不整潔：嗰間客棧好～［那間客棧又窄又不整潔］。

"罨"本有掩蓋、覆蓋意思，宋應星《天工開物》："或用稻稿罨黃。"有作"浥"。浥，《廣韻》於汲切，"濕潤。"

噏 ngeb¹

動詞。胡說：唔知你～乜［不知道你胡說些甚麼］｜咪亂～［別胡說］｜～三～四［說三道四，妄加評論］｜亂～廿(ya⁶)四［胡說八道］｜～得就～［能說得出的都說了。指人說話口沒遮攔］。

【發噏風】fad³ ngeb¹ fung¹ 胡說八道，胡言亂語：成日喺度～［整天胡說八道］。

【好噏唔噏】hou² ngeb¹ m⁴ ngeb¹ 字面意思是"該說的不說"，實際意思是"不該說的你偏說"：～你噏埋啲嘢嘅［該說的你不說，偏偏說這些（不該說的）］。

本同"吸"。廣州話為借用字。

有作"噏"。噏，《廣韻》五合切，"眾聲"。《集韻》鄂合切，"噏噏，眾聲"。廣州話方言義與之近似。

岌 ngeb⁶

動詞。上下彈動，前後搖晃：～頭［點頭］｜風吹度門～得好犀利［風吹着門搖晃得很厲害］｜～～貢［上下不停彈動，晃動］。

《廣韻》魚及切。《字彙》："危也。"《集韻》鄂合切，"危也，又動貌"。

囓 nged⁶（**讀音** ngid⁶）

【老囓囓】lou⁵ nged⁶ nged⁶ 形容（人、蔬菜等）長得很老。

借用字。

又見"囓 ngad⁶"條。

扤 nged¹

動詞。❶ 壓，塞，擠：～實啲［壓緊點］｜～埋兩件衫入行李袋［把兩件衣服再塞進行李袋］。❷ 強使：係佢～我要嘅［是他硬塞給我的］｜唔好～佢食咁多［別強迫他吃那麼多］。

【扤失】nged¹ sed¹ 1. 過分計較：你連呢啲小事都咁～［你連這樣的小事都這麼斤斤計較］。2. 拘謹，不大方：佢見到生暴人就好～嘅［他見到陌生人就很拘謹的了］。

《集韻》五忽切。《說文》："動也。"廣州話為借用字。

𠿫 ngei¹

動詞。懇求，央求：～求［懇求］｜再～下佢會得嘅［再懇求他一下，他會答應的］｜"人怕～，米怕篩"（熟語）｜～篩［懇求］。

新創字。

有作"唲"。《嬉笑集·漢書人物雜詠·汲黯》："官都既要唲人做，田就唔慌到你耕。"唲，《龍龕手鑑》居委反，"唲詐也"。廣州話與之不合，不取。

N

¹ **翳（曀）** ngei³

形容詞。陰暗；昏暗：陰～［（天氣）陰暗］｜～焗［悶熱］｜嗰樹將窗口遮～晒［那棵樹把窗子擋暗了］｜～雨［天色昏暗，要下雨］｜咁～，想落雨咯［天那麼昏暗，快下雨了］。

《廣韻》於計切，"隱也"。《方言》："掩也。"《廣雅》："障也。"陶淵明《歸去來辭》："景翳翳以將入。"

有作"曀"。曀，《廣韻》於計切。徐承慶《文解字匡謬》卷四："曀，改天陰沉也。"劉向《楚辭·九歎·惜賢》："日陰曀其將暮。"應是本字。

² **翳** ngei³

❶ 形容詞。房屋低矮，使人有不舒服的感覺：樓層咁矮，個人覺得好～［樓層這麼低矮，人覺得很悶］。❷ 形容詞。

煩悶，慪氣：我個心好～[我心裏很煩悶]｜～悶[心氣不順，心情煩悶]｜～氣[因受氣而心情不好]。

【閉翳】bei³ ngei³ 1、憂愁。2、使人煩心的事：開心啲，冇咁多～嘅[開心點，沒有那麼多煩心事的]。

❸ 動詞。氣，使生氣：畀佢～到我吖[他把我氣得(真夠受)]｜佢係有心～我嘅[他是故意氣我的]。

廣州話為借用字。

誁(諳) ngem¹

動詞。不停地耐心地勸說：～佢去[耐心地勸他去]｜卒之～掂佢[最終勸動了他]。

《集韻》烏含切，"諳，《説文》悉也。一曰諷也。亦從弇。"

揞 ngem²

動詞。捂：～住嘴笑[捂着嘴巴笑]｜～實唔畀人睇[捂緊不讓別人看]。

【鬼揞眼】guei² ngem² ngan⁵ 1. 該看見的沒看見：噉都睇唔見，～咩[這樣子都看不見，被鬼蒙住了眼睛嗎]？2. 分不清好壞：咁曳嘅嘢都話買，～呀[這麼差勁的東西都要買，眼光太差了]。

傳統方言字。清·屈大均《廣東新語》卷十一："(廣州)以手覆物曰揞，庵上聲。"夢餘生《新粵謳解心·花本冇恨》："講到世事番(翻)嚟，大眾都係揞埋雙眼咁摸。"

《廣韻》烏感切。《方言》："藏也，荊楚曰揞。"《廣雅》："藏也。"《廣韻》："手覆也。"王念孫疏證："覆亦藏也。"

扲(撢) ngem⁴

動詞。掏：～袋[掏口袋]｜～雀仔竇[掏鳥窩]。

【扲荷包】ngem⁴ ho⁴ bao¹ 1. 掏錢，從自己錢包裏取錢：買就～[要買就掏錢]。2. 錢包被偷走：畀人～咯[被人偷了錢包了]。

扲，《集韻》其淹切。《方言》："業也。"又，《集韻》渠金切。《類篇》："擒、扲，捉也。"廣州話為借用字

N

又作"撢"。撢，《廣韻》他紺切，"探也。"《集韻》夷針切，"探也。"《説文》："探也。"廣州話與之近似。

喑 ngem⁶

【發喑話】fad³ ngem⁶ wa⁶ 説夢話，説昏話：～，冇噉嘅事［胡説，沒這樣的事］！｜咪喺度～［別在這裏胡説八道］。

《廣韻》於禁切，"聲也。"廣州話為借用字。

奀 ngen¹

形容詞。❶ 瘦小，弱小：～細［瘦小，瘦弱］｜個仔咁～，要食多啲飯至得咯［這孩子這麼瘦小，要多吃點飯啊］｜種菜唔落肥，梗係～啦［種菜不施肥，菜肯定長得細小呀］｜～孱鬼命［形容人十分瘦弱的樣子］｜～孱孱［高而瘦的樣子］｜～雌雌［很瘦弱］。

【激奀】gig¹ ngen¹ 氣壞：真係畀佢～［真叫他給氣壞了］｜～咗佢［氣壞了他］。

【老奀茄】lou⁵ ngen¹ ké⁴⁻² 秋後的茄子，比喻個子長不高而又老成的孩子。

❷（東西、錢）少：呢份工好自在，就係人工～得啲［這工作很舒服，就是工資低了點］｜呢個月獎金唔會～［這個月的獎金不會少］。

傳統方言字。宋·范成大《桂海虞衡志》："奀，人瘦弱也。"

踬 ngen³

動詞。❶ 腿彈動；使東西顫動：～腳［彈腿，坐着時不停地上下抖腿］｜～跳板。

【踬踬腳】ngen³ ngen³ gêg³ 彈着腿悠閒地坐着，形容人逍遙自在地享受生活：佢而家乜都唔使憂，～就得咯［他現在甚麼都不愁，悠閒自在啊］。

❷ 踮：～高腳［踮起腳，站着時提起腳後跟］。

《廣韻》章刃切。《説文》："動也。"段玉裁注："與《口部》唇、《雨部》震、《手部》振音義略同。"

哽 ngeng²（讀音 geng²）

動詞。❶ 堵塞：～心［事情堵在心裏］｜～心～肺［心裏堵

得厲害]。❷ 硌：～腳～到死死下 [硌腳硌得要命] ｜～耳 [話不中聽，不順耳]。

《廣韻》古杏切。《莊子·外物》："凡道不欲壅，壅則哽，哽而不止則跈。"陸德明釋文："哽，塞也。"

又見"哽 ngeng³"條。

哽 ngeng³（**又音** eng³。**讀音** geng²）

再……（也）；無論怎麼：～唔得閒都要關心細路仔 [再沒空也要關心小孩子] ｜～好嘅待遇我都唔會去 [無論怎麼好的待遇我都不會去] ｜一個人～叻都係有限嘅 [一個人再能幹也是有限的]。

《集韻》於杏切，"咽聲。"廣州話為借用字。

又見"哽 ngeng²"條。

嚶 ngeng⁴

【嚶嚶聲】ngeng⁴ ngeng⁴ séng¹ 1. 哼哼，呻吟聲：病到佢～ [病得他直哼哼]。2. 形容人因發牢騷而嘀嘀咕咕：佢好有意見，成日～ [他很有意見，整天嘀嘀咕咕的]。

新創字。

甌 ngeo¹

名詞。小碗，一般指非陶瓷材質的碗：一～飯 ｜ 攞個～裝住 [拿個小碗裝着]。

《廣韻》烏侯切。《玉篇》："椀小者。"《篇海類編》："椀小者，今俗謂盌深者。"

吽 ngeo⁶

形容詞。蠢笨，遲鈍：～仔 [傻小子] ｜乜你咁～㗎 [你怎麼這麼笨哪]！

【吽哣】ngeo⁶ deo⁶ 發呆，呆滯，無精打采的樣子：嗰隻雞有啲～ [那隻雞有點呆滯] ｜佢唔舒服，成個人～晒 [他不舒服，一副無精打采的樣子] ｜佢個樣係有啲吽吽哣哣 [他的樣子是有點呆呆滯滯的]。

N

【發吽哣】fad³ ngeo⁶ deo⁶ 發愣，發呆：佢坐喺角落～[他坐在角落裏發愣]｜喺度發乜吽哣呀[在這裏發甚麼呆]？

傳統方言字。夢餘生《新粵謳解心·做我地呢份老舉》："我哋問人客開刀，佢地亦會敲竹槓，唔論你精還定吽，都監硬嚟劏。"《三灶民歌·對歌》："問你去邊度吽？"

喼 ngi⁴

【喼喼牙牙】ngi⁴ ngi⁴ nga⁴ nga⁴ 支支吾吾：佢～噉唔肯正面回答[他支支吾吾的不願意正面回答]。

【喼喼哦哦】ngi⁴ ngi⁴ (ngi¹) ngo⁴ ngo⁴ 支支吾吾。

新創字。

屙 ngo¹

動詞。❶ 排泄大小便等：～屎[大便]｜～尿[小便]｜～屁[放屁]。❷ 腹瀉，拉稀，拉肚子：～得好交關[腹瀉很嚴重]｜重有冇～呀[還拉肚子嗎]？｜～肚[拉痢疾，拉稀]｜～啡啡[腹瀉，拉稀]。

《玉篇》烏何切，"上厠也"。

喔 ngog¹

【喔喔脆】ngog¹ ngog¹ cêu³ 嘎崩脆。

喔，《集韻》屋郭切，"喔喔，鳥聲"。廣州話為借用字。

惡 ngog³

形容詞。難，難以：～搞[難辦]｜條路～行[路難走]｜～𩜠[難以下嚥；(事情)難應付]｜～嘁[(人)難對付，不好說話]｜～作[難辦，難處理]。

【惡死】ngog³ séi² 1. 兇惡，厲害：隻狗鬼咁～，見人就想咬[那隻狗兇極了，見人就想咬]。2. 不好打交道的，故意作梗的：嗰個嘢好～，一啲都唔肯幫忙[那個傢伙很不好說話，一點都不願意幫忙]。3. 愛搞惡作劇的，瞎胡鬧的：佢好～，成日整鬼人哋[他喜歡瞎胡鬧，老是捉弄人家]。

明·木魚書《二荷花史·青樓唱和》："哩(呢)位阿姑怕你惡

還鄉。"《粵謳·解心事（之二）》："心事惡解，都要解到佢分明。"

頟 ngog⁶

動詞。仰首，抬頭：～高頭［抬起頭來］。

【頭頟頟】teo⁴ ngog⁶ ngog⁶ 抬着頭東張西望：企喺處～，人哋會當你係傻仔［站在那裏東張西望，人家會把你當傻瓜］。

《廣韻》五角切。《説文》："面前岳岳也。"《漢語大字典》："頟頟，也作'岳岳'，舊時看相的術語。"廣州話，為借用字。

藹 ngoi²（又音 oi²）

動詞。哄嬰兒入睡。

同音借用字。舊時催眠曲："藹眠，藹眠，成晚藹眠到曉天。"

腍 ngong³（又音 ngung³）

名詞。酸菜變質後的氣味。

《廣韻》烏孔切，"臭貌"。

仰 ngong⁵（讀音 yêng⁵）

動詞。臉朝上，仰着：打～瞓［仰着睡］。

ngong⁵ 是話音。

戇 ngong⁶

形容詞。傻，笨：佢有啲～～哋［他有點傻頭傻腦］｜冇人會咁～嘅［沒人會這麼笨的］｜～佬［傻瓜；神經有問題的人］。

【戇居】ngong⁶ gêu¹ 傻，笨。

【戇居居】ngong⁶ gêu¹ gêu¹ 傻頭傻腦的樣子。

《廣韻》陟降切。《集韻》胡貢切，"愚也"。《説文》："愚也。"

擙 ngou¹

動詞。夠取，探取，伸手向遠處取物：～嗰朵花落嚟［把那朵花夠下來]｜～唔到[夠不着]｜成個人～出窗口[整個人探出窗外]。

《字彙》於到切，"磨也"。廣州話為借用字。

撽 ngou⁴

動詞。搖：～樹｜～鬆佢[搖鬆它]｜～醒佢[搖醒他]｜藥水～勻至飲[藥水搖勻了才喝]。

《集韻》魚到切，"動也"。

壅 ngung¹

動詞。❶ 埋：生～[活埋]｜泥石流連屋都～埋[泥石流把房子都埋上了]。❷ 培土：啲粟米要～多啲泥[玉米要多培些土]。❸ 施肥，一般指施糞肥或土肥：要～多啲肥[要施多點肥]｜已經～過兩次肥[已經施了兩次肥]。

《廣韻》於容切。《篇海類編》："培也。"《農政全書》："養之得法，必致繁息，且多得糞，可以壅田。"《三灶民歌·壅竹成林》："燈草燒乾壅竹腳，壅浮竹筍就成林。"

N

搣 ngung²

動詞。推：～門｜～人｜～開佢[推開它]。

【搣火】ngung² fo² 指煮東西時整理灶內柴草。

《廣韻》而隴切，"拒也"。《廣雅》："推也。"《集韻》戎用切，"推也"。

有用"挐"字。挐，《廣韻》居悚切，"抱持"。廣州話與之不合，不採用。

呢 ni¹（又音 néi¹。讀音 né¹）

❶ 指示代詞。這：～幾個人｜～兩年｜～次｜～便[這邊]｜～度[這裏，這兒]｜～排[近來，最近一段時間]｜～啲嘢[這些東西]｜～楨嘢[這種事兒]｜～世人[這輩子]。❷ 詞素。

【呢嗱】ni¹ na⁴ 語氣詞。相當於"欸"：～，呢啲至係正嘢呀[欸，這些才是好東西呀]！

【呢粒】ni¹ neb¹ 丁兒，把肉類、蔬菜等切成小塊（有時加上花生、腰果等）炒成的菜肴。又叫“粒粒 neb¹ neb¹”。

【呢呢粒粒】ni¹ ni¹ neb¹ neb¹ 人皮膚上起的紅色小粒。

《集韻》女履切，“言以示人”。現代漢語多用作語氣詞。《漢語大字典》：“方言。代詞。這。”清・葉瑞伯：南音《客途秋恨》：“呢種情緒悲秋同宋玉，況且客途抱恨你話對誰言？”

廣州話作指示代詞的“呢”，壯、布依、傣、侗、水、黎等語言都相同，屬古越語的底層詞。

有用“哩”、“呢”。

吅 nib¹

形容詞。癟：踩～咗個波［踩癟了球］｜個嘜～咗［那罐頭罐癟了］。

新創字。

搦 nig¹

動詞。❶ 拿：～過嚟［拿過來］｜～唔郁［拿不動］。❷ 提；～住個行李袋［提着一個行李袋］｜～得起［能提起］。

《廣韻》女角切，“持也”。《玉篇》女革切，“持也”。

棯 nim¹

名詞。崗棯，即桃金娘，一種野果。

《廣韻》如甚切，“果木名”。《集韻》忍甚切，“木名”。廣州話聲母不同，屬借用字。

踗 nim³

動詞。踮：～起對腳［踮起腳］。

《集韻》諾葉切，“行輕也”。廣州話略有差別。

𡃶 nin¹

名詞。❶ 乳房。❷ 奶，乳汁：食～［吃奶］。

傳統方言字。

拰（撚，捻）nin²

動詞。❶捏，用拇指和其他手指夾住：唔好～香蕉［不要捏香蕉］|他好中意～人［他很喜歡捏人］|～爛咗個氣球［把氣球捏破了］。❷（用手）擠：～乾嚿海綿［把海綿擠乾］。❸卡（qiǎ）：～頸［卡脖子］。

新創字。

又作"撚"。撚，《廣韻》乃殄切。《説文》："蹂也。"《一切經音義》："手捏曰撚。"

有作"捻"。捻，《廣韻》奴協切。《集韻》："捏也。"《説文新附》："指撚也。"

拎 ning¹（又音 ling¹）

❶動詞。拿，取：各人～各人嘅［自己拿自己的］|～份文件畀佢睇［拿一份文件給他看］|喺錢包裏便～出一張銀紙［在錢包裏取出一張鈔票］。❷動詞。提：～桶水過去［提一桶水過去］|左手～隻雞，右手～隻鴨。❸介詞。將，把，以：～呢個做標準［以這個作標準］|～佢做樣［把他作樣板］。

《廣韻》郎丁切，"手懸拎物"。

嫋 niu¹（讀音 niu⁵）

形容詞。纖細，纖長：好似竹篙咁～［像竹竿那樣細長］|～高［瘦而高］|～瘦［身材瘦小］。

《廣韻》奴鳥切，"長弱貌"。《集韻》乃了切。《説文》："姌也。"

蔦 niu³（讀音 niu⁵）

形容詞。蔫兒，指瓜果等因乾枯而表皮萎縮：馬蹄放～咗更甜［荸薺放得皮蔫了更甜］|啲花幾日冇淋水都～晒咯［那些花幾天沒澆水都蔫兒了］。

《廣韻》都了切。《説文》："寄生也。"廣州話為借用字。

挼 no⁴

動詞。搓，揉：～衫［搓衣服］｜～手巾［搓毛巾］。

《廣韻》奴禾切，“兩手相切摩也”。

努 nou⁵⁻²

動詞。憋着氣用力：～屎｜～到面都紅晒［憋得臉都紅了］。

《廣韻》奴古切，“努力也”。

現代漢語“努”也有“儘量地使出（力量）”意思，其含義比廣州話廣。

跁 nug⁶

動詞。踩踏，踐踏：舊時洗被單蚊帳係到河邊用腳～［舊時洗被套蚊帳是到河裏用腳踩］｜唔好～草地［不要踩草地］。又作“踛 lug⁶”。

《集韻》女六切。《玉篇》：“行也。”廣州話略有變化，為借用字。

燶 nung¹

形容詞。❶焦，煳：煮～飯［煮煳了飯］｜煲～粥［煮煳了粥］｜煎～魚［把魚煎煳了］。❷（樹葉等）枯黃：樹葉都晒～咗［樹葉都晒枯了］。❸（臉色）黑：講佢兩句就～起塊面［說他兩句他就黑起臉來］｜～口～面［黑着臉，板着臉］。

傳統方言字。

N

O

喔 og⁶

嘆詞。表示確認，回答詢問時用：甲：你同意佢嘅意見？乙：～[甲：你同意他的意見？乙：啊]。

新創字。

P

坺 pad⁶

❶ 量詞。攤，堆，用於軟爛的東西：一～爛湴[一攤爛泥]｜一～糍糊。❷ 象聲詞。軟物落地聲：條蛇～一聲跌落地[那條蛇啪的一聲掉在地上]。

《廣韻》蒲撥切。《說文》："臿土謂之坺。"《玉篇》普活切，"鍤土謂之坺。"廣州話為借用字。

盼 pan³

形容詞。癟，穀粒不飽滿：啲穀好～[這些稻穀很癟]｜～穀[秕子，空的或不飽滿的穀粒]。

同音借用字。

搒 pang¹

動詞。❶ 攆，驅趕：～佢出去[趕他出去]｜～走隻狗[趕跑那隻狗]。❷ 勻出（一部分）：～啲畀我[勻點兒給我]。

新創字。

鏰 pang¹

名詞。❶ 白鐵罐；白鐵桶：火水～[煤油罐]。❷ 平底鍋；金屬飯盒。

O

英語 pan 的音譯。

傳統方言字。

啤 pé¹

❶ 量詞。對，雙（多用於情侶或夫婦、橋牌搭檔、同樣的牌）。❷ 撲克：一副～｜～牌［撲克牌］。

英語 pair 的音譯。

新創字。

躃 pé⁵

形容詞。歪着身子，像要倒下：個醉酒佬行路～～下［那個醉漢走路歪歪斜斜的］｜唔好～住個身坐［不要歪着身子坐］。

【放躃】fong³ pé⁵ 放刁撒潑：佢都唔講道理，～嚟嘅［他都不講道理，一味放刁撒潑］。

新創字。

呸 péd¹

【呸呸】péd¹ péd¹ 嬰兒的屁股。

新創字。

肥 péd⁶

【脸肥肥】nem⁴ péd⁶ péd⁶ 見"脸 nem⁴"條。

《玉篇》普栗切，"肚肥也"。《類篇》普栗切，"肉多。"

擗 pég⁶

動詞。扔，丟棄：冇用就～咗佢［沒用就丟掉它］｜咁揦鮓嘅嘢快啲～咗佢［這麼髒的東西快點丟掉它］。

【擗炮】pég⁶ pao³ 扔下手槍，比喻辭職不幹（炮：指手槍）：佢早就～咯［他早就辭職不幹了］。

《廣韻》房益切，"撫心也"。《正字通》："擘開也。"廣州話為借用字。

P

¹ **批** pei¹

❶ 動詞。承租：～十畝田嚟耕［租十畝田來耕種］。

【批頭】pei¹ teo⁴ 1. 承租田地時，除租金外另附加的若干財物。2. 承租房屋時第一個月多交的一個月租金。

❷ 動詞。預測，估計：我早就～中你會考上大學㗎喇［我早就料到你能考上大學的］｜睇下邊個～得中［看看誰能猜中］。❸ 動詞。（牆體）表層抹上：埲牆要～啲灰［牆上要抹點灰］。

【批蕩】pei¹ dong⁶ 1.（在牆上）抹灰：呢埲牆～得幾平滑［這面牆抹灰抹得很平滑］。2.（在牆上）所抹的灰皮：～甩落嚟喇［灰皮掉下來了］。

❹ 名詞。一種有餡的西式餅食。英語 pie 的音譯。

《廣韻》匹迷切，"示也"。廣州話為借用字。

² **批（刌，㓖）** pei¹

動詞。削：～鉛筆｜～尖條棍［把棍子削尖］。

【螺絲批】lo⁴ xi¹ pei¹ 改錐。

【雪批】xud³ pei¹ 改錐形狀的奶油冰棍。

杜甫《房兵曹胡馬》："竹批雙耳峻，風入四蹄輕。"仇兆鼇注："黄注：批，削也。"

又作"刌"。刌，《集韻》攀糜切，"刀析也。"《玉篇》符碑切，"剝也，削也。"

又作"㓖"。㓖，《廣韻》匹迷切。《玉篇》："削也。"《方言據》："側刃削物令薄曰㓖。"清·屈大均《廣東新語》卷十一："（廣州）以刀削物曰㓖，音批。"

紕 péi¹

動詞。❶ 物體邊緣或表面破損：張枱碰～咗幾度［這桌子碰破了幾個地方］。❷ 衣物久磨起毛變薄：條褲磨～咗咯［褲子磨得起毛了］。❸ 布料邊緣鬆散：做衫裁開鈒完骨再做至唔會～［做衣服裁剪後鎖了邊再做才不會散邊］。

【紕口】péi¹ heo² 1. 名詞。裁剪好而未縫的衣片的邊：件衫嘅～

要鎖邊 [衣服的毛邊要鎖邊]。2. 動詞。衣服或衣片的邊鬆散：衫腳～喇 [衣服的下擺散邊了]。

《廣韻》匹夷切。《集韻》："繒欲壞。"《漢語大字典》："布帛、絲縷等破壞披散。"

湓 pen⁴

動詞。噗出，溢出，煮飯、粥等水開時米湯汁液外溢：粥～出嚟喇 [粥噗啦]！

《廣韻》蒲奔切，"水涌也"。《集韻》："水溢也。"

棚 péng¹

名詞。❶ 椅子靠背：挨～ [椅子靠背] ｜挨～椅 [椅子]。❷ 牀頭擋板：牀～ [牀頭擋板]。

新創字。

骿 péng¹

【骿骨】péng¹ gued¹ 肋骨。

《廣韻》部田切。《說文》："並脅也。"廣州話為借用字。

奅 peo³

形容詞。❶ 鬆軟，泡：松～｜～木 [泡木頭] ｜呢塊木料～嘅 [這塊木料發泡]。❷ 糠心 (多指蘿蔔因失去水分而中空)：～心 [糠心兒] ｜～蘿蔔。❸ 不堅硬，不結實：木頭畀蟲蛀到～晒 [木頭給蟲蛀得全爛了] ｜佢以前好～，風一吹就冷親 [以前他很不結實，風一吹就會着涼]。❹ 引申指靠不住的、無信用的：乜咁～㗎，話實嘅嘢又唔算數嘅 [怎麼那麼靠不住的，說定了的又不算了]！

《廣韻》匹貌切。《說文》："大也。"段玉裁注："此謂虛張之大。"《新華字典》："虛大。"

有作"婄"。婄，《廣韻》蒲口切，又音剖，"婦人貌"。《玉篇》妨走切，"婦人貌"。《集韻》普後切，"婄媰，婦人肥貌"。廣州話與之不合，不採用。

𥝩 po¹

量詞。棵：門口種咗四～樹［門前種了四棵樹］｜一辺樹～～都咁高［一排樹棵棵都那麼高］｜呢種樹生得大～［這種樹棵兒長得大］。

【白菜𥝩】bag⁶ coi³ po¹ 尚未充分生長好即收穫的白菜。

傳統方言字。

𦢊 pog¹

名詞。泡兒：水～｜豆腐～｜行到腳都起～［走到腳都打了泡兒］。

《廣韻》蒲角切，"肉胅起"。《玉篇》："肉起。"《集韻》匹角切，"皮破起。"

痭 pong¹

形容詞。形容人前額突出：～頭凸額。

新創字。

P

甫 pou¹（讀音 fu²）

【甫士】pou¹ xi² 姿勢：擺好～，影個靚相［擺好姿勢，拍個漂亮照］。英語 pose 的音譯。

【甫士咭】pou¹ xi⁶ ked¹ 明信片。英語 postcard 的音譯。

譯音用字。

另見"甫 pou²"、"甫 pou³"條。

甫 pou²（讀音 fu²）

名詞。廣州市地名用字：第十～｜十八～。

《集韻》彼五切。古地名，在今河南省中牟縣境。

另見"甫 pou¹"、"甫 pou³"條。

甫 pou³（讀音 fu²）

量詞。十里路：三～路［三十里路］。

另見"甫 pou¹"、"甫 pou²"條。

蒲 pou⁴

動詞。浮，飄浮。比喻在江湖上闖蕩、胡混：佢好細就出嚟～[他從小就出來混了]。

廣州話為借用字。清·招子庸《粵謳·真正惡做》："好過露面拋頭，在水上蒲。"

仆 pug¹

動詞。趴，俯臥：～低[趴下]｜～住瞓[趴着睡]｜～喺張枱度[趴在桌子上]｜～街[指死在街上。罵人語]｜～轉[反轉，扣]。

《廣韻》敷救切，"前倒"。《集韻》："僵也。"現代漢語指向前跌倒，廣州話略有變化。

塳 pung¹

動詞。❶蒙上(塵土)：～咗一頭泥塵[蒙了一頭塵土]。❷(塵土)嗆人：掃地唔灑水，～到鬼噉[掃地不灑水，嗆得要命]。

【塳塵】pung¹ cen⁴ 灰塵，塵土：乜枱面咁多～㗎[怎麼桌面那麼多灰塵]？

《集韻》蒲蒙切，"塵也"。《字彙》："塵隨風起。"

Q

趑 qi¹

【趑車轉】qi¹ cé¹ jun³ 1. 飛快地轉動：嘩，乜個水錶～㗎[啊，怎麼這水錶飛快地轉個不停呀]？2. 團團轉：形容人轉來轉去或忙來忙去：幾個人喺度～，搞到我頭都暈[幾個人在這裏轉來轉去，弄得我頭腦發暈]｜呢排忙到我～[這些日子我忙得團團轉]。

《廣韻》取私切，"趑趄，趨不進也"。

趑車，即“趑趄”。趑趄，《說文》：“行不進也。”《漢語大字典》：“1. 行走困難。2. 猶豫不進，卻行不前。”廣州話的“趑趄”意為原地打轉。

黐 qi¹

❶ 動詞。粘 (zhān)，粘連：幾粒糖～埋咗 [幾塊糖粘在一起了] ｜小廣告喺牆度～到實 [小廣告在牆上粘得很緊]。

【黐筋】qi¹ gen¹ 罵人語。指人腦子有問題，神經不大正常：你都～嘅，噉做點啱嚟 [你神經有問題了，這樣做怎麼對呢] ?

【黐線】qi¹ xin³ 本指電話線路交搭在一起，致使短路。比喻人神經不健全，經常弄錯事物或話不對題。

❷ 形容詞。黏：呢啲膠水好～㗎 [這些膠水很黏] ｜～泅泅 [黏糊糊]。❸ 動詞。沾，蹭，揩油：去佢度～飯餐 [到他那裏蹭飯吃] ｜佢彩票中咗獎，好多人嚟～佢 [他彩票中了獎，很多人來揩油] ｜～餐 [蹭飯]。❹ 動詞。纏，緊隨不肯離開：～纏 [纏綿，兩人形影不離] ｜細路仔梗係～大人㗎喇 [小孩子肯定是纏住大人的] ｜有個細路～住，邊處都唔去得 [有小孩纏着，哪兒都不能去] ｜～家 [戀家，喜歡待在家裏]。

《廣韻》丑知切，“所以粘鳥”。《集韻》抽知切。《玉篇》丑知切，“黏也”。

彳 qig¹

形容詞。跛腳走路的樣子：佢腳痛，行路～～下 [他腿疼，走起路來有點瘸]。

《廣韻》丑亦切。《說文》：“小步也。”有作“彳亍”。彳亍，《集韻》丑亦切，“跛也”。

摵 qig¹

動詞。❶ 提：～住一袋嘢 [提着一袋東西]。❷ 揪：～住佢件衫 [揪着他的衣服]。❸ 抽，揚起：～起膊頭 [抽起肩膀] ｜～起度眉 [揚起眉毛]。❹ 拉：～佢起身 [拉他起

來] ｜～佢出嚟 [拉他出來]。

《廣韻》山責切，“隕落貌”。廣州話為借用字。

簽 qim¹

動詞。❶ 用力刺：～豬 [殺豬]。❷ 嫁接：～荔枝。❸ 剔：～牙。

簽，《集韻》千廉切；《正字通》：“同‘籤’。”籤，《廣韻》七廉切，“銳也，貫也。”《說文》：“貫也。”《漢語大字典》：“刺入，插入。”

有作“劖”。劖，《廣韻》七廉切，“切割也”。《集韻》千廉切，“切也”。

塹 qim³

名詞。河溝：前面有條～ [前面有一道河溝] ｜呢條～好深 [這道河溝很深]。

《廣韻》七艷切。《說文》：“阬也。”《玉篇》：“塹，《左氏傳》注：溝塹也。”

]。

《廣韻》千定切。《廣雅》：“捽也。”捽，《漢語大字典》：“揪，抓。”

撍（撏） qim⁴

動詞。❶ 抽取，抽出：～簽 [求籤時抽籤] ｜～籌 [抽籤，抓鬮]。❷ 拔：～豬毛｜～須。

《集韻》慈鹽切，“摘也。”

又作“撏”。撏，《集韻》徐廉切，“摘也，或作撍。”

掅 qing³

❶ 動詞。揪起，拎：一手將佢～起嚟 [一手把他揪起來]。

❷ 量詞。掛，嘟嚕：一～鎖匙 [一掛鑰匙]。

《廣韻》千定切。《廣雅》：“捽也。”捽，《漢語大字典》：“揪，抓。”

埕 qing⁴

名詞。罌子：酒～｜酸菜～[醃酸菜的罌子]。

【埕埕塔塔】qing⁴ qing⁴ tab³ tab³ 1. 罌罌罐罐。2. 因"埕"與"情"同音，又引申指兒女情長（帶詼諧意）。

《通雅》："甇，大甕。今俗曰罌，曰埕。"元·高文秀《誶范叔》第二折："我幾吃那開埕十里香（十里香：酒名）。"夢餘生《新粵謳解心·酒咁有味》："怕乜周時放量，飲晒成埕。"

串 qun³

❶ 動詞。拼寫拉丁文單詞：你個英文名點～呀[你的英文名字怎麼拼寫呀]？

【串埋】qun³ mai⁴ 串通，合謀：你哋想～呃人呀[你們想串通起來騙人嗎]？

❷ 囂張，傲慢：嗰條友好～[那傢伙囂張得很]｜你咪咁～，會有人治你嘅[你別囂張，會有人整治你的]｜～仔[閒遊散蕩、行為不正派的男青少年；男阿飛流氓]。❸ 指女子打扮得離奇古怪、行為放蕩：呢條女夠～咯[這個女子夠放浪了]。

《洪武正韻》樞絹切。《正字通》："物相連貫也。"《漢語大字典》："串通；勾結。如：串供；串騙。"

S

䖳 sa¹

【蝴䖳】beng¹ sa¹ 見"蝴 beng¹"條。

傳統方言字。

奓（挲，抄） sa³

❶ 動詞。張開，挓挲：～開隻手[挓挲着手]。❷ 形容

詞。張開的樣子：條裙好～[裙子很奓]｜～鼻[鼻翼寬扁]｜～髀[寬肩膀]｜～腳[(物件)腳向外撇]。

《廣韻》陟駕切，"張也"。《玉篇》："下大也。"

又作"挲，抄"。挲，《集韻》師加切，"挓挲，開貌。"抄，是"挲"的異體字。

沙 sa⁴ (**讀音** sa¹)

【沙哩弄挖】sa⁴ li¹ nong⁶ cung³ 形容人做事魯莽、輕率、馬虎、亂來：做嘢唔能夠～㗎[做事不能馬虎亂來]。

【沙沙滾】sa⁴ sa⁴ guen² 咋咋呼呼的，不踏實；粗心大意：做嘢要踏踏實實，咪～[做事要踏踏實實，不要咋咋呼呼的]。

借用字。

傞 sab³

【冇傝傞】見"冇 mou⁵"條。

《廣韻》私盍切。"傝傞，不謹貌。"《博雅》："惡也。"

霎 sab³

❶ 動詞。眨：～眼｜～下眼就唔見咗[一眨眼就不見了]｜～時[那，霎時間]。❷ 形容詞。聲音嘶啞，澀：講到聲喉都～晒[說得嗓子都沙啞了]。

【霎氣】sab³ héi³ 孩子淘氣、不聽話或多病，致使大人操心、生氣：個仔成日病，真～[孩子老是病，真叫人操心]。

【霎戇】sab³ ngong⁶ 傻；混賬：你～咩，咁熱重着住件棉衲[你傻了吧，這麼熱的天還穿着棉衣]！｜個嘢真～[那傢伙真混賬]。

《廣韻》山洽切。《篇海類編》："片時也。"《字彙補》："倏然也。"《漢語大字典》："用同'眨(zhǎ)'。(眼睛)閉上又立刻睜開。"

煠 sab⁶

動詞。熬，煮，多指長時間地煮或煮大塊的東西：～番薯[煮白薯]｜～豬潲[煮豬食]｜～熟狗頭[煮熟的狗頭，形容人笑得齜牙咧嘴]。

《廣韻》七洽切，“湯煠”；又丑輒切，“爚煠”；實洽切，“爚也”。《玉篇》丑涉切，“爚也”。爚，《漢語大字典》：“用火加熱；用沸水煮。”

有作“熠”。熠，《廣韻》羊入切。《說文》：“盛光也。”廣州話與此不合，不採用。

㡿 sag³

量詞。邊，塊：一人坐一～[一人坐一邊]｜將西瓜切開八～[把西瓜切八塊]｜佢匿埋一～[他躲在一邊]。

《玉篇》：“㡿，今作坼。”坼，《廣韻》丑格切。《說文》：“裂也。”《廣雅》：“開也，分也。”

嘥 sai¹

動詞。❶ 浪費：重用得就掉咗，～咗佢吖[還能用就丟掉，浪費了]｜買呢啲唔等使嘅嘢，～錢嘅嘛[買這些沒用的東西，浪費錢罷了]｜～心機[費神，費心思]｜～撻[浪費；糟蹋]｜大～[浪費]。

【嘥氣】sai¹ héi³ 1. 白費唇舌：懶得同你講，～[懶得跟你說，白費唇舌]！又說“嘥口水 sai¹ heo² sêu²”。2. 白費勁，做無用功：冇錢冇人，講乜都係～[沒錢沒人，說甚麼都是白費勁]｜噉做唔得㗎，～嘅嘛[這樣幹不行的，白費勁罷了]。3. 不切實際的：用呢架爛車去接貴賓？～啦[用這輛破車去接貴賓？算了吧]！

❷ 錯過（機會）：咁好嘅機會～咗，真可惜[這麼好的機會給錯過了，真可惜。]❸ 貶低，損；諷刺，挖苦：～到佢一錢不值[把他損得一錢不值]｜一味～佢係唔好嘅[老是挖苦他是不好的]。

傳統方言字。夢餘生《新粵謳解心·如果你話要去》：“往日未試過別離苦楚，點會白把眼淚嚟嘥。”《粵謳·愁到冇解》（陳寂整理）：“風流都係白白嘥。”

晒 sai³

助詞。❶ 表示完全，全部，都等：講～畀佢聽 [全告訴他] ｜魚畀貓食～咯 [魚給貓吃光了] ｜面都紅～ [臉都紅了] ｜畀佢搞哐～ [讓他全弄壞了]。

【大晒】dai⁶ sai³ 老大，高人一等：係你～呀 [你以為你是老大嗎] ?

❷ 放在某些動詞或動補結構後面，有加強語氣的作用：唔該～ [太感謝了] ｜多得～ [太感謝了] ｜咪喺度嘈生～ [別在這裏吵吵鬧鬧] ｜催衡～ [緊催着]。

傳統方言字。南海九江龍舟《喃銀樹》："幾多田地都係我買晒，買到出去省城佛山街。"

《正字通》："晒，與曬同。" 在廣州話裏作助詞用時，只用"晒"，不用"曬"。

饊 san²

【蛋饊】dan⁶ san² 排叉兒，一種油炸麵食，一般澆上糖漿。

《廣韻》蘇汗切，"饊飯"。《玉篇》先但切，饊飯"。

潺 san⁴

名詞。❶ 黏液：鯰魚成身～ [鯰魚滿身黏液] ｜滑～～ [因帶有黏液而顯得滑溜溜]。❷ 引申指麻煩：搞到一身～ [惹得一身麻煩] ｜"黃鱔上沙灘，唔死一身～" [歇後語。比喻做一件事情不但得不到好處，反而惹了許多麻煩]。

《廣韻》士山切。《説文新附》："水聲。" 廣州話為借用字。

揞（搡） sang²

動詞。❶ 用沙、灰、去污粉等洗刷器具：～面盆 [刷洗臉盆] ｜

嗰笪油蹟～唔甩 [那塊油垢刷不掉]。❷ 間苗；除去或摘去（葉片等）：～芥菜仔 [間芥菜苗] ｜～蘿蔔秧 [間蘿蔔苗] ｜～幾莢菜葉 [摘去幾片菜葉]。❸ 訓斥：畀人～咗一餐 [被人訓斥一頓] ｜～一輪 [臭罵一頓]。❹（用球）打：

S

畀人～咗個波餅［被人用球打了一下］。❺ 強取：～牛王［強取、強佔別人的東西］｜～黃魚［騙取或強取財物］。

傳統方言字。

也作“摷”。摷，《廣韻》初兩切，“瓦石洗物”。《集韻》楚兩切，“磨滌”。

哨 sao³

【哨牙】sao³ nga⁴ 齙牙，上門牙外露。

【哨街豬】sao³ gai¹ ju¹ 戲稱喜歡在街上到處溜達的小孩。

《集韻》所教切。《廣雅》：“衺也。”《漢語大字典》：“偵察，巡邏。”

潲 sao³

名詞。❶ 泔水：～水［泔水］。❷ 豬食：豬～［豬食］｜漚～［煮豬食］。

《廣韻》所教切，“豕食”。《玉篇》：“臭汁也，潘也。”

捎 sao⁴（讀音 sao¹）

動詞。不問自取，拿走：你啲資料唔放好就會畀人～走嘅喇［你的資料不放好就會給人家拿走的］｜我嗰盒榴槤酥畀佢哋～晒［我那盒榴槤酥給他們拿光了］。

《廣韻》所交切。《正字通》：“捎，《增韻》：‘取也。’”又，“掠也”。

睄 sao⁴

動詞。瞥，瞟，眼睛很快地向某目標一掃：～佢一眼［掃他一眼］｜一眼～過去［一眼瞟過去］｜一眼～見佢［一眼瞥見他］。

《集韻》所教切，“小視。”《漢語大字典》：“小視；眼光掠過，匆匆一看。”

S

瀉 sé²

動詞。液體灑出，溢出：倒～水［水灑了出來］｜滿到～［滿得溢出來了］｜倒～籮蟹［形容秩序大亂，像打翻了一籮螃蟹，螃蟹滿地爬的樣子］。

《廣韻》悉姐切，“瀉水”。《玉篇》：“傾也。”

¹**蛇** sé⁴

❶ 形容詞。懶：佢做嘢好～［他幹活很懶］｜快啲做，咪咁～［快點做，別懶］｜～王［懶；懶惰的人］。❷ 指帶狀疱疹：生～［長帶狀疱疹］。❸ 詞素。

【蛇喱眼】sé⁴ léi¹ ngan⁵ 1. 斜眼。2. 患斜視的人。又說“斜喱眼 cé⁴ léi¹ ngan⁵”。

【蛇仔】sé⁴ zei² 營運汽車司機的助手。

同音借用字。

另見“蛇 sê⁴”條。

²**蛇** sé⁴

名詞。偷渡的人，非法入境者。一般不單用：人～［偷渡者］｜女～［女性偷渡者］｜小人～［兒童偷渡者］｜～頭［組織、接引非法入境者的人］｜屈～［用船偷運非法入境者］。

同音借用字。

另見“蛇 sê⁴”條。

蛇 sê⁴

名詞。先生；老師；長官；警察：亞～。

英語 sir 的近似音譯。

另見“¹蛇 sé⁴”條、“²蛇 sé⁴”條。

唦 sê⁴

動詞。從上往下滑：～滑梯［溜滑梯］｜順住斜坡～落去［順着斜坡滑下去］。

【烏唦唦】wu¹ sê⁴ sê⁴ 1. 不了解，不知情：呢件事我都～ [這件事我一點也不了解]。2. 一點不懂，莫名其妙：佢講咗半日我重係～ [他說了半天我還是莫名其妙]。
新創字。

捈 sê⁴

動詞。順手拿走別人的東西：我枝筆畀人～咗去 [我的筆給人順走了]。
新創字。

戌 sêd¹

❶ 名詞。門閂，插銷：喺門度釘多個～啦 [在門上多釘一個插銷吧]。❷ 動詞。閂：瞓覺要～實度門 [睡覺要把門閂上]。
同音借用字。

¹ **恤** sêd¹

動詞。投籃：～波 [投籃球] ｜～唔入 [投 (球) 不中]。
英語 shoot 的音譯。

S

² **恤** sêd¹

恤髮 (夾頭髮，使捲曲)。
英語 set 的音譯。

衃 sêd¹

名詞。衃衫 (襯衣)。
【T 衃】ti¹ sêd¹ 針織有領套頭汗衫。
"衃"不單用。
英語 shirt 的音譯。

惜 ség³ (**讀音** xig¹)

動詞。❶ 愛惜：佢處處～住件靚衫 [他處處愛惜着那件漂亮衣服] ｜～身 [愛護身體，善於養生。婉指怕死]。❷ 疼，喜愛：佢最～呢個仔嘅嘞 [她最喜愛這個兒子了]。❸ 嬌寵，慣縱：個仔畀佢～壞晒［這孩子給她寵壞了］。❹ 吻，親：嚟，畀嫲嫲～一啖［來，讓奶奶親一個］。

《廣韻》思積切。《廣雅》："愛也。"夢餘生《新粵謳解心．我重還惜住吓你》："我重還惜住吓你，未敢亂把刀開。"

削 sêg³

形容詞。❶（肌肉）鬆弛，不結實：你咁～，去健身啦［你肌肉這麼鬆弛，去健身吧］｜～仔［講究外表、輕浮而清瘦的年輕人］｜～肶肶［稀稀爛爛的樣子］。❷（織物）稀薄，鬆軟：件衫樣式幾好，就係面料～啲［這衣服樣式不錯，只是面料稀薄些］｜薄～［指織物稀薄］。❸ 稀，稀軟：啲粥太～［粥太稀了］｜漿糊煮得太～［糨糊煮得太稀］。

《廣韻》息約切。《漢語大字典》："形容消瘦的樣子。"

篩 sei¹

動詞。❶ 搖擺；晃動：你坐住都唔老實，～嚟～去［你坐着都不老實，搖來晃去的］｜架車好～［這車晃得厲害］。❷ 淘汰：唔合條件就～出去［不符合條件的就淘汰掉］｜～剩呢幾個［淘汰下來剩下這幾個］。

《玉篇》所街切。《漢語大字典》："搖動，抖動。"

噬 sei⁶⁻⁴（讀音 sei⁶）

咬，一般用於動物：畀狗～咗一啖［被狗咬了一口］。

【笑口噬噬】xiu³ heo² sei⁶⁻⁴ sei⁶⁻⁴ 1. 呲牙咧嘴地笑。2. 咧着嘴假笑。

《廣韻》時制切，"嚙噬"。《玉篇》視制切，"嚙噬也"。

糝 sem²

動詞。撒：～芝麻｜～古月粉［撒胡椒麵兒］。

《廣韻》桑感切。《漢語大字典》："散開；撒落。"李白《春感》："榆莢錢生樹，楊花玉糝街。"

申 sen¹

動詞。折合：1 米～翻市尺係 3 尺 [1 米折合市尺是 3 尺] ｜你同我～～佢 [你替我折算一下]。

同音借用字。

呻 sen³ (**讀音** sen¹)

動詞。❶ 呻吟：痛到佢猛咁喺處～ [痛得他直哼哼]。❷ 歎，慨歎：自己～笨 [自歎愚蠢]。❸ 訴苦：～窮～苦。

《廣韻》失人切。《正字通》："疾痛聲。"

侲(腎) sen⁵

形容詞。❶ 艮，指芋頭、蓮藕、馬鈴薯等含澱粉較多的食物，煮熟後硬而滑、不面的性質。與"粉(面)"相對：～芋頭｜啲藕唔粉，～嘅 [這些蓮藕不面，艮的]。❷ 呆滯，傻笨：你都～嘅，行唔通重要噉做 [你真呆板，行不通還要這樣做] ｜～仔 [傻瓜] ｜～人 [傻瓜]。

《廣韻》章刃切，"侲子，逐厲鬼童子也。"《集韻》："童男女也。"廣州話為借用字。

一般用"腎"字。為同音借用字。

S

徇 sên¹

動詞。申斥，責備，多用於上對下：畀老豆～咗一餐 [被父親臭罵了一頓]。

《廣韻》辭潤切，"徇，巡師宣令，或作徇"。廣州話為借用字。

筍 sên²

【筍嘢】sên² yé⁵ 好東西：佢以為撈到乜嘢～，點知得個吉 [他以為撈到甚麼好東西，誰知是一場空]。

同音借用字。

𢳂 seng³

形容詞。❶ 刺痛，被灼傷或燙傷的感覺：畀滾水淥親手，鬼咁～ [被開水燙傷手，痛得要命]。❷ 心疼，痛惜：睇見人哋嗤撻公家嘅嘢，佢～到乜鬼噉[看見別人糟蹋公家的東西，他心疼得不得了]。

廣州話為借用字。

啫 seng⁴

重疊後作某些詞的詞尾：厚～～[厚厚的，厚墩墩]｜毛～～[毛髮濃密的樣子]｜懵～～[形容人十分糊塗]。

新創字。

"毛啫啫"本應作"毛鬙鬙"。鬙，《集韻》思登切，"鬅鬙，髮長"。

"懵啫啫"本應作"懵鬅鬅"。鬅，《集韻》思登切，"鬅，神亂"。

鉎 séng³

名詞。銹：生～[（鐵器）生銹]｜臭～𩟔[臭鐵銹味兒]。

鉎，《廣韻》所庚切。《集韻》："鐵衣也。"《說文通訓定聲》："俗曰鐵銹。"

有作"鉎"。"鉎"實為"鉎"的異體字。《集韻》："鉎，鐵衣，或從星。"

壽 seo⁶

形容詞。傻，笨拙：～仔[笨拙的男子]｜～頭[傻瓜]。

傳統方言用字。

[1] **衰** sêu¹

形容詞。❶ 壞的，差的，次的：～人[壞傢伙]｜～嘢[壞東西；壞事]｜睇～[看扁了]｜～到貼地[壞透了，壞到家了]｜唱～[宣揚別人的缺點、過錯，損毀其形象]。❷ 缺德，討厭：～鬼[壞傢伙，討厭鬼]｜～神[壞傢伙，壞蛋]｜～公[壞傢伙，缺德鬼]｜～仔[渾小子]｜～女包[死丫頭，討厭的女孩]｜邊個咁～，亂擗垃圾[誰這麼缺德，亂扔垃圾]？❸ 下賤：～得你咁交關[你下賤得這麼厲害]｜～格[下賤，卑鄙]。

S

傳統方言用字。《廣韻》所追切，"微也"。《嬉笑集·漢書人物雜詠·韓信》："單單婆㩒眼睛開，棍咁光時冇睇衰。"

² **衰** sêu¹

形容詞。❶ 倒霉，糟糕：～運［糟糕的運氣］｜～晒，唔見咗鎖匙［糟糕透了，鑰匙不見了］｜～起上嚟有頭有路［倒霉的時候就處處倒霉］。❷ 居下風，落後；失敗：我從嚟冇～過［我從來沒有落後過］｜呢次唔～得㗎［這次是不能失敗的］｜佢哋最後～咗［他們最後黃了］。

傳統方言用字。《廣韻》所追切，"微也"。

¹ **水** sêu²

❶ 名詞。某些液體：眼～［眼淚］｜鼻～［清鼻涕］｜口～。❷ 名詞。湯，某些食材或藥物加水熬成的飲料：菜～｜粥～｜綠豆～｜茅根竹蔗～｜甘筍馬蹄煲～［紅蘿蔔、荸薺煮湯］。❸ 量詞。1. 乘船往返一趟。2. 衣物等洗的次數。❹ 名詞。機會及所帶來的利益：撈頭～［比喻最先搶得先機得大利］｜撈～尾［先機已過，只能撿些小便宜］。❺ 作某些名詞、動詞、形容詞的詞尾：心～［心思，心意；心智］｜毛～［羽毛的顏色、光澤］｜命～［命運］｜色～［顏色］｜醒～［醒悟］｜老～［老練；老成］｜威～［醒目，氣派］。

《廣韻》式軌切。

² **水** sêu²

形容詞。水準低，品質差：～嘢［品質差的東西］｜～貨［劣質貨］｜乜條友咁～㗎［怎麼這傢伙這麼差勁呀］｜我打波好～㗎［我打球打得很不好］。又說"水斗 sêu² deo²"或"水皮 sêu² péi⁴"。

《廣韻》式軌切。

³ **水** sêu²

名詞。錢，錢鈔：磅～［給錢，付款］｜撲～［籌款］｜回～

[退錢] | 補～ [補助費] | 抽～ [抽頭兒]。
《現代漢語詞典》："指附加的費用或額外的收入。"廣州話的含義要更廣泛些。

歲 sêu³
名詞。嗉子，嗉囊：雞～ [雞的嗉囊]。
可能是"嗉"的轉音。嗉，《廣韻》桑故切。《爾雅》："亢，鳥嚨；其粻，嗉。"郭璞注："嗉者，受食之處別名嗉，今江東呼粻。"

㩋 sog¹
動詞。用筷子或細棍敲打：當心我～你頭殼 [小心我敲你腦袋]。
㩋，《廣韻》息逐切，"打也"。《玉篇》："擊也。"又，《廣韻》所六切，"擊聲"。
有作"摗"。摗，《廣韻》蘇各切。《玉篇》："摸嗉也。"《集韻》："摸也。"廣州話與之不合，未採用。

索 sog³
❶ 名詞。繩子。❷ 名詞。活套：打個～索住 [打個活套套上]。❸ 動詞。套，勒：～住隻狗 | ～緊褲帶 [勒緊褲腰帶]。
本義為用草編繩。《廣韻》蘇各切。《說文》："艸有莖葉可作繩索。"後泛指繩子。《漢語大字典》："大繩子。後泛指各種繩索。"《粵謳·相思索》(陳寂整理)："相思索，綁住兩頭心。"

嗍 sog³
動詞。❶ 吮吸，吸：～奶 | ～骨髓 | ～兩啖粥水 [喝兩口稀粥] | ～咗一啖煙 [吸了一口煙]。❷ 吸收：呢條手巾唔～水 [這條毛巾不吸水] | 攞塊布嚟～乾啲水 [拿塊布來吸乾水]。
【嗍油】sog³ yeo⁴ 指對婦女佔便宜的行為。習慣寫作"索油"。

S

❸ 喘氣，用於“嗍氣”一詞：佢行上八樓，猛咁～氣［他走上八樓，拼命地喘氣］｜做到～氣［幹活幹得直喘氣］。引申作吃力，費勁，夠戧：行上八樓，幾～氣㗎［走上八樓，挺夠戧的］｜一個人搦咁多嘢，好～氣㗎［一個人拿那麼多東西，很吃力的］。

《集韻》色角切，“欶，《説文》：‘吮也。’或作嗽、嗍。”

喪 song^{3}

形容詞。❶（心）野，（心）散：玩到～晒［玩得心都散了］。❷ 不正經，瘋瘋癲癲的樣子：～仔［沒點正經的男青年］｜咪咁～啦，正經啲做［別那麼不正經，用心點幹吧］。

同音借用字。

臊 sou^{1}

❶ 形容詞。膻：呢啲羊肉鬼咁～［這些羊肉膻極了］。❷ 形容詞。乳臭：～蝦仔［嬰兒］｜～妹（mui$^{6\text{-}1}$）［嬰兒（不分男女）］。❸ 名詞。嬰兒，“臊蝦仔”的簡説：～毛［胎髮］｜生～房［產房］｜三朝洗～［出生第三天為嬰兒洗澡］。❹ 動詞。分娩，生（孩子）：～咗未呀［生了（孩子）沒有］？｜～完細蚊要注意保養［生完小孩要注意保養］。

《廣韻》蘇遭切，“腥臊”。《説文》：“豕膏臭也。”

❸❹ 兩義當是由嬰兒的乳臭特點衍化而來。

^{1}騷 sou^{1}

動詞。理睬：冇人～佢［沒有人理睬他］｜～都唔～一下［理都不理］。

《廣韻》蘇遭切。《説文》：“擾也。”廣州話為借用字。

^{2}騷 sou^{1}

名詞。表演，秀：做～［作秀，做表演］。

英語 show 的音譯。

S

宿 sug^1

形容詞。❶ 餿：啲粥～咯［粥餿了］｜～咗嘅嘢唔好食［餿了的東西不要吃］。❷ 酸臭，一般指汗臭：出咁多汗，成身～晒［出那麼多汗，全身都酸臭了］｜件衫～咯，重唔洗［衣服酸臭了，還不洗］！

《廣韻》息逐切。《説文》："止也。"廣州話為借用字。

鬆 sung^1

動詞。溜走（詼諧的説法）：佢早就～咗咯［他早就溜了］｜冇乜事我就～囉嗮［沒甚麼事兒我就溜了］｜～人［走，溜走，溜號兒，開小差］。

廣州話為借用字。

餸 sung^3

菜餚：好～［可口的菜餚］｜加～［某一餐增加好的菜餚］｜大～［指吃飯時吃菜多］｜整～［弄菜（一般指以較講究的烹調技術烹煮菜餚）］｜睇餸食飯［看菜吃飯］。

傳統方言字。中山鹹水歌："冷飯淘茶唔論餸，真心哥妹唔論家窮。"

T

[1] **塔** tab^3

❶ 名詞。鎖（多指舊式的銅鎖）：門上便有把～［門上有一把鎖］。多變調讀 teb$^{3\text{-}2}$。❷ 動詞。用鎖鎖上：～實度門［把門鎖上］。❸ 名詞。套：筆～［筆套，筆帽］。

同音借用字。《廣韻》吐盍切。

有作"鎝"。鎝，本義為套或用金屬套器物。《廣韻》他合切。《玉篇》："器物鎝頭也。"

² **塔** tab³

名詞。❶一種底寬口小的罐子：埕埕～～［罎罎罐罐］。❷馬桶，"屎塔"的簡稱。

同音借用字。

有用"㼽"。㼽，本義為平底的裝東西的瓦器。《廣韻》徒盍切。《説文》："下平缶也。"《廣雅》："瓶也。"

¹ **撻** tad¹

名詞。一種餡露在外面的西式點心：蛋～｜椰～。

英語 tart 的音譯。

另見"撻 tad³"條。

² **撻** tad¹

動詞。發動（機器）：你～着架車先［你先把車發動起來］｜呢部機～唔着［這部機器發動不起來］。

英語 start 的音譯。

另見"撻 tad³"條。

¹ **撻** tad³

動詞。借錢不還，賴賬：～錢｜～數［賴賬］｜～賬［賴賬］｜佢～咗我五萬文［他向我借五萬元賴賬不還］。

【撻定】tad³ déng⁶ 捨棄定金以取消原有的購買約定。

本義為抽打。《廣韻》他達切。《玉篇》："笞也。"廣州話為借用字。

有作"健"。健，《廣韻》他達切。《方言》："逃也。"《集韻》："逃也。"廣州話方言義與此有較大的差別，不採用。

另見"撻 tad¹"條。

² **撻** tad³

動詞。❶伸（舌頭）：～脷［伸舌頭］。❷趿拉：～住對鞋［趿拉着鞋］。

借用字。

另見"撻 tad¹"。

T

³ **撻** tad³

形容詞。向四面張開：～口碗［口大身矮的碗］。

【撻頭】tad³ teo⁴ 光頭，禿腦袋。

借用字。

另見"撻 tad¹"。

呔 tai¹

名詞。輪胎；車帶：爆～［車胎爆裂］。

英語 tyre 的音譯。普通話用"胎"。

袂 tai¹

名詞。領帶：領～｜打～。又叫"領袂 léng³ tai¹"。

英語 tie 的音譯。

軚 tai⁵

名詞。汽車方向盤：～［開車］｜左～車［方向盤在車頭左側的汽車］。

《廣韻》特計切，"車轄"。廣州話為借用字。

舦 tai⁵

名詞。舵：把～［掌舵］｜攞～［轉舵］｜攞掂～［把正舵］。

【轉舦】jun² tai⁵ 改變航行方向，比喻改變主意。

傳統方言字。《集韻》他蓋切，"舟行"。廣州話為借用字。《三灶民歌．唱阿哥》："阿哥呀！你腳踏駛船手擾（攞）舦，一船主意你抓埋。"

燂 tam⁴

動詞。動物皮肉用火燎去毛，或略烤使焦黃：～豬毛［燒豬毛］｜～兔皮［烤兔皮］。

《廣韻》徒含切。《説文》："火熱也。"《集韻》：徒南切，"火孰物"。《漢語大字典》"燂"條："燎，放在火上燒去毛。"

T

攤 tan1

動詞。❶晾涼，放涼：滾水太焫，～凍至飲得［開水太燙，涼（liàng）涼才能喝］。❷四肢自然地伸着仰臥：瘡到佢～喺牀度嘟都唔想嘟［累得他直直地躺在牀上動都不想動］。

《廣韻》他干切。《說文新附》："開也。"

歎 tan3

❶動詞。享受；休息：～茶［悠閒地品茶］｜佢好識～［他很會享受］｜～下先［先休息一下］。❷形容詞。享福；舒服：而家老人真～［現在老人真享福］｜住喺呢度真係～咯［住在這裏真舒服啊］！｜～世界［享清福］。

傳統方言字。歎，《廣韻》他旦切，"歎息。"《說文》："吟也。"《玉篇》："歎美也。"《嬉笑集·古事雜詠·赤壁懷古》："有位蘇生真識歎，湊埋和尚去游河。"《三灶民歌》："郎仔新款趁金山，搵到錢銀慢慢歎。"

佮 teb1

形容詞詞素。

【佮佮掂】teb1 teb1 dim6 妥妥當當，有條不紊：佢安排得～咯［他安排得妥妥當當了］｜乜都～［甚麼都有條不紊］。

【佮佮冚】teb1 teb1 hem6 兩物相接嚴絲合縫，配合適當：呢個砂煲用嗰個蓋～［這個砂鍋用那個蓋子剛合適］｜呢張相片鑲入嗰個鏡架～，唔大唔細［這張照片鑲入那個鏡框剛剛好，不大不小］。

《廣韻》他合切，"合也"。

蹹 teb1

形容詞。（青蛙、蚱蜢等）跳躍的樣子：蛤乸～～噉跳［青蛙一蹦一蹦地跳］。

蹹，是"踏"的異體字。廣州話為借用字。

睇 tei2

動詞。❶看，瞧：～書｜～打波［看球賽］｜～醫生［看病]｜～住嚟[等着瞧]｜～開啲[看開點]｜～啱[看中]｜～穿[看透]。

【睇數】tei² sou³ 在飯館吃完飯結賬。引申為承擔責任：如果出咗事，邊個～[如果出了問題，誰承擔責任]？

❷ 探訪，探望：～朋友｜～病人。❸ 看守，看管，照料，盯着：～門口[看門]｜～細路[照顧小孩]｜～夜[值夜班守衛]｜～牛｜～水[把風]｜～實佢咪畀佢走甩[盯緊他別讓他跑掉]。❹ 觀察並判斷：～嚟湊[看具體情況決定怎麼辦]｜～白[預料到]｜～死[斷定]｜～衰佢[看扁他]｜～唔上眼[瞧不上]。

《廣韻》土鷄切，"視也"。明·木魚書《花箋記》卷一："姚生起對梁生語：'哥吧，你睇月移花影到紗窗。'"清·招子庸《粵謳·春花秋月（之三）》："你睇潯陽江上，淚滴琵琶。"

諗 tem³

動詞。哄騙：～細路仔[哄小孩]｜佢嬲喇，～翻佢啦[她生氣了，哄哄她吧]｜咪聽佢～[別聽他的甜言蜜語哄]｜～人歡喜[哄人高興，指答應給人好處但不兑現]。

諗，《集韻》時占切，"言不實"。

有作"噤"。清·招子庸《粵謳·揀心》："噤噤吓噤到我地心虛。"龍舟《碧容祭監》："莫話噤人上樹把梯扸。"噤，《廣韻》巨禁切。《説文》："口閉也。"廣州話音義不合，不採用。

趯 tem⁴

【趯趯圈】tem⁴ tem⁴hün¹ 圓圓的圈：大家圍一個～坐[大家圍成一個圈坐]。又作"吙吙圈 dem⁴dem⁴hün¹"。

【趯趯轉】tem⁴ tem⁴ jun³ 團團轉，多用來形容忙碌或焦急的樣子：呢排忙到我～[這段時間忙得我團團轉]｜急到佢嗰度～[急得他團團轉]｜ 諗到佢～[哄得他昏頭轉向]。

本義為走。《廣韻》徒含切。"趁趯，走貌"。《字彙》："走也。"《篇海類編》："驅步。"

氹（凼）tem⁵

名詞。坑：水～｜泥～｜屎～［糞坑］。

傳統方言字。夢餘生《新粵謳解心·人唔係易做》："咪個學盲佬咁（噉）摸，摸啱塘水氹，問你叫乜誰拖？"

氽 ten²

動詞。翻轉（裏外翻過來）：～轉眼皮｜～豬腸｜將豬肚～過嚟洗［把豬肚翻過來洗］。

《字彙》土墾切，"水推物也"。廣州話為借用字。

褪 ten³

動詞。❶ 後退：～三步｜～後啲［退後一點］｜～軚［比喻退縮，打退堂鼓］。❷ 移動，挪：～過啲［挪過去一點］｜～個位出嚟［挪出個位置來］。❸ 時間推後：～後幾日再講［推後幾天再說］。

原義是脱去衣裝。廣州話為借用字。

揗 ten⁴

動詞。❶ 顫動，抖動：嚇到我～晒［嚇得我發抖］｜～～震［不停顫動，直打哆嗦］。❷ 來回走動：兩頭～［走來走去，轉來轉去］｜～嚟～去［走來走去，轉來轉去］。

本義為撫摩、順從。廣州話為借用字。

腯 ten⁴

【肥腯腯】féi⁴ ten⁴ ten⁴ 1. 指豬肉很肥：豬肉都係～嘅，冇啲瘦嘅［豬肉都是肥肥的，一點瘦的也沒有］。2.（人）胖呼呼，胖得臃腫難看：肥佬～［胖人胖呼呼］。

本義指豬肥。《廣韻》陀骨切，"牛羊曰肥，豕曰腯"。《玉篇》徒骨切，"肥也"。《集韻》徒困切，又他骨切。《左傳·桓公六年》："吾牲牷肥腯，粢盛豐備"。

唞 teo²

動詞。❶ 休息，歇：瘡就～下先［累了就歇一下吧］｜就喺呢度～陣啦［就在這裏歇會吧］｜～涼［乘涼］。❷ 引申指睡覺：早～［早點睡吧］｜佢～未呀［他睡了沒有］？

新創字。

有作"敨"。敨，本義為把包着或卷着的東西打開。《集韻》他口切，"展也。"廣州話與之不合，不採用。

透 teo^{2}（**讀音** teo^{3}）

動詞。呼吸：～氣［呼吸］｜～大氣［深呼吸；歎氣］｜人多迫到～唔到氣［人多擠得透不過氣來］。

借用字。

聽 ting^{1}

表示時間的詞素，相當於"明天"、"次日"：～日［明天］｜～早［明天早上，明早］｜～朝［明早］｜～朝早［明早］｜～晚［明天晚上，明晚］｜～晚黑［明晚］｜～晚夜［明晚］。

【聽暇】ting^{1} ha$^{6-1}$ 1. 過一會兒，待一會兒：～佢就翻嚟喇［待一會兒他就回來了］｜你飲生水，～會肚痛㗎［你喝涼水，過一會兒會肚子疼的］。2. 倘若，要是，萬一：～出咗事我哋都嚟得切補救［萬一出了問題我們都來得及補救］｜～佢唔肯呢［要是他不願意呢］？

廣州話為借用字。

另見"聽 ting^{3}"條。

聽 ting^{3}

等着，聽候（不好的事情發生）：唔做好作業就～媽媽鬧［不做好作業就要挨媽媽罵］｜唔着夠衫就～病啦［不穿夠衣服就等着生病吧］｜邊個亂嚟邊個～衰［誰胡來誰等着倒霉］。

《廣韻》湯定切。《周禮》："正歲，令於教官曰：各共爾職，脩乃事，以聽王命。"賈公彥疏："聽，待也。"

另見"聽 ting^{1}"條。

T

佗 to⁴

動詞。❶ 負荷，背 (bēi)：～住個包袱 | ～住支槍 | ～手披腳 [拖住手腳，成了累贅]。❷ 牽累，拖累：～累 | ～衰 [因牽累以致損壞別人形象] | ～衰家 [敗家；敗家子]。❸ 懷孕：～仔 [懷上孩子] | 佢～咗三四個月咯 [她懷孕有三四個月了]。

本義同"馱"，指用牲口馱載物品。《廣韻》徒河切。《說文》："負何也。"《漢書·趙充國傳》："以一馬自佗負三十日食。"顏師古注："凡以畜產載負物者皆為佗。"

枱 toi⁴

名詞。桌子：～布 [桌布；擦桌布] | ～面 [桌面]。

傳統方言字。同"檯"，多見於早期白話小說，現已簡化為"台"，但廣州話方言字仍多用"枱"。

劏 tong¹

動詞。❶ 宰殺：～豬 | ～雞殺鴨 [宰殺雞鴨] | 生～ [活着宰殺]。❷ 剖開，切開，分解：～西瓜 [切西瓜] | ～肚 [剖開肚子] | ～車 [把汽車拆成零件]。

【劏白鶴】tong¹ bag⁶ hog⁶⁻² 戲稱因醉酒而嘔吐。

【劏光豬】tong¹ guong¹ ju¹ 比喻下棋時棋子全被對方吃光。

【劏死牛】tong¹ séi² ngeo⁴ 指攔路搶劫。

傳統方言字。《漢語大字典》引《太平天國歌謠·先送半邊天軍吃》："劏隻肥肥大黑雞，桌前未曾嘗一塊，先送半邊天軍吃。"夢餘生《新粵謳解心·斬纜》："劏開個心肝，你都嚟當狗肺。"

趟 tong³

動詞。沿着軌道或平面推：～窗 [推拉式的窗門] | ～門 [推拉門] | ～蝦 [用小網順着河底撈蝦]。

【趟櫳】tong³ lung⁴⁻² 橫推的柵欄，廣州地區以及珠江三角洲一帶舊式民居的一種保護設施，多設在大門，緊貼門外。

《漢語大字典》："從淺水中走過；踩，踏。"廣州話為借用字。

T

淌 tong5-2

液體因搖晃而從容器內溢灑出來：～瀉湯［湯灑了］。

《漢語大字典》："流出，流下。"《新華字典》："流。"

本字或為"盪"。《廣韻》徒朗切，"搖動貌"。

綯 tou4

動詞。❶ 拴（牛馬等）：～牛｜～住隻羊［把羊拴上］。❷ 綁：～實度門［把門綁上］。

本義指繩索。《廣韻》徒刀切。《廣雅》："索也。"《玉篇》："糾絞繩索也。"廣州話為借用字。

褈 tung2

【褈裙】tung2 kuen4 1. 襯裙。2. 窄而無褶的裙子。

傳統方言字。

W

搲 wa2

動詞。抓，用指、爪撓或爬取：～痕［抓癢］｜～損塊面［抓破臉皮］｜畀貓～損手［被貓抓破了手］｜～子［一種孩童拋石子遊戲］。

本義是抓。《集韻》烏瓦切，"吳俗謂手爬物曰搲。"

又作"搲"。清·屈大均《廣東新語》卷十一："（廣州）以指爬物曰搲，烏寡切。"

另見"搲 wé2"條。

嘩 wa4

嘆詞。❶ 表示驚歎：～，真靚［啊，真漂亮］！｜～，確實使得［啊，的確了不起］！｜～，噉都得［啊，這樣也能做到］！❷ 表示驚訝：～，咁多人呀［唷，那麼多人哪]！｜～，噉嘅事你都做得出[哎呀，這樣的事你也做出來]！｜～，呢啲嘢你都敢食[哎喲，這樣的東西你都敢吃]！

本指喧鬧。廣州話為借用字。

嚿 wag¹

形容詞。能説會道：佢把嘴夠晒～[他那張嘴真會説]｜口～～[説話聲音響亮，形容人愛説話]。

嚿，本義為呼叫。《廣韻》胡麥切，"嚿嘖，叫也。"《集韻》："嚿，嚿嘖，呼叫。"

呠 wang¹

動詞。黃了，砸鍋，失敗：噉搞落去肯定～[這樣搞下去肯定會砸鍋]｜差啲畀佢搞～咗[差點被他搞黃了]｜佢兩個～咗咯[他們倆吹了]。

新創字。

搲 wé²

動詞。摟，扒拉。

【搲銀】wé² ngen⁴⁻² 摟(lōu)錢，想法掙錢：搏命～[拼命掙錢]｜周圍～[到處掙錢]。

讀音是有意模仿某些地方的鄉音。

另見"搲 wa²"條。

撝(㖞) wé⁵

❶ 動詞。咧開；裂開：細路仔一見佢就～開口喊[小孩一見他就咧開嘴哭]｜褲腳～開個口[褲腿裂開一個口子]。❷ 形容詞。(織物)稀鬆，疏鬆：呢隻布好～[這種布很稀鬆]｜呢對襪着兩日就～晒口[這雙襪子穿了兩天就鬆弛了]。❸ 形容詞。垮，鬆弛，指衣服過於柔軟寬鬆，穿着挺不起來：件衫太～喇[這衣服太垮了]。

【烏撝】wu¹ wé⁵ 1. 舊時民間傳説的一種面目嚇人的怪物，常用以嚇唬小孩(不提倡的做法)。2. 形容人蓬頭垢面的樣子。

W

本義為分裂。廣州話為借用字。

煀（爩）wed¹

動詞。❶熏：～蚊｜～老鼠｜煙大～眼。❷烹飪方法，薰製：～鯉魚。

傳統方言字。

又作“爩”。爩，《廣韻》紆物切，“煙氣”。《集韻》紆勿切，“煙出也”。

鬱 wed¹

動詞。憋氣：有乜事講出嚟，唔好～喺心度［有甚麼事說出來，不要憋在心裏］。

《廣韻》紆物切。《正字通》：“愁思也。”《管子·內業》：“憂鬱生疾。”

“鬱”已簡化為“郁”，但鬱、郁本為兩個字，廣州話讀音不相同。

搰 wed⁶

動詞。晃動：～兩下支電筒［把手電筒晃兩下］｜～一～支香［把香晃一晃］。

【鬼搰】guei² wed⁶ 狡猾，詭計多端：呢條友仔夠晒～［這傢伙夠狡猾的］。

本義為掘。廣州話為借用字。

鶻 wed⁶

【鶻突】wed⁶ ded⁶ 形容詞。❶難看；肉麻：佢個樣好～［他的相貌很難看（因長相異常而難看）］｜啲字寫得真～［這些字寫得真難看］｜兩個年青仔大庭廣眾親嘴，真～［兩個年輕人大庭廣眾親嘴，真肉麻］。❷冒失，魯莽：門都唔敲就撞入去，太～啩［門都不敲就闖進去，太冒失了吧］！

本義指猛禽隼。《廣韻》户骨切，“鳥名，鷹屬”。廣州話僅借其音，方言含義與之不同，為借用字。

威（媁）wei¹

形容詞。美，漂亮：着起套制服真～［穿起制服來真漂亮］｜睇下呢架車幾～［看，這輛車真漂亮］｜今日着件～衫［今天穿件漂亮衣裳］。

本義指一種令人敬畏的氣勢，廣州話也有這含義。陳殘雲《香飄四季》第三十三章："楹聯貼好了，徐炳華得意地問眾人：'威不威？'傻子權豎起兩個大拇指，大聲説：'威呀'！"用來表示漂亮是借用。

也有用"媁"。媁，《廣韻》於非切。《玉篇》："美也。"《集韻》："美貌。"應為本字。中山高堂歌《伴郎歌》："伴郎你是伴郎，你貪人衣食貪人媁。"

瘟 wen¹

形容詞。❶ 舊時指被女色所迷（現已少用）：～老舉［被妓女迷住］｜～君［被女色迷住的男子］。❷ 形容人像得了瘟病似的，昏頭昏腦的樣子：～～沌沌［迷迷糊糊］｜～頭～腦［昏頭昏腦］｜～咁春［亂闖］。❸ 形容人一個勁兒地幹某事：～咁做［一個勁兒地幹］｜～咁寫［埋頭寫］｜～咁食［拼命地吃］。

本義指瘟疫。《集韻》烏昆切，"疫也"。《粵謳·相思索》："真正最會收人都係瘟緊個陣。"《粵謳·扇》："唉，瘟咁眷戀。"

W

鰛 wen¹

【腥鰛鰛】séng¹ wen¹ wen¹ 腥腥的：捉過魚成手～［抓過魚滿手腥氣］。

本是魚名，即沙丁魚。廣州話是借用字。

搵 wen²

❶ 動詞。找：你～邊個［你找誰］？｜～乜嘢［找甚麼］？｜～個人嚟［找個人來］。

【搵笨】wen² ben⁶ 騙人，討便宜。

【搵老襯】wen² lou⁵ cen³ 把人當傻瓜，使其上當吃虧，自己佔便宜：你想搵我老襯呀［你想把我當傻瓜佔我便宜嗎］？。

【揾周公】wen² zeo¹ gung¹ 戲稱睡覺。

❷ 介詞。用：～水洗｜～筆寫｜～條手巾紮住傷口［用毛巾包紮着傷口］。

本義為浸沒，廣州話為借用字。清·招子庸《粵謳·揀心》："世間難揾一條心。"《中山鹹水歌·大繒歌》："海底珍珠容易揾，真心阿妹世上難尋。"

轀 wen³

動詞。❶ 圈（牲畜、家禽）：～埋啲雞［把雞關好］｜夜晚要～好啲畜牲［晚上要把牲口圈好］。❷ 關，監禁：～佢入黑房［把他關在黑房裏］｜～喺監倉度［關在牢房裏］。

本義為蘊藏，包藏。《廣韻》於粉切，"轀櫝"。《論語·子罕》："有美玉於斯，轀櫝而藏諸？求善賈而沽諸？"《集韻》："藏也。"《玉篇》於昆切，"包也，裹也"。廣州話為近義借用字。

匀 wen⁴

❶ 形容詞。全，遍：揾～都揾唔到［找遍了都找不到］｜行～全市［走遍全市］｜咁多資料都睇～咯［這麼多資料全看了］。

【匀巡】wen⁴ cên⁴ 1. 均匀，匀稱：分嘢要～［分東西要分均匀］｜顏色要調得好～。2.（品行）差勁到極點：衰得你咁～［你真是次透了］｜佢乜傻得咁～㗎［他怎麼這麼傻呀］！

❷ 量詞。次，回：去過兩～｜難有第二～｜～～都唔同［次次都不相同］｜呢～佢實走唔甩［這回他肯定跑不掉］。

《廣韻》羊倫切。《玉篇》："齊也。"《集韻》："均也。"廣州話作量詞係借用字。清·招子庸《粵謳·揀心》："就係佢真心來待我，我都要試過兩三匀。"

轀 wén¹（**讀音** wen¹）

名詞。中型旅行車。又叫"轀仔 wén¹ zei²"。

英語 waggon 的音譯兼意譯。"轀"的本義為我國古代的一種臥車。《韓非子·內儲説上》："吾聞數夜有乘轀車至李史門者。"

W

㖡 weng6

水波、光氣等形成的圈兒：抌嚿石落湖，水面就起～喇［扔塊石頭到湖裏，水面就會現出一個個圈兒來］。

新創字。

抆 wing6（又音 fing6）

動詞。扔，甩，丟：～咗佢［把它扔了］｜咪亂～垃圾［別亂扔垃圾］。

新創字。

有作"擯"。夢餘生《新粵謳解心》："千祈咪當妹係明目（明日之誤）黃花，好似秋後扇咁擯。"

1 窩 wo1

動詞。鉚：～實兩塊鋼板［鉚緊兩塊鋼板］｜～釘［鉚釘］。

同音借用字。

2 窩 wo1

動詞。把整個生雞蛋去殼後放進正在滾開的湯、粥、飯等中使熟：～蛋飯｜～隻蛋落湯度［打一個雞蛋到（正在開的）湯裏去］。

同音借用字。

W

喎 wo3

語氣詞。❶ 表商量：噉樣好唔好～［這樣好嗎］？❷ 表提醒：記住囉～［記住啦］｜我畀咗錢囉～［我給了錢的呀］。❸ 表醒悟：係～，佢當時係噉講嘅嚕［對啊，他當時是這樣說的呀］。❹ 表肯定，確認：幾好睇～［挺好看的］｜味道唔錯～［味道不錯呀］｜佢唔喺度～［他不在這裏呢］。

借用字。

另見"喎 wo5"條。

𠰲 wo4

語氣詞。❶ 表帶疑慮的轉告：佢話噉至啱～［他說這樣才對啊]。
❷ 表反詰：係囉～[才不是呢]。
借用字。

喎 wo⁵
語氣詞。❶ 表轉達：佢話佢唔同意～[他說他不同意啊]｜佢叫你哋食飯先～[他叫你們先吃飯]。❷ 表反詰：你以為係你至得～[你以為只有你才行啊]。❸ 表嫌棄：咁貴～，我唔買[這麼貴啊，我可不買]。
借用字。
另見"喎 wo³"條。

腡 wo⁵（讀音 lo⁴）
形容詞。❶ 蛋類變壞：～蛋｜睇下啲蛋～唔～[看看那些蛋壞了沒有]？❷ 引申指事情弄壞了：嗰件事～咗[那件事黃了]｜呢次畀佢搞～晒[這次（事情）被他弄壞了]。
本義為手指紋。廣州話為借用字。

嚄 wog¹
名詞。瓦，瓦特，功率單位：40～嘅電燈膽[40瓦的燈泡]。
新創字。譯音用字，英語 watt 的音譯。

鑊 wog⁶
【魚鑊】yü⁴ wog⁶ 魚白，雄魚肚裏塊狀的精子。
借用字。

鑊 wog⁶
名詞。半球形的炒鍋，一般用生鐵鑄成，炒菜或煮飯用：～鏟[鍋鏟]｜大～飯[大鍋飯]｜～氣[用大火炒菜時，菜肉所帶的油香氣味]｜～撈[鍋底煙子]｜候～[廚師]。
【大鑊】dai⁶ wog⁶ 形容事態嚴重：呢次～咯[這次事態嚴重了]。
【一鑊泡】yed¹ wog⁶ pou⁵ 比喻事情搞糟了，不可收拾。
本義是古時用來煮食物的無足的鼎。《廣韻》胡郭切。《淮南子·說山》："嘗一臠肉，知一鑊之味。"高誘註："有足曰鼎，無足曰鑊。"《嬉笑集·錄舊·贈某友人》："識透舊餚唔會炒，怕同新鑊湊埋撈。"

惶 wong² (**讀音** wong⁴)

形容詞。❶ 慌張，驚惶，多指牲畜：趕到隻雞～晒 [把那隻雞趕得驚慌失措]。❷（機械等）難以控制：呢部單車車頭好～ [這部自行車車頭不好控制]。

本義為恐懼、驚慌。《廣韻》胡光切，"懼也，恐也，遽也"。《說文》："恐也。"《廣雅》："懼也。"

伍（偽） wu³

動詞。俯下；彎腰：～低頭 [低頭] ｜～低條腰 [向前彎腰]。

伍，同"低"。《廣韻》："低，俗作伍。"廣州話係借用字。有作"偽"。"偽"是新創字。

X

㑛 xi¹

見"傢 ga¹"條。

傳統方言字。

屎 xi²

❶ 形容詞。差勁，水準低：～計 [餿主意] ｜～棋 [臭棋] ｜～波 [踢得很差勁的球] ｜乜咁～㗎 [怎麼這麼差勁呀]。❷ 名詞。燒剩的渣子：火～ [灰燼裏尚未燒透的小粒火炭] ｜煤～ [煤煙灰] ｜煙～ [煙具中積存的煙垢]。

《廣韻》式視切，又許伊切。形容技藝低劣，《通俗編·藝術》："今嘲惡詩曰屎詩。"《嬉笑集·漢書人物雜詠·范增》："明知屎計專兜篤，總想孤番再殺鋪。"

𦡆 xib¹

【坐𦡆】zo⁶ xib¹ 自行車的鞍子。

借用字。

又見"𦡆 xib³"條。

𦡆 xib³

動詞。❶ 插入薄物，掖，塞：門罅～住一張紙條 [門縫插着一張字條] ｜佢唔排隊～入嚟 [他不排隊加塞進來] ｜～蚊帳 [掖蚊帳] ｜～牙罅 [塞牙縫]。❷ 墊：～高張枱 [把桌子墊高一點] ｜櫃下面～塊磚 [櫃子下面墊一塊磚頭]。

本義是小的楔子。《廣韻》蘇協切；"𦡆牒，小契"。《集韻》："𦡆，𦡆牒，小楔。"廣州話轉作動詞。

有作"攝"。夢餘生《新粵謳解心·做我地呢份老舉》："所以夜靜攝高枕頭，自己就咁想，……"

又見"𦡆 xib¹"條。

攝 xib³

動詞。❶ 打閃：～電 [閃電] ｜～爉 [閃電]。❷ 攝取，吸引：～石 [磁石] ｜～鐵 [磁鐵]。❸ 被外界冷空氣侵體：琴晚畀風～咗一下，今早鼻塞添 [昨晚被風吹了一下，今天鼻子塞了] ｜～咗風寒 [着了涼]。

唐·顧況《廣陵白沙大雲寺碑》："磁石攝鐵，不攝鴻毛。"

¹ 蝕（貼）xid⁶（蝕，讀音 xig⁶）

動詞。虧損：～本 [虧本] ｜～晒 [全賠了]。

【蝕底】xid⁶ dei² 吃虧：唔要就～咯 [不要白不要] ｜做嘢唔好怕～ [幹活不要怕吃虧]。

【輸蝕】xu¹ xid⁶ 1. 差，比不上：佢唔～過人 [他不比別人差]。2. 吃虧：佢乜都唔肯～ [他甚麼都不肯吃虧]。

有作"貼"。貼，為方言新創字。

² 蝕（勩）xid⁶（蝕，讀音 xig⁶）

動詞。磨損，損傷：鞋踭行～晒 [鞋跟磨平了] ｜刀用得耐亦會～㗎 [刀用久了也會勩的]。

"蝕"也有損傷意思，如腐蝕、侵蝕、剝蝕。《古今韻會舉要》："凡物侵蠹皆曰蝕。"

有作"勩"。勩，《廣韻》餘制切。本義為器物因久磨而逐漸失去棱角、鋒芒等。段玉裁《說文解字注》："凡物久用而勞敝曰勩。"廣州話為訓讀字。

苫 xim¹

【拈拈苫苫】nim¹ nim¹ xim¹ xim¹ 形容人吃東西時過於拘謹或挑剔，不夠大方。

同音借用字。

仙 xin¹

名詞。銅元，銅子兒：一個～都唔值 [一文不值]。又說"仙屎 xin¹ xi²"。"仙屎"又比喻不值錢。

傳統方言字。"仙"是英語 cent 的音譯。

蹁 xin³

動詞。❶ 打滑：～咗一腳 [滑了一腳] ｜因住～落去 [當心滑了下去]。❷ 因腳下打滑而摔倒：～咗一跤 [摔了一跤] ｜～腳 [腳下打滑] ｜～低 [摔倒]。

傳統方言字。

煋 xing¹

動詞。皮膚被蒸氣燙傷：煲滾水，～親隻手 [煮開水，讓蒸氣燙傷手了]。

《集韻》桑經切，火烈也。《正字通》："煋，火光散見四出者。"廣州話為借用字。

盛 xing⁶

代詞。表示不定指。

❶ 一般用於"又……又盛"格式。"……"裏可填入形容詞或動詞（包括動賓結構）。表面上形容詞或動詞與"盛"並

列，實際上是強調形容詞或動詞表示的程度深。"又……又盛"相當於普通話的"又……又甚麼的"，這裏的"盛"含有"諸如此類"意思：呢兩朝又冷又盛 [這兩天早上又冷又甚麼的] ｜佢好客氣，又斟茶又盛 [他很客氣，又倒茶又甚麼的]。❷ 有時又可用於"冇……冇盛"格式，"……"裏填入名詞，強調缺乏條件：冇錢冇盛做得乜呀 [沒有錢能幹甚麼呀] ｜冇人冇盛，點討論呢 [沒有人，怎麼討論呢]？

《廣韻》承政切。《廣雅》："多也。"

鼠 xu²

動詞。❶ 偷：因住賊仔～嘢 [小心小偷偷東西] ｜呢度冇人～嘢嘅 [這裏沒人偷東西]。❷ 偷偷拿走：邊個～咗我本書 [誰拿走了我的書]？

廣州話由名詞轉動詞，屬引申義。

薯 xu⁴

形容詞。愚笨：～頭 [笨；笨蛋] ｜～鈍 [愚笨；不靈活] ｜～佬 [愚笨、遲鈍的人] ｜～頭～腦 [笨頭笨腦]。

借用字。

Y

吔 ya²

【威吔】wei¹ ya² 鋼絲繩。

借用字。

又見"吔 ya⁴"條。

吔 ya⁴

【吔吔烏】ya⁴ ya⁴ wu¹ 最差勁的，最次：考試考得～ [考試考得很差勁]。

借用字。

又見"吔 ya2"條。

喫 yag3

動詞。吃：～飯｜好～｜有病～乜嘢都冇味［有病吃甚麼都沒有味道］。

本是"吃"的異體字。《廣韻》苦擊切。《玉篇》："啖也。"廣州話"喫""吃"同義但音不同。清·屈大均《廣東新語》卷十一："（廣州）飲食曰喫。"現廣州城區內少用，粵中、粵西一些地方還使用。《嬉笑集·漢書人物雜詠·東方朔》："喫餐重要貪平貨，倒米居然笑壽星。"

踹 yai2

動詞。踩踏：行路～死蟻［走路像踩螞蟻那麼慢］｜～親佢隻腳［踩着他的腳了］｜～單車［蹬自行車］。

本義為用力踏地。段玉裁《說文解字注》："《篇》《韻》有踹字，今俗語謂用力踏地曰踹。"後又表示踐踏、踩。元·康進之《李逵負荊》第二折："醉的來似踹不殺的老鼠一般"。

蘸 yam5（讀音 zam3）

動詞。接觸一下使沾上：～豉油［蘸醬油］｜～麵粉｜～墨水。

《集韻》莊陷切。《說文》："以物沒水也。"《玉篇》仄陷切，"以物內水中"。

Y

𨂽 yang3

❶ 蹬，踹：～一腳｜～被［蹬被子］｜～開度門［踹開這門］。❷ 走，跑：唔知佢～咗去邊［不知道他跑哪兒去了］。

新創字。

又見"𨂽 cang3"條。

吆 yao1

【咿吆】yi1 yao1 見"咿 yi1"條。

【左吆】zuo² yao¹ 左撇子。
《廣韻》於交切，“吆咋，多聲”。廣州話為借用字。

嘢 yé⁵

❶ 名詞。物件，東西；貨：靚～[好東西]｜食～[吃東西]｜有～睇[有東西看]｜正～[上等貨]｜平～[便宜貨]｜扮～[裝模作樣，裝假]｜領～[上當；惹上不好的東西]｜曬～[炫耀自己]｜玩～[耍手段；轉指玩弄人]。
【好嘢】hou² yé⁵ 1. 好東西，好貨：～嚟㗎，唔怕買[是好東西呀，不怕買]。2. 好，行：呢個展覽幾～[這個展覽真好]｜你～，攞咗第一[你真行，奪得冠軍]！3. 嘆詞。喝彩聲，歡呼聲，好：～，我哋贏喇[好啊，我們贏了]！
❷ 事情，事兒；活兒：嗰件～搞掂[那件事辦妥了]｜冇～，你放心[沒事兒，你放心]｜搵～做[找活幹]。❸ 傢伙（指人或物，指人時有貶義）：因住嗰個～[當心那傢伙]｜呢個～唔聽話[這傢伙不聽話]｜買油要帶～裝[買油要帶傢伙盛]。❹ 量詞。1. 下（比較活用）：打佢兩～[打他兩下]｜一～就撲過嚟[一下子就撲過來]。2. 指某種容器：呷咗兩～粥[喝了兩碗粥]。
傳統方言字。明·木魚書《二荷花史·二婢尋箋》：“唔想白生走出來攔住，叫住阿姑兩大娘：‘妹你咁夜到來做乜嘢？唔好將來説過我知詳。’”清·曼殊室主人《班定遠平西域》：“我哋又冇事，何不唱幾枝嘢助吓（下）酒與呢？”

翕 yeb¹

動詞。眨（眼）：～眼。
《廣韻》許及切，“斂也，合也”。《爾雅》：“合也。”

挹 yeb⁶

動詞。招手：～手叫佢嚟[招手叫他來]。
本義為舀取。廣州話為借用字。

Y

曳 yei⁵（又音 yei⁴。讀音 yei⁶）

形容詞。❶ 差、劣、次：~嘢［次東西］｜~貨［劣貨］｜成績~［成績差］。❷ 淘氣，多用於小孩：佢細個嗰陣好~嘅［他小的時候很淘氣的］。

本義為拖、牽引。廣州話為借用字。

吽 yem¹

逗引小兒進食的用語。

原義是慢慢吃，細細嚼。《廣韻》汝鹽切，"噍貌"。《玉篇》而廉切，"吽吽，噍貌"。

髡⁴ yem⁴⁻¹

名詞。劉海兒，即女孩子額前垂發。

【褸髡妹】leo¹ yem⁴ mui⁶⁻² 1. 小姑娘。2. 處女。

傳統方言字。

翢 yem⁴（讀音 yim⁵）

【碎翢翢】sêu³ yem⁴ yem⁴ 碎碎的，粉碎：將封信搣到~［把信撕得粉碎］。

本義為鳥翅膀下的細毛。廣州話為借用字。

有借用"吟"字。

杧 yen⁴

杧楿（-min⁶⁻²），一種高大喬木，其果核形似人面，故稱"人面"，一般寫作"杧楿"。

傳統方言字。

膶 yên⁶⁻²

名詞。肝：豬~｜雞~｜三葉~［形容人言行舉止有點傻氣，不同於常人］。

傳統方言字。"肝"與"乾"同音，而"乾"表示沒有水，廣州話即無錢的意思，人們因忌諱而將"肝"改用豐潤的"潤"（一般寫作"膶"），並且"豆腐乾、擔竿"等詞的"乾、竿"口語也一併改叫"膶"。

Y

抰 yêng²

動詞。❶ 抖動：～下件衫 [抖一抖衣服] ｜將張被～一下 [把被子抖抖] ｜～乾淨地氈啲塵 [把地毯上的灰抖乾淨]。❷ 抖摟，揭露：佢啲衰嘢畀人～晒出嚟 [他那些缺德事全讓人抖摟了出來]。❸ 推讓：邊個要都好，唔好～嚟～去咯 [誰要都好，不要推來讓去了]。

本義為用車鞅擊打。廣州話為借用字。

釀 yêng⁶

動詞。把肉末等塞在豆腐、瓜等裏面作食材：～豆腐｜～鯪魚｜～苦瓜｜～豬腸。

本義為製酒。釀，《廣韻》女亮切，"醖酒"。《説文》："釀，醖也，作酒曰釀。"釀又有摻雜意思，《新唐書·馬嘉運傳》："以孔穎達疏《正義》繁釀，故掎摭其疵。"廣州話方言義是引申義。

㾓 yeo¹

動詞。提（褲子、鞋）：～褲｜～鞋踭 [提鞋] ｜～好條褲 [把褲子提得好一點]。

同音借用字。

汭 yêu⁶

名詞。植物或瘡癤分泌的黏液：番薯～ [白薯欒] ｜木瓜～ [木瓜欒] ｜瘡～｜流～。

本義為兩條河合流，廣州話為借用字。

咿 yi¹

【咿吆】yi¹ yao¹ 馬虎，隨便：呢度裝修得太～喇 [這裏裝修得太馬虎了] ｜做嘢唔好咁～ [幹活不能那麼隨便]。

【咿挹】yi¹ yeb¹ 曖昧的事，偷偷摸摸的事：佢兩個好多～嘅 [他倆很多曖昧事兒] ｜你哋咿咿挹挹做乜 [你們偷偷摸摸做甚麼]？

【咿喐】yi¹ yug¹ 1. 動來動去：靜啲，咪咁多～［安靜點，別動來動去］。2. 動靜，風吹草動，三長兩短：有乜～嚟話我知［有甚麼動靜來告訴我］｜佢有乜～，我唯你是問［他有甚麼三長兩短，我唯你是問］。
本義為勉強的笑聲，廣州話為借用字。

齸 yi¹

動詞。齜牙咧嘴：～開嘴笑［咧着嘴笑］｜～起棚牙［張開嘴露着牙］｜～牙崍哨［齜牙咧嘴的樣子］。
本義為露出牙齒或牙齒不整齊。齸，《集韻》魚羈切，"齸，齹齸，齒露貌。或從宜。"又《集韻》宜佳切，"齸，齹齸，齒不齊"。"齒露"義與廣州話相合。

醃 yib³

動詞。❶ 醃漬：～鹹菜［醃酸芥菜］｜～蘿白膶［醃蘿蔔乾］｜～鹹鴨蛋。❷（衣物）被汗水、尿等漚：件衫畀汗～到臭晒［衣服被汗水漚臭了］。❸ 指被酸性或鹼性較強的東西侵蝕、腐蝕：石灰水～腳｜呢啲藥水會～爛銻盆㗎［這種藥水會把鋁盆腐蝕壞的］。
本義為用鹽浸漬肉，又泛指用鹽或糖等調味品浸漬食物的方式。《廣韻》於業切，"鹽漬魚也"。《說文》："漬肉也。"又見"醃 yim¹"條。

擪 yib³（又音 ngab³、yab³）

動詞。❶ 掖（yè）：～蚊帳。❷ 擼起，卷起：～起衫袖［擼起衣袖］｜～高褲腳［卷起褲腿］。
本義為用手指按壓。《廣韻》於葉切，"指按也"。《玉篇》："指按也。"廣州話為借用字。

噎 yid¹

【打思噎】da² xi¹ yid¹ 打嗝兒。
"噎"本義為東西堵住喉嚨。《廣韻》烏結切。《說文》："飯窒也。"《通俗文》："塞喉曰噎。"又指氣逆，即打嗝。《集韻》乙界切，"噫，氣逆也。或作噎。"

糟 yid³（又音 éd³）

名詞。一種點心，用糯米粉做成，有餡，用竹葉夾着蒸熟。

借用字。本義為一種糭子。《廣韻》烏結切，"糭屬。"廣州話所指近似。

膉 yig¹

名詞。哈喇（含油脂多的食物變壞後的氣味）：臘肉放耐咗有啲～［臘肉放久了有點哈喇了］| 啲餅～嘅，唔好食［餅是哈喇的，不要吃］。

本義為肥，或指頸上的肉。廣州話為借用字。

閹 yim¹

動詞。❶ 算計：因住畀人哋～［當心被人算計］。❷ 宰（客）：呢間餐館～得好犀利［這間飯館宰客宰得可厲害了］。

廣州話方言義是其引申義。

醃 yim¹

【醃尖】yim¹ jim¹ 形容人愛挑剔，愛吹毛求疵：佢買嘢好～嘅［她買東西很愛挑剔］。

【醃尖聲悶】yim¹ jim¹ séng¹ mun⁶ 形容人因太囉唆、太挑剔、太講究而令人討厭。

廣州話是借用字。

又見"醃 yib³"條。

靨 yim²

名詞。❶ 蟹臍，螃蟹的腹蓋；螺螄的口蓋：蟹～ | 田螺～［螺螄的口蓋］。❷ 引申指小而薄的遮蓋物：袋～［衣服口袋上的蓋］| 冇～雞籠［比喻防守鬆懈、可以自由進出的地方］。

【小靨】xiu² yim² 肋下，即腹部兩側。

《廣韻》《集韻》於琰切，"蟹腹下靨"。

黶 yim²

名詞。痂：瘡結～咯［瘡結痂了］。

《集韻》於琰切，"傷痂也"。

演（軀） yin²

動詞。腆，挺：～胸凸肚［腆着胸脯，挺着肚子］。

演，廣州話為借用字。

本字當為"軀"。軀，《廣韻》於殄切，"身向前也"。《集韻》伊甸切，"曲身也"。

扷 yiu¹

動詞。剔，挖，摳：～牙罅［剔牙］｜～耳屎［挖耳屎］。

本義為量、稱。廣州話為借用字。

¹ **瘀** yü²

❶ 動詞。出瘀血：膝頭哥跌～咗［膝蓋摔得出瘀血了］。❷ 名詞。瘀血，瘀傷：背脊有笪好大嘅～［背上有很大一塊瘀傷］。❸ 動詞。瓜菜等因受揉擦擠壓而損傷：菜葉～咗就會爛［菜葉擦傷了就會變爛］。

本義為血液積聚。❸ 義為借用字。

² **瘀** yü²

❶ 形容詞。倒霉，倒運，背：呢排好～［這陣子真背］｜佢真～，呢次又唔得［他真倒霉，這次又不行］。❷ 形容詞。窩囊，差勁：噉都唔識，真～［這都不懂，真窩囊］。❸ 形容詞。出醜，丟臉：就我一個唔得，你話幾～［就我一個不行，你說多丟人］！❹ 動詞。（事情）壞了，糟了：呢件事～咗［這件事壞了］。❺ 動詞。挖苦，諷刺，損：成日畀人～［整天被人家嘲諷］｜鼓勵下佢，咪一味～佢［鼓勵一下他，別老是挖苦他］。

借用字。

Y

竇 yü$^{4-2}$

量詞。用於牆磚的層數：雙～牆［兩層磚的牆］｜單～牆［一層磚的牆］。

本義為門旁小洞。廣州話為借用字。

嘟 yug^{1}

動詞。❶ 動：咪～［別動］｜心～～［動了心］｜唔～得［動不了］｜～動［活動；走動］｜～～貢［動來動去］｜～也～［動不動，動輒］｜～不得其正［動彈不得］。❷ 碰，弄：唔好～我啲嘢［別動我的東西］。

本義為聲音，廣州話為借用字。龍舟《鯉魚歌》："鯉魚嘟嘟，朝魚晚肉。"

1 **冤（葾）** yün^{1}

形容詞。腐臭，像臭雞蛋那種味：～臭［腐臭］｜～崩爛臭［臭氣熏天］｜膶（wo^{5}）雞蛋臭到～［臭雞蛋臭得要命］｜～豬頭遇着盟鼻菩薩［熟語。上供的臭豬頭碰到了鼻子塞的菩薩］。

同音借用字。

有作"葾"。葾，《廣韻》於袁切，"敗也"。或為本字。

2 **冤** yün^{1}

形容詞。形容人晦氣、憋屈、愁苦的樣子：～口～面［晦氣倒霉的樣子；愁眉苦臉的樣子］｜～氣［令人難以忍受的樣子］。

本義為屈縮、不能伸展。《說文》："屈也。"《廣雅》："曲也，枉也。"

淵 yün^{1}

形容詞。酸痛：～痛［酸痛］｜行到腳都～［走得腿都酸軟了］｜瘤到成身～晒［累得我全身酸痛］。

借用字。

宛（䩩）yün5-2

名詞。秤盤的重量：呢把秤幾兩～［這桿秤秤盤有幾兩重］？｜除咗二兩～［除去秤盤的重量二兩］。

廣州話為借用字。

有作"䩩"。䩩，《廣韻》於阮切。《説文》："量物之䩩。""䩩，䩩或從宛。"當為本字。

蕴 yün5

名詞。植物的嫩莖：菜～［嫩菜苔］｜短～［打頂，掐尖兒，打尖兒（掐去農作物的嫩莖，使長出分枝）］。

廣州話為借用字。

穠 yung4（讀音 nung4）

形容詞。❶（花木）茂密，濃密：呢樖荔枝真～［這棵荔枝真茂密］｜一頭～頭髮［一頭濃密的頭髮］。❷ 醲，味厚：呢杯茶好～［這杯茶很醲］。

本義為花木濃密。《廣韻》女容切，又而容切，"花木厚"。《集韻》如容切，"華多貌"。《玉篇》而容切，"花木盛也"。

蝪 yung4

【過樹蝪】guo3 xu6 yong4 毒蛇的一種，又叫"過樹龍"，即灰鼠蛇、灰背蛇。

傳統方言字。

Y

Z

揸（摣）za1

動詞。❶ 抓，拿，握：～住一枝棍［拿着一根棍子］｜～鑊鏟［當廚師］｜～大葵扇［做媒人］｜～緊拳頭［握緊拳頭］｜～主意［拿主意］。❷ 捏：～掣［捏閘］｜～頸［比喻受氣、忍氣吞聲］。

❸ 掌管：佢～後勤［他管後勤工作］｜～Ⓧ(fid¹)［管事；掌握權力］。❹ 駕駛，開(車)：～車［駕駛汽車］｜～舦［掌舵；引申為掌權］。

揸，又作"摣"。。摣，本義為取，抓取。《廣韻》女加切。《方言》："取也。"《廣雅》："取也。"

廣州話習慣用"揸"。夢餘生《新粵謳解心．洋遮》："遮柄一條，揸在你手。"《嬉笑集．古事雜詠．班超投筆》："世界既唔興寫字，軍營就要學揸槍。"

鮓 za²

形容詞。品質差次，水準低下：～嘢［不好的東西；次貨］｜我啲字好～［我的字寫得很差］。又說"鮓皮 za² péi⁴"、"鮓斗 za² deo²"。

【發爛鮓】fad³ lan⁶ za² 發潑，蠻橫不講理。

本義為腌魚。《廣韻》側下切。《釋名》："鮓，菹也，以鹽米釀魚以為菹。"廣州話為借用字。

咋 za³

語氣詞。表僅僅如此：就剩低咁多～［就剩下這麼多了］｜得翻我一個喺度～［只剩下我一個在這兒呢］｜學咗三個月～［才學了三個月呢］。

本義為說話聲。廣州話為借用字。

又見"咋 za⁴"。

咋 za⁴

語氣詞：表疑問：就剩低咁多～［就剩下這麼多嗎］？｜學咗三個 月～［才學了三個月嗎］？｜就你一個人嚟～［僅僅你一個人來嗎］？

借用字。

又見"咋 za³"。

¹ **拃(柵)** za⁶

動詞。阻攔，堵塞：攞樹枝～實條路［拿樹枝把路攔上]｜～住門口，唔畀其他狗入嚟[堵住門口，不讓其他狗進來]。

【拃亂歌柄】za⁶ lün⁶ go¹ béng³ 打斷別人的話。

本義為摸。廣州話為借用字。

有用“柵”。柵，《廣韻》楚革切，“柵欄”。廣州話舊讀 cak³，普通話讀 zhà, 語音都有了變化。

² 拃 za⁶

量詞。把（一隻手掌所抓的量）：一～米[一把米]｜一～泥沙[一把土]｜一～青菜[一小把青菜]。

借用字。拃，普通話也作量詞，但表示的是張開大拇指和中指（或無名指、小指）的距離，與廣州話所指不同。

鵃 za⁶

【豬屎鵃】ju¹ xi² za⁶ 一種鳥，黑色，像喜鵲。

《集韻》側格切，“鳥名”。

膪 za⁶

見“脛 nga⁶”條。

《廣韻》陟駕切，“脛膪，肥也”。《集韻》：“脛膪，肥也。”

雜 zab⁶

名詞。❶ 雜碎，下水（家畜、家禽的內臟）：豬～｜炒牛～｜雞～粥。❷ 葷食：一齋兩～[一素兩葷]｜～菜[葷菜]｜唔食～[不吃葷]。

廣州話為借用字。

Z

¹ 閘（牐）zab⁶

名詞。❶ 柵欄；門：鐵～[鐵柵欄]。❷ 限制出入的設施，包括驗票口、門崗、海關通道等：出～｜入～。又叫“閘口 zab⁶ heo²”。

本指開閉門。《廣韻》烏甲切。《説文》：“開閉門也。”後又指一種有門的攔截水流的建築物。《篇海類編》直甲切。《正字通》："閘，舊注同'牐'。"宋·范仲淹《上呂相公並呈中丞諮目》："新導之河必設諸閘，常時扃之，禦其來潮，沙不能塞也。"此義使用至今，如：水閘、船閘、洩洪閘、閘口。廣州話使用範圍比普通話有所擴大。

[2] 閘 zab⁶

動詞。❶ 傾側，傾斜：～側放 [側着放] ｜～側瞓 [側身睡]。❷ 卡住；打住：～住路口 [卡住路口] ｜～住條涌 [堵住小河汊] ｜～住，咪講呢啲 [打住，別説這些]。❸ 用板等隔開：將呢間房～開兩間 [把這間屋子隔開兩間] ｜兩邊用板障～開 [兩邊用板隔開]。

《篇海類編》直甲切。《新華字典》："把水截住。"廣州話使用範圍比普通話有所擴大。

鈒 zab⁶

動詞。鈒骨，指衣服鎖邊。

傳統方言字。本義指古兵器短矛，廣州話為借用字。

噍 zab⁶

象聲詞。嚼東西聲：食嘢食到～～聲 [吃東西吃得咂咂地響]。

本義為咀嚼。《廣韻》子入切，"噍貌"。《玉篇》子立切，"噍也。"《集韻》即入切，"《説文》噍也"。廣州話方言義有轉化。

甴 zad⁶

見"曱 gad⁶"條【曱甴】。

傳統方言字。《改併四聲篇海》引《餘文》："甴，士甲切，俗用。"《字彙補》悉合切，音雪。廣州話為借用字。

矺 zag³

動詞。壓：用大石～住 [用大石頭壓着] ｜～緊啲 [壓緊點] ｜～親隻腳 [壓傷了腳]。

矺，《廣韻》陟革切，"磓也"。（磓，都回切，"落也"。）《玉篇》竹格切，“碰也”。

有用“責”，為借用字。

瞓 zam²

動詞。眨（眼）：～眼［眨眼］｜～下眼［一眨眼］｜～眉～眼［擠眉弄眼］。

《龍龕手鑑》：“音斬。”《新華字典》：“眼皮開合，眨眼。”

㜺 zan²

形容詞。❶ 好，美好，妙：好～［真棒］｜～嘢［好東西；好］｜唔～［不好，不妙］｜～鬼［好，美妙］。❷ 妥當：噉做唔～嚕［這樣做不妥當啊］。❸ 愜意，有意思：去嗰度玩幾～㗎［到那裏玩挺有意思的］。

《廣韻》徂贊切，“美好貌”。《説文》：“白好也。”《廣雅》：“好也。”

灒 zan³

動詞。❶ 淬火，金屬等加熱後隨即放進水、油中急速冷卻：～下把刀［把刀淬一淬］。❷ 指熱的東西突然受冷：～鑊［熗鍋］｜畀白撞雨～咗一下［大太陽時讓突然來的雨澆了一下］。

本義為用污水揮灑，又指水濺到人身上。廣州話為借用字。

賺 zan⁶⁻²

副詞。❶ 徒勞，白費勁：～行［白走一趟］｜～做［白幹，白費勁］｜佢唔聽，～講［他不聽，白説了］。又説“賺得 zan⁶⁻² deg¹”。❷ 只能得到（不理想的結果），只能落得（某種下場）：～嘥氣［白費口舌］｜～衰［落得倒霉］｜你亂講嘢，～得人家笑話你［你亂説話，只能讓人家笑話你］。

明·焦竑《俗書刊誤》：“賤買貴賣曰賺。”後指贏取、獲利。廣州話的“賺”是原義的引申義。

Z

1 爭 zang1

動詞。❶ 差，缺，短：～兩個［差兩個］｜睇下重～啲乜嘢［看看還缺些甚麼］？｜～幾多至夠［差多少才夠］？❷ 欠：我～你五文［我欠你五塊錢］｜～住先［先欠着］。❸ 相差，差距：你共佢～得遠咯［你跟他相差太遠了］｜～天共地［有天壤之別］。

本義為爭奪，後又表示相差。唐·杜荀鶴《自遣》詩："百年身後一丘土，貧富高低爭幾多？"表示差、欠為方言義。

2 爭 zang1

動詞。偏袒，袒護，向着：你總係～住佢［你總是向着他］｜我邊個都唔～［我誰也不偏袒］。

【爭在】zang1 zoi6 取決於，只在，就看：大家都同意，～你嘛［大家都同意，只在你了］｜陣間梗會落雨，～大定細嘅嘛［待會兒一定會下雨，就看雨大還是小罷了］。

借用字。

踭 zang1

名詞。❶ 腳跟，踵：腳～［腳跟］。❷ 鞋後跟：鞋～｜高～鞋［高跟鞋］。❸ 肘：手～［手肘］｜起～打人［用胳膊肘撞擊人］｜豬～［豬肘子］。

【托手踭】tog3 seo2 zang1 1. 掣肘，比喻阻撓別人做事。2. 拒絕支援或幫助別人。

傳統方言字。明·木魚書《二荷花史·喬妝珠女》："練粉白衫長過膝，重有青裙拖到腳踭長"。清·羅翽雲《客方言》："肘曰手掙，踵曰腳踭。……踭，俗造字。字書無踭也。"

抓 zao2

動詞。捆紮，一般指用鐵絲等把兩件東西或東西的兩部分捆牢：張凳嘟嘟貢，要搵鐵線～實佢［凳子搖搖晃晃的，要用鐵絲捆緊它］｜～實呢兩條棍［把這兩根棍子捆緊］。

借用字。

罩（焯） zao³

過油（用油略炸）：～花生［油炸花生］｜肉片攞油～過至炒［肉片過一過油再炒］。

同音借用字。

有用“焯”。焯，或是本字。《廣韻》直教切，“火急煎貌”。《集韻》直教切，“爨急也”。

¹ **棹** zao⁶

❶ 名詞。長的槳：攞支～嚟棹船［拿支槳來搖船］｜一隻艇仔兩支～［一隻小艇兩支槳］。❷ 動詞。搖（槳），劃（船）：～船［搖船］｜我唔識～［我不會搖（船）］。

本義為船槳。《廣韻》直教切，“楫也”。《說文》：“櫂，所以進船也。或從卓。”又指划（船）。《正字通》：“櫂，櫂船當用櫂，俗借棹。”

廣州話保留了古字。

² **棹** zao⁶

【棹忌】zao⁶ géi⁶ 1. 忌諱：他好～呢樣嘢［他很忌這事］。2. 糟糕，倒霉，麻煩：～，打爛個碗添［糟糕，打破碗了］｜畀佢知到就～咯［給他知道就麻煩了］。

同音借用字。

嗻 zé¹

語氣詞。表申辯：十文八文～［十塊八塊而已］｜邊個想噉～［誰願意這樣呀］｜噉亦得～［這樣也行嘛］｜大家都係一樣～［大家都是一樣的］。

【話嗻】wa⁶ zé¹ 說是這麼說。用於句首，有對對方的話不以為然意思：～，好麻煩嘅［說是這麼說，那是很麻煩的］｜～，我重係唔去好［說是這麼說，我還是不去好］。

古代也作語氣詞。《漢語大字典》：“語氣詞。用於句末，相當於‘者’。”明·湯顯祖《牡丹亭·旁疑》：“陳老兒去了，小姑姑好嗻。”廣州話所表示的意思不同。

又見“嗻 zé⁴”、“嗻 zê¹”條。

Z

遮 zé¹

名詞。傘：油紙～｜縮骨～［折疊傘］｜擔～［打傘］。

廣州話以動詞作名詞。

嗻 zé⁴

象聲詞。擠水聲，熗鍋聲，淬火聲。

借用字。

又見"嗻 zé¹"、"嗻 zê¹"條。

嗻 zê¹

形容詞。❶ 話多：吱～［話多；嘰嘰喳喳的］｜嘴～～［貧嘴薄舌］｜～～聲［哇啦哇啦地叫］。❷ 喋喋不休地責難：你咪成日～住我［你別整天喋喋不休地責難我］。

《廣韻》之夜切，"多語之貌"。《集韻》之奢切，"囉嗻，多言"。

又見"嗻 zé¹"、"嗻 zé⁴"條。

朘 zê¹（**讀音** zêu¹）

名詞。小男孩的生殖器：～～（zêu¹⁻⁴ zêu¹）｜～仔。

《廣韻》臧回切，"赤子陰也"。

¹ **執** zeb¹

動詞。❶ 撿，拾起：～起地面啲紙碎［撿起地上的碎紙］｜～到一支筆［撿到一支筆］｜～地（déi⁶⁻²）［撿破爛兒］。❷ 收拾：～行李｜～包袱［收拾行裝］｜～好枱面啲嘢［把桌子上的東西收拾好］｜～生［彌補缺陷］。

【執笠】zeb¹ leb¹ 倒閉：嗰間公司～咯［那家公司倒閉了］。

❸ 拿，握：～筆寫字。❹ 抓：～藥［抓藥］｜～茶［抓藥］｜～鬮［抓鬮］。

【執賭】zeb¹ dou² 緝拿賭徒。

❺ 生（孩子）（婉辭）：～咗個女［生了個女兒］。❻ 接生：～仔［接生］。

傳統方言字。《嬉笑集·漢書人物雜詠·楊雄》："執番（翻）條命中何用？"

本義為拘捕、捉拿。《廣韻》之入切。《説文》："捕罪人也。"又表示握、拿，獲取，持有，治理等義。《廣韻》："持也，操也，守也，攝也。"這些意思多在廣州話的口語中保存着。❺❻ 兩義為 ❶ 義的衍生。

²執 zeb¹

量詞。撮：一～米｜一～毛。

借用字。《嬉笑集·古事雜詠·金陵懷古》："可憐個（嗰）座雨花台，炮屎摳埋幾執灰。"

溚（汁） zeb¹（**溚，讀音** tab³）

見"罨 ngeb¹"條。

《集韻》德合切，"溼也"。清·桂馥《札樸·鄉里舊聞》："借溼潤物曰溚。"

"罨溚"（ngeb¹ zeb¹）有用"罨汁"。

厔 zed¹

用話語頂撞、指摘、質問，使對方説不出話來：～到佢口啞啞［他被質問得説不出話來］｜我都未講完，佢就一句話～過嚟［我還沒講完話，他就一句話頂撞過來］。

本義為阻礙、遏止。《廣韻》陟栗切。《説文》："礙止也。"段玉裁注："凡厔礙當作此字。今俗作窒礙，非也。"《玉篇》："礙也，止也。"

有作"厔"。《龍龕手鑑》："厔，正作厔。"

枳 zed¹（**讀音** ji²）

動詞。❶ 放：求其～埋一便啦［隨便放在一邊吧］｜咪亂咁～［別亂放］｜倉庫～到滿［倉庫放滿了］。❷ 塞進：～入櫃桶［塞進抽屜］｜～得幾多就～幾多［能塞進多少就塞多少］｜～飽𢳂脹［塞飽吃撐］。❸ 名詞。塞子：樽～［瓶塞］。

本為木名。廣州話為借用字。

本字應為"窒"。窒，《廣韻》陟栗切，"塞也"。《爾雅》："塞也。"《集韻》:"塞穴也。"

窒(躓)zed⁶

動詞。❶ 害怕,驚慌:嚇~咗佢[把他嚇呆了]|唔使~佢[不用怕他]。❷ 突然停止:講到呢度,佢~咗一下[說到這裏,他停了一下]|~手[突然停手;縮手]|~腳[突然收腿;停下腳步]|~手~腳[縮手縮腳]|口~~[結結巴巴]。

本義為堵塞、填塞、不通暢。《廣韻》陟栗切,"塞也"。《爾雅》:"塞也。"《集韻》:"塞穴也。"廣州話為借用字。

有用"躓"。躓,《集韻》職日切,"跲也"。《廣韻》陟利切,"礙也,頓也"。用"躓"似更恰當。

捽 zêd¹

動詞。按摩,搓揉:手屈親,要~下佢[手扭傷了,要搓揉搓揉它]|~老泥[搓汗垢]|用力~[使勁搓]。

本義為抓住頭髮,廣州話為借用字。

啫 zég¹

語氣詞。語氣比較委婉,女孩子多用。

❶ 表肯定:唔係~[不是的]|係佢~[是他啊]|佢呃你~[他騙你的]。❷ 表勸止:唔好去~[不要去啊]|咪講佢聽~[別告訴他啊]。

傳統方言字。

着 zêg³

動詞。穿(衣物):~衫[穿衣]|~褲[穿褲子]|~鞋|~襪[穿襪子]。

本作"着"。表示穿的意思的"着"古時就有,如古樂府《木蘭詩》"脱我戰時袍,着我舊時裳"。現在普通話一般用在成語和文言詞裏;廣州話則在口語裏普遍使用。

又見"着 zêg⁶"條。

[1] 着 zêg⁶

動詞。❶ 對，在理：呢件事係佢唔～嘅 [這件事是他不對的] ｜邊個～就幫邊個 [誰在理就幫誰]。❷ 合算；合時宜：～數 [合算；便宜；有利] ｜～買 [值得買] ｜而家蟹最～食喇 [現在吃螃蟹最合時宜了]。❸ 逐一：～個數 [一個一個地數；逐個數] ｜～件講清楚 [一件一件 講清楚] ｜～個行過來 [逐個走過來]。

傳統方言用字。《三灶民歌 · 我得罪了你》："倒水入埕衝撞你，濕柴燒火算我唔着。" 夢餘生《新粵謳解心 · 盲公竹》："你帶佢着步行嚟，着步都要好聲。"（好聲：小心。）

又見 "着 zêg³" 條。

[2] 着 zêg⁶

動詞。❶ 被，受到：～鬼迷 [比喻人糊塗、不清醒] ｜～雷劈 [被雷打]。❷ 佔：你～細半佢～大半 [你佔小半他佔大半] ｜一人～一半。

元 · 關漢卿《魯齋郎》第四折："我是個夢醒人，怎好又着他魔！"

又見 "着 zêg³" 條。

擠 zei¹

動詞。放置：～喺邊度 [放在哪裏]？｜～低 [放下] ｜間屋～唔落兩鋪牀 [房間裏放不下兩張牀]。

傳統方言字。夢餘生《新粵謳解心 · 明知到話要去》："半站中途，問你把妹點擠？" 又該書《賣花聲》："何況我地陌柳殘花，正係隨街擺。三年兩載，算你禁擠。"（禁擠：耐得放。）《嬉笑集 · 漢書人物雜詠 · 楊雄》："做起堆書問你點擠。"

仔 zei²

❶ 名詞。兒子：佢有兩個～ [他有兩個兒子] ｜～女 [兒女] ｜兩～乸 [兩母子]。❷ 名詞。小孩，往往特指男孩：

男～｜女～｜呢個～好叻［這個男孩真聰明］。❸ 用在某些名詞之後，表示細小或愛稱：貓～［小貓兒］｜樽～［小瓶兒］｜手巾～［小手帕］｜歌～［歌兒］｜亞堅～［阿堅］。

【公仔】gung1 zei2 1. 人像玩具。2. 畫中人，人物畫：～書［小人書］｜～紙［印有兒童圖畫的小卡片］｜～佬［戲稱畫畫的人］｜～麵［速食麵，方便麵］。

❹ 指具有某些特徵或從事某種職業的年輕人：肥～［胖子］｜矮～［矬子］｜打工～｜擦鞋～｜打～［打手］。❺ 用在地名之後，指某個地方的人（有貶義）。❻ 用在某些名詞或動詞後面，表示某些特定的人群或個體：客～［客戶］｜耕～［佃戶］｜工～［打工者］｜債～［債戶］。

【豬仔】ju1 zei2 1. 小豬。2. 被收買了的：～議員｜佢做咗～［他被收買了］。3. 指舊時被賣到國外去做苦工的人：佢亞爺係賣～去南洋嘅［他爺爺是被賣到南洋做苦工的］。

❼ 用在某些形容詞後面，仍起形容詞的作用，多用於年輕人：叻～［聰明］｜靚～［漂亮］｜精～［聰明過頭］｜衰～［壞；窩囊］。

方言傳統用字。同"崽"，指幼小的動物，方言又指小孩。清·屈大均《廣東新語》卷十一："（廣州）謂子曰崽。"又："廣州凡物小者皆曰仔。"

1 制 zei3

動詞。願意：邊個都～［誰都願意］｜唔～［不願意；不幹］｜～唔過［划不來］。

方言傳統用字。

有作"猘"。猘，《廣韻》征例切，"入意，一曰聞也"。廣州話與之不合，不採用。

2 制 zei3

動詞。限制：～水［限制用水；不予供水］｜～電［限制用電；不予供電］｜～癮［某種癖嗜或愛好受到限制］。

"制"本有限制、約束的意思。《廣韻》征例切。《字彙》："節也。"《商君書》："衣服有制，飲食有節，則出寡矣。"

掣 zei³（讀音 qid³）

名詞。❶ 開關：電～［電鈕］｜水～［水開關］｜大～［總開關，總閘］｜撳～［按電鈕］。❷ 車閘：單車～［自行車車閘］。

本義為拽、拉，廣州話為借用字。

斟 zem¹

動詞。商談，商量：密～［密談］｜有事同你～下［有事跟你商量一下］｜～盤（pun⁴⁻²）［談生意；商議］。

《廣韻》職深切。古有商討、考慮、擇取義。《玉篇》："取也，計也。"《荀子·富國》："故明主必謹養其和，節其流，開其源，而時斟酌焉。"該義廣州話保留至當代。夢餘生《新粵謳解心·情唔好亂用》："點解你重交頭接耳，共佢嚟斟？"

枕 zem²

名詞。❶ 趼子：手～｜腳～｜起～［長出趼子］。❷ 罩子：雞～｜魚～｜～魚［用罩子捕魚］。

借用字。本義為枕頭。《廣韻》章荏切。《說文》："臥所薦首者。"廣州話也指枕頭。

又見"枕 zem³"條。

煩 zem²

名詞。後煩（後腦勺）。

《廣韻》章荏切，"頭骨後"。《說文》："項枕也。"

枕 zem³

動詞。把頭放在枕頭上：我要～兩個枕頭［我要墊兩個枕頭］｜枕頭太高唔好～［枕頭太高不好睡］。

《廣韻》之任切。《論語·述而》："飯疏食飲水，曲肱而枕之，樂亦在其中矣。"

又見"枕 zem²"條。

Z

浸 zem³

量詞。層（只用於薄物）：甩咗一～皮［掉了一層皮］｜湯上面有～油［湯上面有一層油］｜鋪咗兩～防潮磚［鋪了兩層防潮磚］｜着多～衫暖好多［多穿一層衣服暖和多了］。

同音借用字。

沉 zem⁶

動詞。❶下沉：～底［沒入水底］。❷淹，溺：～死。

《集韻》直禁切，"沒也"。《玉篇》同"沈"。沈，《小爾雅》："沒也。"《篇海類編》："投物于水中。"

朕 zem⁶

量詞。股，陣，用於煙、氣、味等：一～噏［一股味兒］｜一～涼風［一陣涼風］｜一～煙［一股煙］。

同音借用字。夢餘生《新粵謳解心·情唔好亂用》："睇佢啲（掟）起煲嚟，煙都冇朕。"

圳 zen³

名詞。田邊的水溝，水渠：開～［挖水渠］｜跟住條～行［沿着水溝走］。

清·徐珂《清稗類鈔》："通水之道也。"

瘤 zeng²

見"瘂 meng²"條。

借用字。

精 zéng¹（**讀音** jing¹）

形容詞。❶機靈，精明：佢好～，你呃佢唔到［他很機靈，你騙不了他］｜隻貓好～，你捉佢唔到嘅［這貓很機靈，你是抓不到它的］｜～乖［聰明伶俐］｜～叻［聰明能幹］。❷形容人善於取巧，愛耍小聰明：做嘢要老老實實，咪咁～至得［做事要老老實實，別取巧才行］｜～出骨［形容人精於為自己打算，自私而狡猾］｜～歸左［聰明過了頭］。

Z

《古今韻會舉要》："的也。"《史記·太史公自序》："扁鵲言醫，為方者宗，守數精明。"

¹正 zéng³

形容詞。又說"正斗 zéng³ deo²"。

❶ 正宗的，真正的，地道的：～牌[正宗的]｜～貨[正牌貨]｜好難見到～嘅增城掛綠荔枝[很難見得到真正的增城掛綠荔枝]。❷ 好，美：～嘢[好東西]｜平靚～[又便宜又好又是上等貨]｜呢度風景真～[這裏的風景真美]。

《廣韻》之盛切。《漢語大字典》："純正不雜(多指色、味)；善、完善、美好。"廣州話使用範圍要大些。

²正 zéng³

副詞。(甚麼時候)才：荔枝幾時～熟[荔枝甚麼時候才成熟]｜你幾時～改得過嚟[你甚麼時候才能改過]？｜佢要等陳仔嚟～一齊去[他要等小陳來才一起去]。

傳統方言字。龍舟《打地氣》："你睇佢懵得咁交關，何日正醒？"

晝 zeo³

名詞詞素。白天，與"夜"相對，一般不單用：上～[上午]｜晏～[中午；也指下午]｜下～[下午]。

《廣韻》陟救切。《說文》："日之出入，與夜為界。"

朘 zêu¹

【尾朘】méi⁵ zêu¹ 雞、鴨等尾部成錐形的肉。

《廣韻》馳僞切。《集韻》："足腫也。"廣州話為借用字。

咗 zo²

助詞。表動作或變化已經完成，相當於"了"：食～飯[吃了飯]｜完成～任務[完成了任務]｜佢嚟～好耐咯[他來了很久了]｜嗰檔股票又升～兩點[那個股票又漲了兩點]。

傳統方言字。粵劇《十五貫》第一場："有咗十五貫做本錢，大可重開我間尤家肉店。"《三灶民歌·心上人》："三點真心被（畀）咗兩點你，還剩一點係我精神。"

鑿 zog⁶

動詞。❶ 用指節敲打：～頭殼［敲腦袋］｜～門。❷ 強取；敲竹槓：本書畀人～咗去［書被人強要走了］｜～佢一餐茶［敲他請一次客吃茶點］。❸ 幹掉：～咗佢［把他幹掉］。

借用字。

䁯（䁯） zong¹

動詞。❶ 窺視，偷看：～人扮靚［偷看人家打扮］｜冇人～你［沒人偷看你］。❷ 探頭看：～下佢喺唔喺裏便［看看他在不在裏面］｜～下個井有幾深［看看那井有多深］。

傳統方言字。明·木魚書《二荷花史·青樓唱和》："恰好兩嬌詩寫就，佢就悄悄行從背後䁯。"又該書《搜取詩箋》："映娘花裏偷䁯見"。

有作"䁯"。《集韻》粗叢切，"視也"。與廣州話音義近似。

裝 zong¹

動詞。❶（用機關、陷阱等）誘捕：～老鼠｜～山豬［誘捕野豬］｜～鷓鴣｜～雀［用機關捕鳥］。❷ 裝扮，偽裝：～身［穿衣打扮］｜～成個乞兒噉［裝扮成乞丐的樣子］｜～假狗［假裝］。❸ 陷害，使上當：～彈弓［設圈套使人上當］｜～佢入笭［使他落入圈套］。

本義指包裹。《廣韻》側羊切。《說文》："裹也。"段玉裁注："束其外曰裝。"又有假裝義，如裝模作樣、裝腔作勢、裝瘋賣傻等。

濁 zug⁶

動詞。嗆（qiāng）：畀水～親，猛咁咳［給水嗆了，拼命地咳嗽］。

同音借用字。

續 zug⁶

動詞。❶ 連接：～線｜～翻條冷［把毛線接上］｜～長條棍［把棍子接長］。❷ 找錢，指買賣時找補零錢：～錢｜冇錢～［沒零錢找補］｜～翻兩文［找回兩塊錢］。

《廣韻》似足切。《説文》：“連也。”《爾雅》：“繼也。”夢餘生《新粵謳解心·斬纜》：“纜到斬斷個時，點重續得番埋。”❷ 義係同音借用字。

舂 zung¹

動詞。❶ 杵：～佢一拳［杵他一拳］。❷ 墜，倒栽：成個人～咗落去［整個人墜下去］｜敵機～咗落嚟［敵機栽了下來］。❸ 闖，撞：瘟咁～［亂闖亂撞］｜～瘟雞［形容走路亂衝亂撞的人］。

本義為用杵臼搗穀物使去皮殼。《廣韻》書容切。《説文》：“擣粟也。”又通“衝”，表示衝擊，撞擊。《正字通》：“舂，與‘衝’通。”夢餘生《新粵謳解心·盲公竹》：“慢吓冇乜留神，舂佢落井。”

縱 zung³

動詞。溺愛，嬌寵：唔好～壞細路仔［不要寵壞了小孩］｜佢老豆好～佢［他父親很溺愛他］。

本義為松緩。《廣韻》子用切。《説文》：“緩也。”又表示放縱。《玉篇》：”恣也。”漢·晁錯《賢良文學對策》：“驕溢縱恣，不顧患禍。”《紅樓夢》第十七回：“賈政忙道：‘休如此縱了他。’”

Z

重（仲） zung⁶

副詞。❶ 還（hái）：～未夠鐘［還沒到點］｜～等邊個［還等誰］？｜～爭啲乜嘢［還差甚麼］？❷ 更加：今年收成～好［今年收成更加好］｜你贊咗佢，佢～落力添［你讚揚他，他更積極幹了］。❸ 而且還：自己唔啱～鬧人［自己不對，而且還罵人］。

傳統方言用字。明·佚名：木魚書《花箋記·花園復遇》："天尚早，梁生重在夢魂邊。"清·招子庸《粵謳·吊春喜》："我若共你未斷情緣，重有相會日子。"
有用"仲"。仲，是借用字。

附　錄

廣州話音系説明

一、聲　母

廣州話有十九個聲母，列表如下：

b [p]	**p** [p‘]	**m** [m]	**f** [f]	**w** [w]
d [t]	**t** [t‘]	**n** [n]	**l** [l]	
z (j) [tʃ]	**c** (q) [tʃ‘]	**s** (x) [ʃ]	**y** [j]	
g [k]	**k** [k‘]	**ng** [ŋ]	**h** [h]	
gu [kw]	**ku** [k‘w]			

聲母例字：

b	ba^{1}	巴	bin^{1}	邊
p	pa^{1}	趴	pin^{1}	偏
m	ma^{1}	媽	min^{4}	眠
f	fa^{1}	花	féi^{1}	飛
w	wa^{1}	蛙	wing^{4}	榮
d	da^{2}	打	din^{1}	癲
t	ta^{1}	他	tin^{1}	天
n	na^{4}	拿	nin^{4}	年
l	la^{1}	啦	lin^{4}	連
z	za^{1}	渣	zo^{2}	左
j	ji^{1}	資	ju^{1}	豬
c	ca^{1}	叉	céng^{1}	青（青菜）
q	qi^{1}	雌	qing^{1}	青（青年）
s	sa^{1}	沙	so^{1}	梳
x	xi^{1}	思	xu^{1}	書
y	ya^{5}	也	yü^{1}	於
g	ga^{1}	家	gin^{1}	堅

k	ka[1]	卡	kung[4]	窮
ng	nga[1]	丫	ngeo[4]	牛
h	ha[1]	蝦	hin[1]	牽
gu	gua[1]	瓜	guo[2]	果
ku	kua[1]	誇	kuei[1]	虧

聲母說明：

(1) b、d、g 分別是雙唇、舌尖、舌根不送氣的清塞音，相當於國際音標的 [p、t、k]。這三個音與普通話大體相同。英語音節的開頭沒有這些音。英語的 b、d、g 是不送氣的濁塞音，而 p、t、k 是送氣的清塞音，都與廣州話不同。只有出現在 s 之後英語的 p、t、k 才變成不送氣的清塞音，與廣州話的這三個音接近。如 speak(說)，stand(站)，sky(天空)，其中 s 後的 p、t、k 都不送氣。

(2) p、t、k 是送氣的 b、d、g，相當於國際音標的 [pʻ、tʻ、kʻ]。這三個音與普通話和英語都大體相同。

(3) m、n、ng 是與 b、d、g 同部位的鼻音，相當於國際音標的 [m、n、ŋ]。m、n 這兩個音與普通話和英語都相同。ng 這個聲母普通話沒有。在連讀的時候，因為語音同化的關係，普通話偶爾會出現這個聲母，如“東安”、“平安”中的“安”，有一個近似 ng 的聲母。英語沒有以 ng 起頭的音節。

(4) f 是唇齒清擦音，相當於國際音標的 [f]。這個音與普通話及英語相同。

(5) l 是舌尖邊音，相當於國際音標的 [l]。這個音與普通話及英語都相同。

(6) h 是喉部清擦音，相當於國際音標的 [h]，與英語的 h 相同。普通話沒有這個聲母。漢語拼音方案的 h 是代表普通話的舌根清擦音 [x]，發音部位比廣州話的要前一些。說普通話的人發這個音時要把舌根放鬆，像呵氣的樣子即可發出來。

(7) z 和 j，c 和 q，s 和 x 是相同的聲母，是混合舌葉清塞擦音和擦音，相當於國際音標的 [tʃ]、[tʃʻ]、[ʃ]。本來只用 z、c、s 一套即可，為了使廣州話注音與普通話注音在形式上接近，便於互學，我們把出現在 i、ü 兩個元音之前的 z、c、s 改用 j、q、x，出現在其他元音之前則仍用 z、c、s。

普通話沒有相當於廣州話 z、c、s 的聲母。這三個聲母大概在普通話舌尖音 z、c、s 與舌面前音 j、q、x 之間。英語沒有與廣州話 z(或 j) 相當的音，但有與廣州話 c(或 q) 和 s(或 x) 相近似的音，如 charge(記賬)、she(她) 中的 ch [tʃʻ] 和 sh [ʃ]，分別近似廣州話的 c(或 q)、s(或 x)，但廣州話的發音部位比英語的還要靠前一些。

(8) w、y 屬半元音，發音時略帶摩擦，相當於國際音標的 [w]、[j]。這兩個音與英語的 w、y 相同。普通話沒有這兩個聲母。漢語拼音方案的 w、y 屬元音性質，沒有摩擦成分。

(9) gu、ku 是圓唇化的舌根音 g、k，相當於國際音標的 [kw、kʻw]。發音時雙唇收攏，g 和 u 或 k 和 u 要同時發出。u 在這裏是表示圓唇的符號，屬聲母部分，不是元音，不屬介音性質。這兩個聲母與以 u 開頭的韻母相拼時省去表示圓唇的符號 u，如“姑”是 gu ＋ u，“官”是 gu ＋ un，只記作 gu^1 和 gun^1。“箍”是 ku ＋ u，只記作 ku^1。但並不是説“姑”、“官”、“箍”等字的聲母是 g、k。在説廣州話的人看來，“姑”、“官”等字與“瓜”、“關”、“光”等字的聲母相同而與“家”、“艱”、“江”等字的聲母不同，前者屬 gu 聲母，後者屬 g 聲母。試比較下面兩組字：

孤 gu ＋ u	寡 gu ＋ a	孤 gu ＋ u	家 g ＋ a
觀 gu ＋ un	光 gu ＋ ong	觀 gu ＋ un	江 g ＋ ong
冠 gu ＋ un	軍 gu ＋ en	管 gu ＋ un	緊 g ＋ en

左欄兩字的聲母相同，右欄兩字的聲母各不相同。

再從聲母與韻母的結合關係看，也説明上面的看法是正確的。廣州話的 gu、ku 兩個聲母跟韻母的結合關係與 w 這個聲母完全一致。凡是能跟 w 相拼的韻母都能跟 gu 或 ku 相拼 (ku 聲母的字少，有些音節無字)，凡是不跟 w 相拼的韻母也不跟 gu、ku 相拼。據統計，跟 w 和 gu、ku 相拼的韻母有如下十八個：

	w-		gu-	
a	wa^1	蛙	gua^1	瓜

	w-		gu-	
ai	wai^6	壞	guai^1	乖
an	wan^1	彎	guan^1	關
ang	wang^4	橫	guang^6	逛
ag	wag^6	劃	guag^3	摑
ei	wei^1	威	guei^1	龜
en	wen^1	溫	guen^1	軍
eng	weng^4	宏	gueng^1	轟
ed	wed^1	屈	gued^1	骨
ing	wing^4	榮	guing^2	炯
ig	wig^6	域	guig^1	虢
o	wo^1	窩	guo^2	果
ong	wong^2	枉	guong^2	廣
og	wog^6	獲	guog^3	國
u	wu^1	烏	g(u)u^1	姑
ui	wui^1	煨	k(u)ui^2	潰
un	wun^6	換	g(u)un^1	官
ud	wud^6	活	k(u)ud^3	括

上表的“烏”字是聲母 w 加韻母 u，“姑”字應該是聲母 gu 加韻母 u。同樣，“潰”字是聲母 ku 加韻母 ui。所以，儘管為了簡便省去了表示圓唇聲母的符號 u，“姑”、“潰”、“官”、“括”等字的聲母也應看作是圓唇聲母 gu 或 ku，而不是 g、k。

廣州話中有些原屬 gu、ku 聲母 o、og、ong 韻母的字，如“過、郭、廣、礦、狂……”現在有好些人（特別是青少年）讀作 go^3、gog^3、gong^2、kong^3、kong^4……，消失了圓唇作用，這種現象可能成為一種發展趨勢。

(10) 從歷史上看，廣州話有一個零聲母（即古影母開口一二等的字，現在有些人讀作元音開頭），廣州有部分人習慣把它讀成舌根鼻音 ng-[ŋ-]，如“丫”a^1、“埃”ai^{1}①、“坳”ao^3、

① “埃”本讀 oi^1，但現在廣州人習慣讀 ai^1。

“晏” an^{3}、“罌” ang^{1}、“鴨” ab^{3}、“壓” ad^{3}、“鈪” ag^{3}、“歐” eo^{1}、“庵” em^{1}、“鶯” eng^{1}、“握” eg^{1}、“疴” o^{1}、“澳” ou^{3}、“安” on^{1}、“骯” ong^{1}、“惡” og^{3}、“甕” ung^{3}、“屋” ug^{1} 等字，又可以讀成 nga^{1}、ngai^{1}、ngao^{3}……，這種讀法又是一個普遍的趨勢。

與上述現象相反，廣州和香港有部分人（特別是香港的青少年）把 ng 聲母的字（主要是來自中古疑母陽調類的字）讀作零聲母，如“牙、牛、偶、眼、我、外……”。

二、韻 母

廣州話有五十三個韻母，另外還有三個是用於外來詞或象聲詞或形容詞後綴等音節的韻母（這三個韻母沒有字音，出現頻率又比較少，在下表中加括號）列表如下：

元音 / 韻尾	a[a]		é[ɛ]	i[i]	o[ɔ]	u[u]	ü[y]	ê[œ]	
-i	ai[ai]	ei[ɐi]	éi[ei]		oi[ɔi]	ui[ui]			
-u	ao[au]	eo[ɐu]		iu[iu]	ou[ou]			êu[øy]	
-m	am[am]	em[ɐm]	(ém)[ɛm]	im[im]					m[m̩]
-n	an[an]	en[ɐn]		in[in]	on[ɔn]	un[un]	ün[yn]	ên[øn]	
-ng	ang[aŋ]	eng[ɐŋ]	éng[ɛŋ]	ing[ɪŋ]	ong[ɔŋ]	ung[ʊŋ]		êng[œŋ]	ng[ŋ]
-b	ab[ap]	eb[ɐp]	(éb)[ɛp]	ib[ip]					
-d	ad[at]	ed[ɐt]	(éd)[ɛt]	id[it]	od[ɔt]	ud[ut]	üd[yt]	êd[øt]	
-g	ag[ak]	eg[ɐk]	ég[ɛk]	ig[ɪk]	og[ɔk]	ug[ʊk]		êg[œk]	

韻母例字：

a	[a]	ba^{3}	霸	na^{4}	拿
ai	[ai]	bai^{3}	拜	dai^{3}	帶
ao	[au]	bao^{3}	爆	nao^{4}	錨
am	[am]	dam^{1}	擔	tam^{1}	貪
an	[an]	ban^{1}	班	dan^{1}	丹
ang	[aŋ]	pang^{1}	烹	lang^{5}	冷

ab	[ap]	dab^3	答	tab^3	塔
ad	[at]	bad^3	八	dad^6	達
ag	[ak]	bag^3	百	pag^3	拍
ei	[ɐi]	bei^1	跛	dei^1	低
eo	[ɐu]	deo^1	兜	teo^1	偷
em	[ɐm]	bem^1	泵	lem^4	林
en	[ɐn]	ben^1	賓	ten^1	吞
eng	[ɐŋ]	beng^1	崩	deng^1	燈
eb	[ɐp]	neb^1	粒	leb^1	笠
ed	[ɐt]	bed^1	不	ded^6	凸
eg	[ɐk]	beg^1	北	deg^1	德
é	[ɛ]	mé^1	咩	dé^1	爹
éi	[ei]	béi^1	悲	déi^6	地
(ém)	[ɛm]	gém^1	“輸”（指球賽）		
éng	[ɛŋ]	béng^2	餅	déng^1	釘
(éb)	[ɛp]	géb^1	“鴨叫聲”		
(éd)	[ɛt]	kéd^1	“女孩笑聲”		
ég	[ɛk]	bég^3	壁	dég^6	笛
i	[i]	ji^1	脂	qi^1	癡
iu	[iu]	biu^1	標	diu^1	丟
im	[im]	dim^2	點	tim^1	添
in	[in]	bin^1	邊	din^1	癲
ing	[ɪŋ]	bing^1	兵	ding^1	丁
ib	[ip]	dib^6	疊	tib^3	帖
id	[it]	bid^1	必	tid^3	鐵
ig	[ɪk]	big^1	逼	dig^6	敵
o	[ɔ]	bo^1	波	do^1	多
oi	[ɔi]	doi^6	代	toi^1	胎
ou	[ou]	bou^1	煲	dou^1	刀
on	[ɔn]	gon^1	干	ngon^6	岸

ong	[ɔŋ]	bong^{1}	幫	dong^{1}	當
od	[ɔt]	hod^{3}	喝	god^{3}	割
og	[ɔk]	bog^{3}	駁	dog^{6}	鐸
u	[u]	fu^{1}	夫	wu^{1}	烏
ui	[ui]	bui^{1}	杯	pui^{3}	配
un	[un]	bun^{1}	般	pun^{1}	潘
ung	[ʊŋ]	pung^{3}	碰	dung^{1}	東
ud	[ut]	bud^{6}	勃	pud^{3}	潑
ug	[ʊk]	bug^{1}	卜	dug^{1}	督
ü	[y]	ju^{1}	朱	qu^{5}	柱
ün	[yn]	dün^{1}	端	jun^{1}	專
üd	[yt]	düd^{6}	奪	jud^{6}	絕
ê	[œ]	hê^{1}	靴	lê^{1}	㗳（吐出）
êu	[øy]	dêu^{1}	堆	têu^{1}	推
ên	[øn]	dên^{1}	敦	lên^{4}	輪
êng	[œŋ]	nêng^{4}	娘	lêng^{4}	良
êd	[øt]	lêd^{6}	律	zêd^{1}	卒
êg	[œk]	dêg^{3}	啄	lêg^{6}	略
m	[m̩]	m^{4}	唔		
ng	[ŋ̍]	ng^{4}	吳	ng^{5}	五

韻母說明：

(1) 廣州話有 a、e、é、i、o、u、ü、ê 八個元音。除了 e 之外，其餘七個元音都能單獨作韻母。

(2) 元音 a（包括單元音 a 和帶韻尾的 a）是長元音。ai、ao 中的韻尾 i、o(實際音值是 u）很短。a、ai、ao、an、ang 幾個韻母與普通話的大致相同。

(3) 元音 e 不能單獨作韻母，相當於國際音標的 [ɐ]，發音時口腔比 a 略閉，舌頭也稍為靠後，而且時間短促，可以看作短的 a。但這兩個元音經常出現在相同的條件之下，對立非常明顯，因此，a [a] 與 e[ɐ] 是兩個不同的元音音位。普通話沒有 e[ɐ] 這個音，gen“根”、geng“更” 中的 e[ə] 近似廣州話的 [ɐ]，但開口度沒有 e[ɐ]

大。英語 gun(槍)、but(但是) 中的 u 與廣州話的 e[ɐ] 近似，但舌位沒有 e[ɐ] 那麼靠前。由於 e [ɐ] 是個非常短的元音，ei、eo 兩韻中的韻尾 i 和 o(實際音值是 u) 就顯得長。

(4) 元音 é 除了在 éi 中是短元音，開口度較閉，相當於國際音標的 [e] 之外，其餘各韻中的 é 都是長元音，開口度也較大，相當於國際音標的 [ɛ]。ém、éb、éd 三個韻母只出現在口語裏，含這個韻母的音節都是有音無字的。

(5) 元音 i 的讀音與普通話的 i 大致相同。i、iu、in 中的 i 是長元音。ing、ik 中的 i 是短元音，開口度稍大，比國際音標的 [ɪ] 還要開一點，接近 [e]。廣州話的 ing 與普通話的 ing 有明顯的不同。

(6) 元音 o 的讀音比普通話的 o 開口度大，相當於國際音標的 [ɔ]，但 ou 中的 o 較閉，相當於國際音標的 [o]。除 ou 外，其餘各韻中的 o 都是長元音。

(7) 元音 u 的讀音與普通話的 u 大致相同，相當於國際音標的 [u]，u、ui、un、ud 各韻中的 u 是長元音，前面三個韻母與普通話的 u、uei(ui)、uen(un) 大致相同。ung、ug 兩個韻中的 u 是短元音，開口度稍大，比國際音標的 [ʊ] 還要開一點，接近 [o]。廣州話的 ung 與普通話的 ung 有明顯的不同。

(8) 元音 ü 的讀音與普通話的 ü 大致相同，相當於國際音標的 [y]，單元音 ü 以及帶韻尾的 ü 都是長元音。

(9) 元音 ê 相當於國際音標的 [œ]，是圓唇的 [ɛ]，普通話和英語都沒有這個音。法語 neuf(九) 中的 eu 近似廣州話的 ê。ê、êng、êg 三個韻母中的 ê 是長元音，êu、ên、êd 三個韻母中的 ê 是短元音，也較閉，相當於國際音標的 [ø]，近似法語 neveu"姪子"中的 eu。

(10) m、ng 是聲化韻母，是單純的雙唇鼻音和舌根鼻音，能自成音節，不與其他聲母相拼，相當於國際音標的 [m̩]、[ŋ̍]。

(11) 以塞音 -b[-p]、-d[-t]、-g[-k] 為韻尾的韻母，普通話沒有。英語雖有以 -p、-t、-k、-b[-b]、-d[-d]、-g[-g] 為收尾的音節，

但與廣州話的不同。廣州話的塞音韻尾 -b、-d、-g 不破裂（沒有除阻），發音時只作發這些音的姿勢而不必發出這些音，如 ab 韻，先發元音 a，然後雙唇突然緊閉，作發 b 的姿勢即停止，其餘類推。

(12) 上面八個元音之中，é、i、o、u、ê 各有兩個音值：é[ɛ、e]、i[i、ɪ]、o[ɔ、o]、u[u、ʊ]、ê[œ、ø]，由於每個元音的兩個音值出現的條件各不相同，可以互補，兩個音值只作一個音位處理。

廣州話的 m、n、ng 韻尾本來是分得很清楚的，但是現在香港有不少青少年把部分原屬 ng 韻尾的字讀成 n 韻尾。例如"電燈"的"燈"deng[1] 讀成"墩"den[1]，"匙羹"的"羹"geng[1] 讀成"根"gen[1]，"學生"的"生"sang[1] 讀成"山"san[1]，"文盲"的"盲"mang[4] 讀成"蠻"man[4]。

三、聲　調

廣州話有六個舒聲調，三個促聲調。根據韻尾的不同，廣州話的音節可分兩類：韻尾為 -i、-u(-o)、-m、-n、-ng 的和不帶任何韻尾的，叫舒聲韻；韻尾為 -b、-d、-g 的叫促聲韻（又叫入聲韻，出現舒聲韻的聲調叫舒聲調，出現促聲韻的聲調叫促聲調（又叫入聲）。中古漢語的平、上、去、入四聲在廣州話已各分化為二，即陰平、陽平、陰上、陽上、陰去、陽去、陰入、陽入。另外，陰入裏頭又因為元音的長短，分化為兩個聲調，一個是原來的陰入（又叫上入），一個叫中入。這樣，廣州話目前一共有九個聲調。列表如下：

調類	舒聲調						促聲調		
	陰平	陽平	陰上	陽上	陰去	陽去	陰入	中入	陽入
調值	˥˧53, ˥55	˩11	˧˥35	˩˧13	˧33	˨22	˥55	˧33	˨22
例字	分 思	墳 時	粉 史	憤 市	訓 試	份 士	忽 式	發 錫	佛 食

聲調説明：

(1) 上面的調號本來把“陰類調”的作單數調，“陽類調”的作雙數調比較合適（即陰平、陽平、陰上、陽上、陰去、陽去、陰入、陽入、中入分別作1、2、3、4、5、6、7、8、9調），但廣州話拼音方案聲調的次序已經用1、2、3表示陰平（和陰入）、陰上、陰去（和中入），用4、5、6表示陽平、陽上、陽去（和陽入），這裏採用廣州話拼音方案標音，調號也採用與之相同的辦法。列表如下：

調號	1	2	3	4	5	6
調類	陰平 陰入	陰上	陰去 中入	陽平	陽上	陽去 陽入
例字	分 fen^1 忽 fed^1	粉 fen^2	訓 fen^3 發 fad^3	墳 fen^4	憤 fen^5	份 fen^6 佛 fed^6

(2) 第1調包括陰平和陰入兩類聲調。陰平有高降˥˧$_{53}$和高平˥$_{55}$兩個調值。除少數字只讀高平調以外，大部分的字都可以讀高降調，或者兼讀高降和高平兩個調值（詳後）。高降調有點像普通話的去聲（第4聲），高平調與普通話的陰平（第1聲）相同。元音的長短影響入聲調值的長短。廣州話的陰入一般只出現短元音韻，所以陰入的調值應描寫作短的˥$_{\underline{55}}$。由陰入分化出來的中入只出現長元音，但在近幾十年來，一般人的口語裏，一些由短 a 構成韻母的陰入字有變讀長 a 的趨勢，而聲調仍然是高平調，因而陰入除了有一個短的高平˥$_{\underline{55}}$之外，又增加了一個長的高平˥$_{55}$。如“黑”、“握”、“測”、“乞”等字，原來讀 heg^1、eg^1(或 ngeg^1)、ceg^1、hed^1，屬短陰入，現在口語一般又讀 hag^1、ag^1（或 ngag^1）、cag^1、had^1，屬長陰入。後一種讀法元音都是長的 a，聲調也比前面一種讀法長，其他長元音韻母出現在這個聲調的字都屬長陰入調。

(3) 第2調屬陰上調，調值是高升˧˥$_{35}$，與普通話的陽平相當。在説話時，第3、4、5、6等調往往可以變讀為高升調（詳後）。

(4) 第3調陰去和中入調值是中平˧$_{33}$。中入是從陰入分化出來的一個調類。屬於這個調類的字原來都是長元音韻，但由於有些字與陰入有對立，如“必”bid^{1}，“鼈”bid^{3}；“戚”qig^{1}，“赤”qig^{3}(口語 cég^{3})，所以中入已從陰入分化出來，另成一個調類了。和陰入相似，這個屬長元音出現的中入也有少數字是短元音韻的，如上面的“赤”字，作讀書音時（如“赤米”）讀 cég^{3}，是長的中入。

(5) 第 4 調陽平的調值是低平 ˩$_{11}$，快讀時稍微有點下降，但一般以低平調為標準。第 5 調陽上的調值是低升 ˩˧$_{13}$，或稍高一點，接近 ˨˦$_{24}$，近似普通話上聲的後半截。

(6) 第 6 調包括陽去和陽入兩類聲調，調值是次低平 ˨$_{22}$。嚴格地説，陽入也有長短兩個調值，凡出現長元音韻母（ab、ad、ag、ég、ib、id、od、og、ud、üd、êg）的屬長陽入調，出現短元音韻母（eb、ed、eg、ig、ug、êd）的屬短陽入調，如“狹”hab^{6}、“辣”lad^{6}、“額”ngag^{6}、“石”ség^{6}、“葉”yib^{6}、“別”bid^{6}、“學”hog^{6}、“活”wud^{6}、“月”yüd^{6}、“藥”yêg^{6} 等屬長陽入調，“合”heb^{6}、“日”yed^{6}、“墨”meg^{6}、“敵”dig^{6}、“六”lug^{6}、“律”lêd^{6} 等屬短陽入調。考慮到陰入、陽入長短兩個調的調值高低相同，只是長短不同，而調的長短是由元音的長短引起的，屬條件變讀，因此可以把它們看作一個調的兩個變體。

(7) 陰平調的兩個調值，即高降 ˥˧$_{53}$ 和高平 ˥$_{55}$ 的分合問題，曾經有過各種論述。主要有兩種意見，一是認為陰平調的兩個調值已經分化為兩個不同的調類；一是認為這兩個調值是一個調類的兩個變體。